日本漢詩話集成

九五老人迦陵

延邊大學外國語言文學一流學科建設
項目「域外漢籍整理與詩學研究」成果

趙季
葉言材 輯校
劉暢

日本漢詩話集成

一

中華書局

圖書在版編目(CIP)數據

日本漢詩話集成/趙季,葉言材,劉暢輯校. —北京:中華書局,2019.12
ISBN 978-7-101-14238-9

Ⅰ.日… Ⅱ.①趙…②葉…③劉… Ⅲ.詩話-匯編-日本 Ⅳ.I313.072

中國版本圖書館 CIP 數據核字(2019)第 252358 號

責任編輯:許慶江

日本漢詩話集成
(全十二册)
趙 季 葉言材 劉 暢 輯校
*
中 華 書 局 出 版 發 行
(北京市豐臺區太平橋西里 38 號 100073)
http://www.zhbc.com.cn
E-mail:zhbc@zhbc.com.cn
北京瑞古冠中印刷廠印刷
*
850×1168 毫米 1/32 · 176½印張 · 24 插頁 · 3200 千字
2019 年 12 月北京第 1 版 2019 年 12 月北京第 1 次印刷
印數:1-1200 册 定價:1280.00 元

ISBN 978-7-101-14238-9

目録

序……葉嘉瑩 一
輯校凡例……五
日本漢文詩話［七十五種二百十八卷］……一
文鏡秘府論……遍照金剛 三
江談抄……大江匡房 一五九
作文大體……藤原宗忠 二四一
濟北詩話……虎關師錬 二八三
文章達德綱領……藤原惺窩 二九九
老杜詩格……石川丈山 三六三
詩評……石川丈山 四二三
初學詩法……貝原益軒 四五七

詩話問答……高泉性潡　五一五
史館茗話……林梅洞　林鵝峰　五三五
老圃詩䐪……安積澹泊　五六一
詩源……荻生徂徠　五七一
斥非……太宰春臺　五七七
詩論……太宰春臺　五九五
駁《斥非》……深谷公幹　六一一
離情詩話……服部南郭　六四五
詩家聲律……宇野士朗　六五一
諸體詩則……林東溟　七〇五
丹丘詩話……芥川丹丘　八二一
日本詩史……江村北海　八六五
盛唐詩格……大江玄圃　九四九
詩學新論……原田東岳　一〇〇五
詩律兆……中井竹山　一〇六三

淇園詩話……皆川淇園 一二九五
白雲館近體詩式……熊阪臺州 一三二一
白雲館近體詩眼……熊阪臺洲 一三五一
律詩天眼……熊阪臺州 一三七三
鶴林詩話抄……市川鶴鳴 一三八九
詩學解蔽……三縄桂林 一四〇五
在津紀事……賴春水 一四一七
作詩質的……冢田大峰 一四三七
詩燼……市河寬齋 一四六三
都下名流品題辨……大田南畝 等 一四九三
討作詩志彀……佐久間熊水 一五一五
夜航詩話……津阪東陽 一五二三
詩史顰……市野迷庵 一六七五
社友詩律論……小野泉藏 一六九一
詩聖堂詩話……大窪詩佛 一七一三

五山堂詩話……菊池五山　一七三一
木石園詩話……久保甫學　二〇一三
竹田莊詩話……田能村竹田　二〇二九
侗庵非詩話……古賀侗庵　二〇四九
續聯珠詩格……釋教存　二三三一
弊帚詩話……西島蘭溪　二五三九
蘭溪先生元明詩話……西島蘭溪　二五七七
梧窗詩話……林蓀坡　二六一一
浪華詩話……兼康百濟　二六三九
松陰快談……長野豐山　二六六三
梅邨詩話……金田梅邨　二七二三
九華山房詩話……角田九華　二七九三
鉏雨亭隨筆……東夢亭　二八三五
錦天山房詩話……友野霞舟　二九四五
詩山堂詩話……小畑詩山　三一五五

新唐宋聯珠詩格……東條琴臺　東條士階　三一八三
詩律……赤澤一堂　三五七九
詩格刊誤……日尾省齋　三六一七
無聲詩話……金井烏洲　三六七七
柳橋詩話……加藤善庵　三七〇五
詩規……野口蘇庵　三七八一
優軒詩話正編……小笠原優軒　三八六七
全唐詩律論……谷斗南　三八八七
好好園詩話……谷斗南　四四七一
詩格集成……長山樗園　四六二九
高岡詩話……津島北溪　四六六七
柳東軒詩話……日柳燕石　四七二九
攝西六家詩評……廣瀨青邨　四八二五
詩法詳論……石川鴻齋　四八三一
梧園詩話……細川十洲　四九四三

明治詩話……籾山衣洲　五〇〇三
參訂古詩平仄論……森槐南　參訂　五〇六一
如雲詩話……森如雲　五一〇三
齊東野語……森如雲　五一一三
淳軒詩話……大田淳軒　五一二九
童蒙詩式……佚名　五一七九
詩話外詩話……佚名　五二一七

和文詩話［六十七種一百十七卷］

……五二四七
《詩法正義》……石川丈山　五二四九
《詩教》……石川丈山　五二五〇
《北山詩話》……石川丈山　五二五二
《老杜詩抄》……石川丈山　五二五四
《詩律初學鈔》……梅室洞雲　五二五五
《詩法要略》……松井河樂　五二五七

《詩法授幼抄》……榊原篁洲 五二〇
《白石先生詩範》……新井白石 五二六五
《讀詩要領》……伊藤東涯 五二六九
《東涯詩話》……伊藤東涯 五二七一
《詩學逢原》……祇園南海 五二七二
《詩訣》……祇園南海 五二七六
《明詩俚評》……祇園南海 五二七九
《彩巖詩則》……桂山彩巖 五二八三
《詩家用字格》……西成千秋 五二八四
《南郭先生燈下書》……服部南郭 五二八七
《南郭詩話》……服部南郭 五二八九
《唐詩平側考》……盧松江 五二九〇
《藝苑談》……清田儋叟 五二九三
《藝苑譜》……清田儋叟 五二九四
《詩家推敲》……釋大典 五二九六

《詩轍》……三浦梅園 五三〇〇
《示蒙詩話》……齋宮静齋 五三一〇
《太沖詩規》……畑中荷澤 五三一二
《葛原詩話》……釋六如 五三一六
《葛原詩話後編》……釋六如 五三二三
《藝園鉏莠》……松邨九山 五三二八
《詞壇骨鯁》……松邨九山 五三三一
《談唐詩選》……市河寛齋 五三三三
《詩學還丹》……川合春川 五三三五
《作詩志彀》……山本北山 五三三八
《孝經樓詩話》……山本北山 五三四二
《討作詩志彀附録》……杉友子孝 五三四九
《唾作詩志彀》……佚名 五三五五
《詩訟蒲鞭》……雨森牛南 五三五六
《駁詩訟蒲鞭》……何忠順 五三五八

《夜航餘話》……津阪東陽 五三五九
《葛原詩話糾謬》……津阪東陽 五三六〇
《葛原詩話標記》……猪飼敬所 五三六二
《瓢中詩話雜記》……堀田正穀 五三六四
《寫山樓無聲詩話》……谷文寫山 五三六六
《古詩韻範》……武元登登菴 五三七〇
《辨藝園鉏莠》……奥山榕齋 五三七五
《淡窗詩話》……廣瀨淡窗 五三七七
《幼學詩話》……東條琴臺 五三八一
《滄溟近體聲律考》……瀧川南谷 五三八二
《優軒詩話續編》……小笠原優軒 五三八四
《蕉竹居詩話》……竹内雲濤 五三八六
《翠雨軒詩話》……山田翠雨 五三八八
《詩語金聲》……藤良國 五三九七
《詩語對句自在》……藤良國 五四〇一

《詩窻閑話》……中根香亭 五四〇三
《有餘樂堂詩法摘要》……石橋雲來 五四〇五
《北越詩話》……阪口五峰 五四一一
《少年詩話》……野口寧齋 五四三三
《史詩譚》……野口寧齋 五四三五
《開春詩記》……野口寧齋 五四三六
《近世詩人叢話》……岡崎春石 五四三八
《醉茗詩話》……河井醉茗 五四四〇
《下谷小詩話》……釋清潭 五四四三
《閑人詩話》……河上肇 五四四四
《露風詩話》……三木露風 五四四六
《明治詩話》……木下周南 五四五〇
《人間詩話》……吉川幸次郎 五四六二
《西東詩話》……富士川英郎 五四七一
《中國喫茶詩話》……竹内實 五四七四

《銀雪初心詩學條目》……佚名　五四八一

詩語詩韻類書籍〔十三種四十三卷〕……五四八三

《詩筌》……鷹見爽鳩　五四八五
《明詩礎》……田雲峰　原五嶽　五五〇三
《明詩材》……龍秀松　輯　屈三秀　補　五五〇七
《詩語解》……釋大典　五五一二
《詩家法語》……市河寬齋　五五三〇
《明詩擢材》……太田南畝　五五三四
《詩用虛字》……山本北山　五五四二
《唐宋詩語玉屑》……高木專輔　五五四五
《詩語群玉》……澤熊山　五五四九
《詩韻從事》……鎌田環齋　五五六二
《詩語碎金續編》……國枝松宇　五五六七
《幼學詩韻》……成伯敬　檜君益　五五七二

《近世詩語玉屑》……渥見竹治郎　五五七六
後記……五五八〇
日本漢詩話作者及相關人物索引

序

葉嘉瑩

泱泱華夏號稱詩國，自葩經以降，歷二千數百年而生機不斷，其間流播於域外，爲當地所效法者，則名爲「漢詩」，實吾詩國之輔翼也，而東鄰日本尤爲特出。學詩者既多，論詩者亦夥，因而有所謂漢詩話之著作，其於詩史乃至批評史之價值，固毋庸贅言。然以其多庋藏於東瀛各地，學者欲窺全豹，大非易事。近者趙季、葉言材、劉暢諸君，跨國交流，精勤合作，蒐日本漢詩話計百數十種之多，都爲一鉅集，於東瀛詩話可謂觀止矣！而諸君董理之功，尤在校勘底本之訛，更施以通行標點，附以論家小傳，予讀者以研究之便。故此集洵可謂後出轉精，超邁前修，信乎學林之幸也。

考日人漢詩話之作，肇自李唐，厥後宋明以至有清，代有論著。其文或録中國詩話而條理之，或申中國詩話以觀照之，或紀詩人之交遊，或論詩律之粗細：于文于史，皆有可觀。如日僧遍照金剛（空海）之《文鏡秘府論》，能存中國早期散佚之詩論，固早爲學者所知矣；又如古賀侗庵氏《侗庵非詩話》，列其所聞見之中國詩話二百餘種、千數百卷，其中亦不乏吾華所闕者。按古賀氏生當清嘉道間，則可知所見諸書當時東瀛尚有流傳也。苟能按圖索驥，對比勾稽，或可發遺文於故紙，還妙論於先賢，斯亦禮失求諸野之義歟！然則此集編者爬梳發覆之功，固不可没焉。

日人江村北海氏《日本詩史》嘗言：「夫詩，漢土聲音也，我邦人不學詩則已，苟學之也，不能不承順漢土也。」雖然，若日人但知步趨中國，則其詩與詩論又曷足貴哉。夫善學者必能入且能出，如《柳東軒詩話》云：「將作僞唐詩乎？黄金鑄歷下生；將作真唐詩乎？鐵鞭打歷下生。」蓋就舊題李滄溟《唐詩選》而發，考其書流佈東瀛甚廣，從之者既衆，而後乃有具眼者出，能自立而不爲所囿。又如前述古賀氏之《非詩話》，自云「慨詩道之日衰，發憤而作，出乎不得已」，故遍覽漢和詩話，而後條其弊爲十五種，皆深中肯綮，是則如古賀氏者亦可謂善學矣。今世有善學者，當更宜破除成見，廣覽博收，既沿波以討源，更忘言而得意，斯不負古今作者編者之苦心哉！

而日人論詩之尤可注意者，厥惟其樂於言律。按漢詩之講求音韻格律，大約肇自六朝，此蓋爲中國詩學對於語文之聲韻開始有所反省之時期，其後聲調之格律既定，一般作者多已對此有所熟知，於是後世詩話乃少有斤斤於言律者。至於以日人而習漢詩，僅由言文之隔閡，其困難已相倍蓰，宜其欲先求聲律也。然則如谷斗南氏《全唐聲律論》煌煌二十五卷，綜覈全唐近體詩爲五類百餘格，其用心之細與用力之勤固可嘉許，而世之好尚唐音者，亦可循此以登堂焉。

嘗慨天之生人，賦才若吝，故長於論述者每短於創作。考歷代之詩話，雖論者未必爲絶頂之作者，然其人或眼高於手，故其論亦不無可采。且古人詩話之作，常於抑揚軒輊之中，存金針度人之意，是尤不可不知者也。至今人之所謂研究，則多屬批評之一體，惟偏重考證與評賞，於創作之途則向不措意。至有音聲俱廢，平仄不通，作詩之甘苦未知，論詩則妍媸莫辨，此亦思而不學之過也。古云「技進乎道」，今技且未通，則道將安至？此所以今人學詩論詩，亦必以聲律爲先也。

要之，此集詩話所論列，其中之零圭碎錦與微言宏論，固足補中國詩話之闕疑；而其詳研詩律者，亦學詩之初階、論詩之基礎也。此一點頗可以補中國詩話鮮談音律之不足，雖所輯之諸詩中或有未盡臻於大雅者，然排沙簡金，亦復往往見寶。論詩者既可以爲攻玉之石，學詩者亦可以爲入門之徑，仁者智者，斟酌而自取之可也。

夫治學者眼界須大，胸次宜廣，方今世界交流之便遠過古時，而中外學術之融匯互通，乃爲大勢之所趨。今兹趙葉諸君溝通漢和，善用資源，廣集博採，成此巨編，其付梓也，將不僅有益於今日研究中日文化交流之歷史者之參考，且對兩國之欲學習中國古典詩歌之寫作者，亦當大有助益。故樂爲之序。

輯校凡例

一、本書輯録日本漢詩話一百四十二種。其中漢文詩話七十五種二百十八卷，和文詩話六十七種一百十七卷。附録詩語詩韻類書籍十三種四十三卷。合計一百五十五種三百七十八卷。（不分卷者以一卷計。）

二、本書詩話排列以作者生年先後爲次第，生年不詳者以卒年、刊行年代或其他依據爲次第。

三、詩話作者署名多以别號稱，乃尊重傳統，易於辨識，免致淆亂。如《日本詩史》作者，按傳統習慣稱「江村北海」，不稱「江村綬」。

四、每種詩話之前簡要介紹所用底本及作者概況。

五、漢文詩話七十五種，全文録入校點。

六、日文詩話六十七種，釋録漢文序跋（多爲草書）及目次。

七、詩語詩韻類書籍十三種，原本皆爲類列（或有解釋）中國詩歌語匯。本書載録其序跋目録，内容則僅録其開首部分以明其體例。

八、本編遵循「無據不改，改必出校」之原則，對底本「錯（倒）訛衍脱」者，於正文徑改，並於該條後出校勘記。其例如下：

（一）底本錯者（字序倒錯）勘改并出校記。如：「自憐何力繼飛翻〔一〕」，出校記：〔一〕飛翻：底本錯作「翻飛」，據《全唐詩》卷四百七十三改。

（二）底本訛者（字訛誤）勘改并出校記。如：「魏帝宫人舞鳳樓〔一〕」，出校記：〔一〕宫：底本訛作「官」，據《華陽集》卷中改。

（三）底本衍者（多字）删削并出校記。如：「二曰宫闈〔一〕」，出校記：〔一〕「宫闈」前底本衍「皇極」，據《古今圖書集成·明倫彙編》删。

（四）底本脱者（漏字）勘補并出校記。如：「仙之人兮列如麻〔一〕」，出校記：〔一〕列：底本脱，據《李太白文集》卷十二補。

九、疑似訛字而無版本依據者不改原文，於校勘記中注明，以免改經之譏。如：「宗韓文誚不成章〔一〕」，出注：〔一〕宗：似當作「宋」。按明清之際宋徵輿（一六一八—一六六七）字轅文。

十、底本或用日俗通假字（如以「沉」爲「沈」，以「間」爲「閒」，以「訑」爲「詑」等）一仍其舊，以見其原貌。但日本新字體字如「駅（驛）」、「仏（佛）」等，則徑改爲中國規範繁體字「驛」「佛」。

十一、底本原文有小字或雙行夾注者，以小號字標識之。

十二、日本詩話多引中國文籍皆檃栝大概，或引中國詩歌多異文。其不害文義不違格律之異文姑仍之，其極少數訛誤害於文義或悖於格律者則勘正之，作者、人名、書名、地名訛誤者亦勘正之。如：

（一）如裴夷直《奉和大梁相公送人》第三句「君到襄陽渡江處」，日本詩話作「君到越中秋已盡」，不違格律，視作異文姑仍之。

（二）作者訛誤者如：「和道矩紅梨花　司馬光〔一〕」，出校記：〔一〕馬：底本訛作「空」，據《傳家集》卷七改。

（三）人名訛誤者如：「輦下春懷呈趙達夫〔一〕」，出校記：〔一〕達：底本訛作「建」，據《龍雲集》卷九改。

（四）書名訛誤者如：「夜讀范至能《攬轡録》〔一〕」，出校記：〔一〕轡：底本訛作「輿」，據《劍南詩稾》卷二十五改。

（五）地名訛誤者如：「投老鍾山賦考槃〔一〕」，出校記：〔一〕鍾：底本訛作「鏡」，據《金陵百詠》改。

（六）訛誤害於文義者如：「遺老不應知此恨〔三〕」，出校記：〔三〕知：底本訛作「如」，據《劍南詩稾》卷二十五改。

（七）訛誤悖於格律者如：「風摇松竹是歡聲〔一〕」，出校記：〔一〕摇：底本訛作「動」，據《山谷集》卷十改。

（八）日本詩格或有改中國原詩以就其格者，不改底本，出校記以明原貌，如《新唐宋聯珠詩格》卷下「用慇勤字又格」引「慇勤一枕夢華胥〔一〕」出校記：〔一〕慇勤：《石倉歷代詩選》卷一百七十一作「何如」。

日本漢文詩話

［七十五種二百十八卷］

日本漢文論

文鏡秘府論

遍照金剛

考》本校。

《文鏡秘府論》六卷，遍照金剛（七七四—八三五）撰。據中華書局《文鏡秘府論匯校匯考》本校。

按：遍照金剛（へんじょうこんごう HENJOKONGO），日本真言宗祖師空海於中國求法時之法號，乃「大日如來」密號，意爲「普照寰宇，不壞金身」。

空海（くうかい KUKAI），平安時代前期學問僧，真言宗開祖。讚岐（今屬香川縣）多度郡屏風浦（今屬善通寺市）人，本姓佐伯，幼名真魚。其父佐伯田公爲郡司，其母乃阿刀大足之女（一説其妹）。初習儒學，遂於和泉（今屬大阪府）槙尾山寺出家。延曆十四年（七九五），二十歲於奈良東大寺受戒，被授名「空海」。延曆二十三年（八〇四）與最澄、橘逸勢等乘遣唐使船渡唐，次年抵長安，初住西明寺，遍訪高僧，翌年於樂遊原青龍寺隨密宗惠果大師修習唐密，受獻法阿闍黎之灌頂，號「遍照金剛」，獲密教正宗嫡傳名位與可傳法後代之身份。惠果寂後，奉唐憲宗之命撰寫碑文。大同元年（八〇六）攜帶佛典經疏與法物等歸國，住博多（今屬福岡縣福岡市）東長寺、京都高雄山寺，開創真言宗。弘仁七年（八一六）於紀州高野山（今屬和歌山縣）建修禪道場金剛峰寺，又於天長五年（八二八）設立綜藝種智院，廣招弟子，開日本庶民教育之基。寶龜五年生，承和二年三月二十一日殁，享年六十二歲，謚號「弘法大師」。

因善詩歌文章，其詩主要收於《性靈集》（又稱《遍照發揮性靈集》），此外其詩亦見於《經國集》、其歌見於《新敕撰》《續千載》《風雅》等敕撰集中，著作除論詩法則之《文鏡秘府論》《文筆心眼抄》外，尚有《篆隸萬象名義》《聾瞽指歸》《三教指歸》《十住心論》《即身成佛義》《秘藏寶鑰》等。亦善書，與嵯峨天皇、橘逸勢並稱「三筆」。有《弘法大師空海全集》。

文鏡秘府論目録

文鏡秘府論並序天
序
調四聲譜
調聲
詩章中用聲法式
八種韻
四聲論
文鏡秘府論地
十七勢
十四例
十體
六義
八階
六志
九意
文鏡秘府論東
論對
二十九種對
筆劄七種言句例
文鏡秘府論西
論病
文二十八種病
文筆十病得失

文鏡秘府論南

論文意
論體
定位
集論

文鏡秘府論北

論對屬
句端
帝德録

文鏡秘府論並序　天

序

夫大仙利物，名教爲基；君子濟時，文章是本也。故能空中塵中，開本有之字；龜上龍上，演自然之文。至如觀時變於三曜，察化成於九州。金玉笙簧，爛其文而撫黔首；郁乎焕乎，燦其章以馭蒼生。然則一爲名始，文則教源，以名教爲宗，則文章爲紀綱之要也。世間出世，誰能遺此乎？故經説阿毗跋致菩薩，必須先解文章。孔宣有言：「小子何莫學夫《詩》？《詩》可以興，可以觀。邇之事父，遠之事君。」「人而不爲《周南》《邵南》，其猶正墻面而立也。」是知文章之義，大哉遠哉！

文以五音不奪、五彩得所立名，章因事理俱明、文義不昧樹號。因文詮名，唱名得義，名義已顯，以覺未悟。三教於是分鑣，五乘於是並轍。於焉釋經妙而難入，李篇玄而寡和，桑籍近而争唱。游、夏得聞之日，屈、宋作賦之時，兩漢辭宗，三國文伯，體韻心傳，音律口授。沈侯、劉善之後，王、皎、崔、元之前，盛談四聲，争吐病犯，黄卷溢篋，緗帙滿車。貧而樂道者，望絶訪寫；童而好學者，取决無由。

貧道幼就表舅，頗學藻麗；長入西秦，粗聽餘論。雖然志篤禪默，不屑此事。爰有一多後生，扣閑寂於文囿，撞詞華乎詩圃。音響難默，披卷函杖，即閱諸家格式等，勘彼同異。卷軸雖多，要樞則少，名異義同，繁穢尤甚。余癖難療，即事刀筆，削其重複，存其單號，總有一十五種類，謂《聲譜》《調聲》《八種韻》《四聲論》《十七勢》《十四例》《六義》《十體》《八階》《六志》《二十九種對》《文三十種病累》《十種疾》《論文意》《論對屬》等是也。配卷軸於六合，懸不朽於兩曜，名曰《文鏡秘府論》。庶緇素好事之人，山野文會之士，不尋千里，蛇珠自得；不煩旁搜，雕龍可期。

調四聲譜　調聲　詩章中用聲法式　八種韻　四聲論

調四聲譜

諸家調四聲譜，具例如左。

平上去入配四方：

東方平聲平伻病別

南方上聲常上尚杓

西方去聲祛麩去刻

北方入聲壬衽任入

凡四字一紐。

或六字總歸一入紐，《玉篇》云：女九切，結也，束也：

皇晃璜　鑊　禾禍和　滂旁傍　薄　婆潑紴
光廣珖　郭　戈果過　荒恍侊　霍　和火貨
上三字，下三字，紐屬中央一字，是故名爲總歸一入。
四聲紐字，配爲雙聲疊韻如後：
郎朗浪落　黎禮麗捩
剛㧣鋼各　笄併計結
羊養恙藥　夷以異逸
鄉響向謔　奚篹咥纈
良兩亮略　離邐詈栗
張長悵著　知倁智窒
凡四聲，竪讀爲紐，横讀爲韻，亦當行下四字配上四字，即爲雙聲。若解此法，即解反音法。
反音法有二種：一紐聲反音，二雙聲反音。一切反音有此法也。
綺琴　良首　書林
欽伎　柳觴　深廬
釋曰：竪讀二字互相反也，傍讀轉氣爲雙聲，結角讀之爲疊韻。曰綺琴、云欽伎，互相反也。
綺欽、琴伎兩雙聲，欽琴、綺伎二疊韻。上諧則氣類均調，下正則宮商韻切。持綱舉目，庶類同然。

崔氏曰：

傍紐者：

風小　月膾　奇今　精酉

表豐　外厥　琴羈　酒盈

紐聲雙聲者：

土　烟

天　隖

右已前四字，縱讀爲反語，横讀是雙聲，錯讀爲疊韻。何者？土烟、天隖是反語，天土、烟隖是雙聲，天烟、土隖是疊韻，乃一天字而得雙聲疊韻。略舉一隅而示，餘皆效此。

調聲

或曰：凡四十字詩，十字一管，即生其意。頭邊二十字，一管亦得。六十、七十、百字詩，二十字一管，即生其意。語不用合帖，須直道天真，宛媚爲上。且須識一切題目義，最要立文，多用其意。須令左穿右穴，不可拘檢。作語不得辛苦，須整理其道，格格，意也。意高爲之格高，意下爲之下格律調其言，言無相妨，以字輕重清濁間之須穩。至如有輕重者，有輕中重，重中輕，當韻即見。且莊字全輕，霜字輕中重，瘡字重中輕，床字全重，如清字全輕，青字全濁。詩上句第二字重中輕，不與下句第二字同聲爲一管。上去入聲一管，上句平聲，下句上去入；上句上去入，下句平聲。以次平聲，以次又上去入；以次上去入，以次又平聲。如此輪回用之，宜至於尾。兩頭管上去入相近，是詩律也。

五言平頭正律勢尖頭

皇甫冉詩曰五言：中司龍節貴，上客虎符新。地控吴襟帶，才光漢縉紳。泛舟應度臘，入境便行春。何處歌來暮，長江建鄴人。

又錢起《獻歲歸山》詩曰五言：欲知愚谷好，久別與春還。鶯暖初歸樹，雲晴却戀山。石田耕種少，野客性情閑。求仲時應見，殘陽且掩關。

五言絶句詩曰：胡風迎馬首，漢月送娥眉。久戍人將老，長征馬不肥。

又崔曙《試得明堂火珠》詩曰：正位開重屋，凌空出火珠。夜來雙月滿，曙後一星孤。天浄光難滅，雲生望欲無。終期聖明代，國寶在名都。

又陳閏《罷官後却歸舊居》詩曰：不歸江畔久，舊業已凋殘。露草蟲絲濕，湖泥鳥跡乾。買山開客舍，選竹作魚竿。何必勞州縣，驅馳效一官。

齊梁調詩

張謂《題故人別業》詩曰五言：平子歸田處，園林接汝濆。落花開户入，啼鳥隔窗聞。池浄流春水，山明斂霽雲。晝遊仍不厭，乘月夜尋君。

何遜《傷徐主簿》詩曰五言：世上逸群士，人間徹總賢。畢池論賞詑，蔣徑篤周旋。

又曰：一旦辭東序，千秋送北邙。客簫雖有樂，鄰笛遂還傷。

又曰：提琴就阮籍，載酒覓揚雄。直荷行罩水，斜柳細牽風。

七言尖頭律

皇甫冉詩曰：閑看秋水心無染，高卧寒林手自栽。廬阜高僧留偈別，茅山道士寄書來。燕知社日辭巢去，菊爲重陽冒雨開。淺薄何時稱獻納，臨歧終日自遲回。又曰：自哂鄙夫多野性，貧居數畝半臨湍。溪雲帶雨來茅洞，山鵲將雛上藥欄。仙籙滿床閑不厭，陰符在篋老羞看。更憐童子宜春服，花裏尋師到杏壇。

元氏曰：聲有五聲，角徵宫商羽也。分於文字四聲，平上去入也。宫商爲平聲，徵爲上聲，羽爲去聲，角爲入聲。故沈隱侯論云：「欲使宫徵相變，低昂舛節，若前有浮聲，則後須切響。一簡之内，音韻盡殊；兩句之中，輕重悉異。妙達此旨，始可言文。」固知調聲之義，其爲用大矣。調聲之術，其例有三：一曰換頭，二曰護腰，三曰相承。

一，換頭者，若兢於《蓬州野望》詩曰：「飄揺宕渠域，曠望蜀門隈。水共三巴遠，山隨八陣開。橋形疑漢接，石勢似煙回。欲下他鄉淚，猿聲幾處催。」此篇第一句頭兩字平，次句頭兩字去上入；次句頭兩字去上入，次句頭兩字平；次句頭兩字又平，次句頭兩字去上入；次句頭兩字又去上入，次句頭兩字又平：如此輪轉，自初以終篇，名爲雙換頭，是最善也。若不可得如此，及如篇首第二字是平，下句第二字是用去上入；次句第二字又用去上入，次句第二字又用平：如此輪轉終篇，唯換第二字，其第一字與下句第一字用平不妨，此亦名爲換頭，然不及雙換。又不得句頭第一字是去上入，次句頭用去上入，則聲不調也。可不慎歟。

二，護腰者，腰，謂五字之中第三字也；護者，上句之腰不宜與下句之腰同聲。然同去上入則不可，用平聲無妨也。庾信詩曰：「誰言氣蓋代，晨起帳中歌。」「氣」是第三字，上句之腰也；「帳」亦第三字，是下句之腰：此爲不調。宜護其腰，慎勿如此。

三，相承者，若上句五字之内，去上入字則多，而平聲極少者，則下句用三平承之。用三平之術，向上向下二途，其歸道一也。三平向上承者，如謝康樂詩云：「溪壑斂暝色，雲霞收夕霏。」上句唯有「溪」一字是平，四字是去上入，故下句之上用「雲霞收」三平承之，故曰上承也。三平向下承者，如王中書詩曰：「待君竟不至，秋雁雙雙飛。」上句唯有一字是平，四去上入，故下句末「雙雙飛」三平承之，故曰三平向下承也。

詩章中用聲法式

凡上一字爲一句，下二字爲一句，或上二字爲一句，下一字爲一句三言。上二字爲一句，下三字爲一句五言。上四字爲一句，下二字爲一句六言。上四字爲一句，下三字爲一句七言。

三言一平聲：驚七曜。詔八神。轉金蓋。

二平聲：排閶闔。度天津。紛上馳。

四言一平聲：寶運惟顯。世康禮博。有穆睟儀。槐棘愷悌。

二平聲：凝金曉陸。紫玉山抽。丹羽林發。顧惟輕薄。

三平聲：高邁堯風。仁風遐闡。皮鄉未群。

五言一平聲：九州不足步。目擊道存者。

二平聲：玄經滿狹室。綠水湧春波。雨數斜膝斷。蒙縣闕莊子。永慚問津所。詠哥殊未已。百行咸所該。

三平聲：披書對明燭。蘭生半上階。無論更漏緩。天命多羸仄。終缺九丹成。水潰衆滄來。洊雷揚遠聲。

四平聲：儒道推桓榮。非關心尚賢。

六言二平聲：合國吹饗蠟賓。沙頭白鶴自舞。次宿密懸花亭。將士來迎道側。日月馳邁不停。仰瞻梓柚葉青。八花沸躍神散。

三平聲：客行感思無聊。停車向路不乘。奄忽縱横無益。洞口青松起風。憂從中發愴愴。何不歸棲高觀。不爲時王所顧。

四平聲：蒸丹暫來巖下。柴門半掩恒雲。濛濛霖雨氣凝。况又流飄他方。南至榮陽停息。何爲貪生自謫。身爲灰土消爛。

五平聲：蓬萊方丈相通。人生幾何多憂。風起塵興暝暝。登高臨河顧西。

七言二平聲：將軍一去出湖海。信是薄命向誰陳。井上雙桐未掩鳳。嫁得作賦彈琴聲。寒雁一一渡遼水。誰堪坐感篋裏扇。

三平聲：相抱長眠不願起。自有傾城蕩舟妾。燕宫美女舊出名。復娉無雙獨立人。二人拂鏡開朱幕。都護府裏無相識。岱北雲氣晝昏昏。自從將軍出細柳。左掖深閨行且宜。聊看玉房素女術。

四平聲：秋鴻千百相伴至。曾舞纖腰入金谷。妾用丹霞持作衣。燕山去塞三千里。金門巧笑本如神。洛城秋風依竹進。玉釵長袖共留賓。唯見張女玄雲調。河畔青青唯見草。前期歲寒保一雙。

五平聲：高樓岧嶢連粉壁。可憐春日桃花敷。忖時俱來堪見迎。鴛鴦多情上織機。雲歸沙幕偏能暗。還嗟團扇匣中秋。深入邉邉偏易平。將軍勒兵討遼川。

初言度燕征玄菟。
六平聲：朝朝愁向猶思床。桃花藘蕳無極妍。春山興雲盡如羅。

七種韻

凡詩有連韻、疊韻、轉韻、疊連韻、擲韻、重字韻、同音韻。

一，連韻者，第五字與第十字同音，故曰連韻。如湘東王詩曰：「嶰谷管新抽，淇園竹復修。作龍還葛水，爲馬向并州。」此上第五字是「抽」，第十字是「修」，此爲佳也。

二，疊韻者，詩曰：「看河水漠瀝，望野草蒼黃。露停君子樹，霜宿女娃薑。」此爲美矣。

三，轉韻者，詩曰：「蘭生不當門，別是閒田草。夙被霜露欺，紅榮已先老。謬接瑶花枝，結根君王池。顧無馨香美，叨沐清風吹。餘芳若可佩，卒歲長相隨。」

四，疊連韻者，第四、第五與第九、第十字同韻，故曰疊連韻。詩曰：「羈客意盤桓，流淚下闌干。雖對琴觴樂，煩情仍未歡。」此爲麗也。

五，擲韻者，詩云：「不知羞，不敢留。但好去，莫相慮。孤客驚，百愁生。飯蔬簞食，樂道忘饑，陋巷不疲。」此之謂也。又曰：「不知羞，不肯留。集麗城，夜啼聲。出長安，過上蘭。指揚都，越江湖。念邯鄲，忘朝餐。但好去，莫相慮。」

六，重字韻者，詩云：「望野草青青，臨河水活活。斜峰纜行舟，曲浦浮積沫。」此爲善也。

七，同音韻者，所謂同音而字别也。詩曰：「今朝是何夕，良人誰難覯。中心實憐愛，夜寐不安席。」此上第五字還是「席」音，此無妨也。

八，交鎖韻。王昌齡《秋興》詩云：「日暮此西堂，涼風洗修木。著書在南窗，門館常肅肅。苔草彌古亭，視聽轉幽獨。或問余所營，刈黍就空谷。」

四聲論

論云：經案陸士衡《文賦》云：「其爲物也多姿，其爲體也屢遷。其會意也尚巧，其遺言也貴妍。暨音聲之迭代，若五色之相宣。」又云：「豐約之裁，俯仰之形，因宜適變，曲有微情。或言拙而喻巧，或理樸而辭輕。或襲故而彌新，或沿濁而更清。譬猶舞者赴節以投袂，歌者應絃而遣聲。」文體周流，備於玆賦矣。陸公才高價重，絕世孤出，實辭人之龜鏡，固難得文名焉。至於四聲條貫，無聞焉爾。李充之制《翰林》，褒貶古今，斟酌病利，乃作者之師表；摯虞之《文章志》，區别優劣，編輯勝辭，亦才人之苑囿。其於輕重巧切之韻，低昂曲折之聲，並闕之胸懷，未曾開口。縱復屈、宋奮飛于南楚，揚、馬馳鶩於西蜀，或昇堂擅美，或入室稱奇，争日月之光，竦凌雲之氣。敬通、平子，分路揚鑣；武仲、孟堅，同途競遠。曹植、王粲、孔璋、公幹之流，潘岳、左思、士龍、景陽之輩，自《詩》《騷》之後，晉、宋已前，杞梓相望，良亦多矣。莫不揚藻敷蕚，文美名香，飃彩與錦肆争華，發響共珠林合韻。然其聲調高下，未會當今，脣吻之間，何其滯歟。

夫四聲者，無響不到，無言不攝，總括三才，苞籠萬象。劉滔云：「雖復雷霆疾響，蟲鳥殊鳴，萬籟争吹，八音遞奏，出口入耳，觸身動物，固無能越也。」唯當形聲之外，言語道斷，此所不論，竟蔑聞於終古，獨見知于季代，亦足悲夫。雖師曠調律，京房改姓，伯喈之出變音，公明之察鳥語，至於此聲，竟無先悟。且《詩》《書》《禮》《樂》，聖人遺旨，探賾索隱，亦未之前聞。

宋末以來，始有四聲之目。沈氏乃著其譜論，云起自周顒。故沈氏《宋書·謝靈運傳》云：「五色相宣，八音協暢，玄黄律吕，各適物宜。故使宫羽相變，低昂舛節，若前有浮聲，則後須切響。一簡之内，音韻盡殊；兩句之中，輕重悉異。妙達此旨，始可言文。至於先士茂制，諷高歷賞，子建函谷之作，仲宣霸岸之篇，子荆零雨之章，正長朔風之句，並直舉胸懷，非傍經史，正以音律調韻，取高前式。」

劉滔亦云：「得者暗與理合，失者莫識所由，唯知齟齬難安，未悟安之有術。若『南國有佳人』『夜半不能寐』，豈用意所得哉！」蕭子顯《齊書》云：「沈約、謝朓、王融，以氣類相推，文用宫商，平上去入爲四聲，世呼爲永明體。」

然則蕭賾永明元年，即魏高祖孝文皇帝大和之六年也。昔永嘉之末，天下分崩，關河之地，文章殄滅。魏昭成、道武之世，明元、太武之時，經營四方，所未遑也。雖復網羅俊乂，獻納左右；而文多古質，未營聲調耳。及太和任運，志在辭彩，上之化下，風俗俄移。故《後魏文苑序》云：「高祖馭天，鋭情文學，蓋以頡頏漢徹，淹跨曹丕。氣遠韻高，艷藻獨構。衣冠仰止，咸慕新風，律調頗殊，曲度遂改。辭罕淵源，言多胸臆，練古雕今，有所未值。至於雅言麗則之奇，綺合繡聯之美，眇歷年歲，未聞獨得。既而陳郡袁翻、河内常景，晚拔疇類，稍革其風。及肅宗御曆，文雅大盛，學者如牛毛，成者如麟角。孔子曰：『才難，不其然乎。』」從此之後，才子比肩，聲韻抑揚，文情婉麗，洛陽之下，吟諷成群。及徙宅鄴中，辭人間出，風流弘雅，泉湧雲奔，動合宮商，韻諧金石者，蓋以千數，海内莫之比也。郁哉焕乎，於斯爲盛。乃甕牖繩樞之士，綺襦紈袴之童，習俗已久，漸以成性。假使對賓談論，聽訟斷決，運筆吐辭，皆莫之犯。

又吴人劉勰著《雕龍篇》云：「音有飛沈，響有雙疊。雙聲隔字而每舛，疊韻離句其必睽。沈則響發如斷，飛則聲揚不還。並鹿盧交往，逆鱗相比。迕其際會，則往蹇來替，其爲疾病，亦文家之吃也。」又云：「聲盡妍嗤，寄在吟詠。滋味流於下句，風力窮於和韻。異音相慎謂之和，同聲相應謂之韻。韻氣一定，則餘聲易遣；和體抑揚，故遺響難契矣。」此論，理到優華，控引弘博，計其幽趣，無以間然。但恨連章結句，時多澀阻。所謂能言之者也，未必能行者也。

潁川鍾嶸之作《詩評》，料簡次第，議其工拙。乃以謝朓之詩末句多蹇，降爲中品，侏儒一節，可謂有心哉！又云：「但使清濁同流，口吻調和，斯爲足矣。至於平上去入，余病未能。」經謂：嶸徒見口吻之爲工，不知調和之有術，譬如刻木爲鳶，摶風遠颺，見其抑揚天路，騫翥煙霞，咸疑羽翮之行然，焉知王爾之巧思也。四聲之體調和，此其效乎！除四聲已外，别求此道，其猶之荆者而北魯、燕，雖遇牧馬童子，何以解鍾生之迷？或復云：「余病未能。」觀公此病，乃是膏肓之疾，縱使華陀集藥，鶣鵲投針，恐魂岱宗，終難起也。嶸又稱：「昔齊有王元長者，嘗謂余曰：『宮商與二儀俱生，自古詩人，不知用之。唯范曄、謝公頗識之耳。』」今讀范侯贊論，謝公賦表，辭氣流靡，罕有挂礙，斯蓋獨悟於一時，爲知聲之創首也。

洛陽王斌撰《五格四聲論》，文辭鄭重，體例繁多，剖析推研，忽不能別矣。魏定州刺史甄思伯，一代偉人，以爲沈氏《四聲譜》不依古典，妄自穿鑿，乃取沈君少時文詠犯聲處以詰難之。又云：「若計四聲爲紐，則天下衆聲無不入紐，萬聲萬紐，不可止爲四也。」經以爲，三王異禮，五帝殊樂，質文代變，損益隨時，豈得膠柱調瑟，守株伺兔者也。古人有言：「知今不知古，謂之盲瞽；知古不知今，謂之陸沈。」孔子曰：「温故而知新，可以爲師矣。」《易》曰：「一開一闔謂之變，往來無窮謂之通。」甄公此論，恐未成變通矣。且夫平上去入者，四聲之總名也；征整政只者，四聲之實稱也。然則名不離實，實不遠名，名實相憑，理自然矣。故聲者逐物以立名，紐者因聲以轉注。萬聲萬紐，縱如來言；但四聲者，譬之軌轍，誰能行不由軌乎？縱出涉九州，巡遊四海，誰能入不由户也？四聲總括，義在於此。

經數聞江表人士說：梁主蕭衍不知四聲，嘗從容謂中領軍朱異曰：「何者名爲四聲？」異答云：「『天子萬福』，即是四聲。」衍謂異：「『天子壽考』，豈不是四聲也。」以蕭主之博洽通識，而竟不能辨之。時人咸美朱異之能言，嘆蕭主之不悟。故知心有通塞，不可以一概論也。今尋公文詠，辭理可觀；但每觸籠網，不知回避，方驗所說非憑虛矣。

沈氏《答甄公論》云：「昔神農重八卦，無不純；立四象，象無不象。但能作詩，無四聲之患，則同諸四象。四象既立，萬象生焉；四聲既周，群聲類焉。經典史籍，唯有五聲，而無四聲。然則四聲之用，何傷五聲也。五聲者，宫商角徵羽，上下相應，則樂聲和矣；君臣民事物，五者相得，則國家治矣。作五言詩者，善用四聲，則諷詠而流靡；能達八體，則陸離而華潔。明各有所施，不相妨廢。昔周、孔所以不論四聲者，正以春爲陽中，德澤不偏，即平聲之象；夏草木茂盛，炎熾如火，即上聲之象；秋霜凝木落，去根離本，即去聲之象；冬天地閉藏，萬物盡收，即入聲之象。以其四時之中，合有其義，故不標出之耳。是以《中庸》云：『聖人有所不知，匹夫匹婦，猶有所知焉。』斯之謂也。」

魏秘書常景爲《四聲贊》曰：「龍圖寫象，鳥跡摛光。辭溢流徵，氣靡清商。四聲發彩，八體含章。浮景玉充〔一〕，妙響金鏘。」雖章句短局，而氣調清遠。故知變風俗下，豈虛也哉。齊僕射陽休之，當世之文匠也，乃以音有楚夏，韻有訛切，辭人代用，今古不同，遂辨其尤相涉者五十六韻，科以四聲，名曰《韻略》。製作之士，咸取則焉，後生晚學，所賴多矣。齊太子舍人李節，知音之士，撰《音韻决疑》，其序云：「案《周禮》：『凡樂：圜鍾爲宫，黄鍾爲角，大蔟爲徵，姑洗爲羽〔二〕。』商不合

〔一〕充：周維德校點《文鏡秘府論》考作「苑」。
〔二〕姑：底本作「沽」，據《周禮·春官·大司樂》改。

律，蓋與宮同聲也。五行則火土同位，五音則宮商同律，闇與理合，不其然乎。呂静之撰《韻集》，分取無方。王微之製《鴻寶》，詠歌少驗。平上去入，出行閭里，沈約取以和聲之律呂相合。竊謂宮商徵羽角，即四聲也。羽，讀如括羽之羽。亦之和同，以拉群音，無所不盡。豈其藏埋萬古，而未改於先悟者乎？」經每見當世文人，論四聲者衆矣，然其以五音配偶，多不能諧；李氏忽以《周禮》證明商不合律，與四聲相配便合，恰然懸同。愚謂鍾、蔡以還，斯人而已。

文鏡秘府論　地

論體勢等十七勢　十四例　十體　六義　八階　六志　九意

十七勢

王氏論文云：詩有學古今勢一十七種，具列如後：第一、直把入作勢。第二、都商量入作勢。第三、直樹一句，第二句入作勢。第四、直樹兩句，第三句入作勢。第五、直樹三句，第四句入作勢。第六、比興入作勢。第七、謎比勢。第八、下句拂上句勢。第九、感興勢。第十、含思落句勢。第十一、相分明勢。第十二、一句中分勢。第十三、一句直比勢。第十四、生殺回薄勢。第十五、理入景勢。第十六、景入理勢。第十七、心期落句勢。

第一、直把入作勢

直把入作勢者，若賦得一物，或自登山臨水，有閒情作，或送別，但以題目爲定，依所題目，入頭便直把是也。皆有此例。

昌齡《寄驩州》詩入頭便云：「與君遠相知，不道雲海深。」

又《見譴至伊水》詩云：「得罪由己招，本性易然諾。」

又《題上人房》詩云：「通經彼上人，無跡任勤苦。」

又《送別》詩云：「春江愁送君，蕙草生氛氳。」

又《送別》詩云：「河口餞南客，進帆清江水。」

又如高適云：「鄭侯應棲遑，五十頭盡白。」

又如陸士衡云：「顧侯體明德，清風肅已邁。」

第二、都商量入作勢

都商量入作勢者，每詠一物，或賦贈答寄人，皆以入頭兩句平商量其道理，第三第四第五句入作是也。皆有其例。

昌齡《上同州使君伯》詩言：「大賢本孤立，有時起絲綸。伯父自天稟，元功載生人。」是第三句入作。

又《上侍御七兄》詩云：「天人俟明略，益稷分堯心。利器必先舉，非賢安可任。吾兄執嚴憲，時佐能鈎深。」此是第五句入作勢也。

第三、直樹一句，第二句入作勢

直樹一句者，題目外直樹一句景物當時者，第二句始言題目意是也。

昌齡《登城懷古》詩入頭便云：「林藪寒蒼茫，登城遂懷古。」

又《客舍秋霖呈席姨夫》詩云：「黄葉亂秋雨，空齋愁暮心。」

又：「孤煙曳長林，春水聊一望。」

又《送鄢賁覲省江東》詩云：「楓橋延海岸，客帆歸富春。」

又《宴南亭》詩云：「寒江映村林，亭上納高潔。」此是直樹一句，第二句入作勢。

第四、直樹兩句，第三句入作勢

直樹兩句，第三句入作勢者，亦題目外直樹兩句景物，第三句始入作題目意是也。

昌齡《留别》詩云：「桑林映陂水，雨過宛城西。留醉楚山别，陰雲暮淒淒。」此是第三句入作勢也。

第五、直樹三句，第四句入作勢

直樹三句，第四句入作勢者，亦有題目外直樹景物三句，然後即入其意，亦有第四第五句直樹景物，後入其意，然恐爛不佳也。

作勢。

昌齡《代扶風主人答》云：「殺氣凝不流，風悲日彩寒。浮埃起四遠，遊子彌不歡。」此是第四句入作勢。

又《旅次盩厔過韓七别業》詩云：「春煙桑柘林，落日隱荒墅。泱漭平原夕，清吟久延佇。故人家於兹，招我漁樵所。」此是第五句入作勢。

第六、比興入作勢

比興入作勢者，遇物如本立文之意，便直樹兩三句物，然後以本意入作比興是也。

昌齡《贈李侍御》詩云：「青冥孤雲去，終當暮歸山；志士杖苦節，何時見龍顏？」

又云：「眇默客子魂，倏鑠川上暉。還雲慘知暮，九月仍未歸。」

又：「遷客又相送，風悲蟬更號。」

又崔曙詩云：「夜臺一閉無時盡，逝水東流何處還。」

又鮑照詩云：「鹿鳴思深草，蟬鳴隱高枝。心自有所疑，旁人那得知。」

第七、謎比勢

謎比勢者，言今詞人不悟有作者意，依古勢有例。

昌齡《送李邕之秦》詩云：「别怨秦楚深，江中秋雲起言别怨與秦楚之深遠也。别怨起自楚地，既别之後，恐長不見，或偶然而會，以此不定，如雲起上騰於青冥，從風飄蕩，不可復歸其起處，或偶然而歸爾。天長夢無隔，月映在寒水雖天長，其夢不隔。夜中夢見，疑由相會，有如別。忽覺，乃各一方，互不相見，如月影在水，至曙，水月亦了不見矣。」

第八、下句拂上句勢

下句拂上句勢者，上句説意不快，以下句勢拂之，令意通。

古詩云：「夜聞木葉落，疑是洞庭秋。」

昌齡云：「微雨隨雲收，濛濛傍山去。」

又云：「海鶴時獨飛，永然滄洲意。」

第九、感興勢

感興勢者，人心至感，必有應説，物色萬象，爽然有如感會。亦有其例。

如常建詩云：「泠泠七絃遍，萬木澄幽音。能使江月白，又令江水深。」

又王維《哭殷四》詩云：「泱漭寒郊外，蕭條聞哭聲。愁雲爲蒼茫，飛鳥不能鳴。」

第十、含思落句勢

含思落句勢者，每至落句，常須含思，不得令語盡思窮。或深意堪愁，不可具說。即上句爲意語，下句以一景物堪愁，與深意相愜便道。仍須意出感人始好。

昌齡《送別》詩云：「醉後不能語，鄉山雨雰雰。」

又落句云：「日夕辨靈藥，空山松桂香。」

又：「墟落有懷縣，長煙溪樹邊。」

又李湛詩云：「此心復何已，新月清江長。」

第十一、相分明勢

相分明勢者，凡作語皆須令意出，一覽其文，至於景象，恍然有如目擊。若上句說事未出，以下一句助之，令分明出其意也。

如李湛詩云：「雲歸石壁盡，月照霜林清。」

崔曙詩云：「田家收已盡，蒼蒼唯白茅。」

第十二、一句中分勢

一句中分勢者，「海浄月色真」。

第十三、一句直比勢

一句直比勢者，「相思河水流」。

第十四、生殺回薄勢

生殺回薄勢者，前説意悲涼，後以推命破之；前説世路矜騁榮寵，後以至空之理破之入道是也。

第十五、理入景勢

理入景勢者，詩不可一向把理，皆須入景語始清味。理欲入景勢，皆須引理語，入一地及居處，所在便論之。其景與理不相愜，理通無味。

昌齡詩云：「時與醉林壑，因之墮農桑。槐煙稍含夜，樓月深蒼茫。」

第十六、景入理勢

景入理勢者，詩一向言意，則不清及無味；一向言景，亦無味。事須景與意相兼始好。凡景語入理語，皆須相愜，當收意緊，不可正言。景語勢收之便論理語，無相管攝。方今人皆不作意，慎之。

昌齡詩云：「桑葉下墟落，鵾鷄鳴渚田。物情每衰極，吾道方淵然。」

第十七、心期落句勢

心期落句勢者，心有所期是也。

昌齡詩云：「青桂花未吐，江中獨鳴琴。」言青桂花吐之時，期得相見；花既未吐，即未相見，所以江中獨鳴琴。

又詩云：「還舟望炎海，楚葉下秋水。」言至秋方始還。此《送友人之安南》也。

十四例

一、重疊用事之例。二、上句用事，下句以事成之例。三、立興以意成之例。四、雙立興以意成之例。五、上句古，下句以即事偶之例。六、上句立意，下句以意成之例。

七、上句體物，下句以狀成之例。八、上句體時，下句以狀成之例。九、上句用事，下句以意成之例。十、當句各以物色成之例。十一、立比以成之例。十二、覆意之例。十三、疊語之例。十四、避忌之例御草本消之。十五、輕重錯謬之例。

一、重疊用事之例

詩曰：「浄宫鄰博望，香刹對承華。」

二、上句用事，下句以事成之例

詩曰：「子玉之敗，屢增惟塵。」上句出《傳》，下句出《詩》也。

三、立興以意成之例

《詩》曰：「營營青蠅，止于樊。愷悌君子，無信讒言。」又詩曰：「明月照高樓，流光正徘徊。上有愁思婦，悲嘆有餘哀。」

四、雙立興以意成之例

《詩》曰：「鼓鐘鏘鏘，淮水湯湯，憂心且傷。」又詩曰：「青青陵上柏，磊磊澗中石。人生天地間，忽如遠行客。」

五、上句古，下句以即事偶之例

詩曰：「昔聞汾水遊，今見塵外鑣」。

六、上句意，下句以意成之例

《詩》曰：「假樂君子，顯顯令德。宜民宜人，受禄於天。」

七、上句體物，下句以狀成之例

詩曰：「朔風吹飛雨，蕭條江上來。」

八、上句體時，下句以狀成之例

詩曰：「昏旦變氣候，山水含清暉。」

九、上句用事，下句以意成之例

詩曰：「雖無玄豹姿，終隱南山霧。」

十、當句各以物色成之例

詩曰：「明月照積雪，朔風勁且哀。」

十一、立比以成之例

詩曰：「餘霞散成綺，澄江浄如練。」

十二、覆意之例

詩曰：「延州協心許，楚老惜蘭芳。解劍竟何及，撫墳徒自傷。」

十三、疊語之例

詩曰：「故人心尚爾，故心人不見。」又詩曰：「既爲風所開，還爲風所落。」

十四、避忌之例

詩曰：「何況雙飛龍，羽翼縱當乖。」又詩曰：「吾兄既鳳翔，王子亦龍飛。」

十五、輕重錯謬之例

陳王之誄武帝，遂稱「尊靈永蟄」；孫楚之哀人臣，乃云「奄忽登遐」。子荆《王驃騎誄》。此錯繆一例也，見《顏氏傳》。

今於古律之上，始末酷論，以袪未悟，則反正之道，可得而聞也。

十 體

一、形似體；二、質氣體；三、情理體；四、直置體；五、雕藻體；六、映帶體；七、飛動體；八、婉轉體；九、清切體；十、菁華體。

一、形似體

形似體者，謂貌其形而得其似，可以妙求，難以粗測者是。詩云：「風花無定影，露竹有餘清。」又云：「映浦樹疑浮，入雲峰似滅。」如此即形似之體也。

二、質氣體

質氣體者，謂有質骨而作志氣者是。詩曰：「霧烽暗無色，霜旗凍不翻。雪覆白登道，冰塞黄河源。」此是質氣之體也。

三、情理體

情理體者，謂抒情以入理者是。詩曰：「游禽暮知返，行人獨未歸。」又曰：「四鄰不相識，自然成掩扉。」此即情理之體也。

四、直置體

直置體者，謂直書其事置之於句者是。詩云：「馬銜苜蓿葉，劍瑩鸊鵜膏。」又曰：「隱隱山分地，滄滄海接天。」此即是直置之體。

五、雕藻體

雕藻體者，謂以凡事理而雕藻之，成於妍麗，如絲彩之錯綜，金鐵之砥煉是。詩曰：「岸緑開河柳，池紅照海榴。」又曰：「華志怯馳年，韶顔慘驚節。」此即是雕藻之體。

六、映帶體

映帶體者，謂以事意相愜，復而用之者是。詩曰：「露花疑濯錦，泉月似沉珠。」此意花似錦，月似珠，自昔通規矣。然蜀有濯錦川，漢有明珠浦，故特以爲映帶。又曰：「侵雲蹀征騎，帶月倚雕弓。」「雲騎」與「月弓」是復用，此映帶之類。又曰：「舒桃臨遠騎，垂柳映連營。」

七、飛動體

飛動體者，謂詞若飛騰而動是。詩曰：「流波將月去，湖水帶星來。」又云：「月光隨浪動，山影逐波流。」此即是飛動之體。

八、婉轉體

婉轉體者，謂屈曲其詞，婉轉成句是。詩曰：「歌前日照梁，舞處塵生襪。」又曰：「泛色松煙舉，凝華菊露滋。」此即婉轉之體。

九、清切體

清切體者，謂詞清而切者是。詩曰：「寒葭凝露色，落葉動秋聲。」又曰：「猿聲出峽斷，月彩落江寒。」此即是清切之體。

十、菁華體

菁華體者，得其精而忘其粗者是。詩曰：「青田未嬌翰，丹穴欲乘風。」鶴生青田，鳳出丹穴。今只言青田，即可知鶴，指言丹穴，即可知鳳，此即文典之菁華。又曰：「曲沼疎秋蓋，長林卷夏帷。」曲沼，池也。又曰：「積翠徹深潭，舒丹明淺瀨。」丹即霞，翠即煙也。今只言丹、翠，即可知煙、霞之義。況近代之儒，情識不周於變通，即坐其危險，若兹人者，固未可與言。

六　義

一曰風，二曰賦，三曰比，四曰興，五曰雅，六曰頌。

一曰風

體一國之教謂之風。《關雎》、《麟趾》之化，王者之風也；《鵲巢》、《騶虞》之德，諸侯之風也。王云：「天地之號令曰風。上之化下，猶風之靡草，行春令則和風生，行秋令則寒風殺，言君臣不可輕其風也。」

二曰賦

皎曰：「賦者，布也。匠事布文，以寫情也。」王云：「賦者，錯雜萬物，謂之賦也。」

三曰比

皎云：「比者，全取外象以興之，『西北有浮雲』之類是也。」王云：「比者，直比其身，謂之比假，如『關關雎鳩』之類是也。」

四曰興

皎云：「興者，立象於前，後以人事諭之，《關雎》之類是也。」王云：「興者，指物及比其身説之爲興，蓋托喻謂之興也。」

五曰雅

皎云：「正四方之風謂雅。正有小大，故有大小雅焉。」王云：「雅者，正也。言其雅言典切，爲之雅也。」

六曰頌

王云：「頌者，贊也。讚嘆其功，謂之頌也。」皎云：「頌者，容也。美盛德之形容，以其成功告於神明也。」

古人云：「頌者，敷陳似賦，而不華侈；恭慎如銘，而異規誡。」

以六義爲本，散乎情性，有君臣諷刺之道焉，有父子兄弟朋友規正之義焉。降及遊覽答贈之例，各于一道，全其雅正。

八　階《文筆式》略同。

一、詠物階。二、贈物階。三、述志階。四、寫心階。五、返酬階。六、贊毁階。七、援寡階。八、和詩階。

第一、詠物階

詩曰：「雙眉學新緑，二臉例輕紅。言模出浪鳥，字寫入花蟲。」又曰：「灑塵成細跡，點水作圓文。白銀花裏散，明珠葉上分。」

釋曰：聞神嶺而賦金花，睹仙蓬以歌玉葉。或思今而染墨，乍感昔以抽毫。此乃詠物之階斯顯，即事之言是著。

第二、贈物階

詩曰：「心貞如玉性，志潔若金爲。托贈同心葉，因附合歡枝。」又曰：「合暝刺縫羅，守啼方達曙。帶長垂兩巾，代人交手處。」

釋曰：乍遺荅葍之菉葉，時贈滴瀝之輕花。假類玉以制文，託如金而起詠。雖復表心著跡，還以贈物爲名。

第三、述志階

詩曰：「有鳥異孤鸞，無群飛獨漾。鶴戲逐輕風，起嚮三臺上。」又曰：「丈夫懷慷慨，膽上湧波奔。只將三尺劍，決構一朱門。」

釋曰：燕雀之爲易測，鸞鳳之操難知。有如候雁銜蘆，騰龍附雲。上哲託以呈抱，明賢因而表志。坦蕩之位既陳，慷慨之雄是立。

第四、寫心階

詩曰：「命禮遺舟車，佇望談言志。若值信來符，共子同琴瑟。」又曰：「插花花未歇，薰衣衣已香。望望遥心斷，悽悽愁切腸。」

釋曰：春光暖暖，託青鳥以通言；夏日悠悠，因紅箋而表意。若也招朋命侣，方事一斟兩酌；追舊狎新，如應三揮四撫。既傾一樽若是，故以寫心爲名。

第五、返訓階

詩曰：「盛夏盛炎光，焦天焦氣烈。」又曰：「清階清溜瀉，涼户涼風入。」

釋曰：此述涼秋，彼陳盛暑。九冬雪狀淒人，三春風光可玩。即二節各舉，且兩時互列。語既差舛，故以訓爲名。

第六、讚毁階

詩曰：「施朱桃惡采，點黛柳慚色。」又曰：「皓雪已藏暉，凝霜方叠影。」

釋曰：讚此練葛無方，毁彼羅紈取證。既近辱緹錦，亦遠耻霜雪。至如梁家畫黛，漢女久矣低顔；宋里施朱，江妃故宜斂色。且自重。又云：褒貶之事既彰，讚毁之階是立。

第七、援寡階

詩曰：「女蘿本細草，抽莖信不功。憑高出嶺上，假樹入雲中。」又曰：「愁臨玉臺鏡，淚垂金縷裙。」

釋曰：登巖眺遠，陟嶺瞻高。此乃假彼敷榮，因他茂實。且復何異鸞鏡絶塵，遂寫如花之嫩頰；龍津屏浪，乃照似月之蛾眉。既憑有功，亦假託於信。又云而住。

第八、和詩階

詩曰：「花桃微散紅，萌蘭稍開紫。客子情已多，春望復如此。」又曰：「風光摇隴麥，日華映林蕊。春情重以傷，歸念何由弭。」

釋曰：黄蘭碧桂，風舞葉上之飛香；紫李紅桃，日漾花中之艷色。彼既所呈九暖，此即復答三春。兼疑秋情，齊嗟夏抱。染墨之辭不異，述懷之志皆同，彼此宫商，故稱相和。王斌有言曰：「無山可以減水，有日必應生月。」夫詶采答詩，言往語復，但令切著，施教無兼。

六　志《筆劄》略同。

一曰直言志，二曰比附志，三曰寄懷志，四曰起賦志，五曰貶毁志，六曰讚譽志。

一曰直言志

直言志者，謂的申物體，指事而言，不藉餘風，别論其詠。即假作《屏風詩》曰：「緑葉霜中夏，紅花雪裏春。去馬不移跡，來車豈動輪。」

釋曰：畫樹長青，不許經霜變色；圖花永赤，寧應度雪改容。毫模去跡，料判未移蹤；筆寫行輪，何能進轍。如斯起詠，所例曰直，不藉煩詞，自然應格悟。

二曰比附志

比附志者，謂論體寫狀，寄物方形，意託斯間，流言彼處。即假作《贈別》詩曰：「離情絃上急，別曲雁邊嘶。低行雲百種，千過鬱，垂露幾、千行啼。」

釋曰：無方叙意，寄急狀於絃中；有意論情，附嘶聲於雁側。上見低雲之鬱，託愁氣以合詞；下矚垂露懸珠，寄啼行而奮筆。意在妝頰，喻説鮮花；欲述眉形，假論低月。傳形在去，類體在來，意涉斯言，方稱比附。

三曰寄懷志

寄懷志者，謂情含鬱抑，語帶譏微，事側、列膏肓，詞褒譎詭。即假作《幽蘭》詩曰：「日月雖不照，馨香要自豐。有怨生幽地，無由逐遠風。」

釋曰：悋道日月不明，自表生於幽地；略述馨香有質，還論逐吹無由。猶屈原多俠，《離騷》之詠勃興；賈誼不用，《伏鳥》之歌云作。如斯之例，因號寄懷。

四曰起賦志

起賦志者，謂斥論古事，指列今詞。模《春秋》之舊風，起筆札之新號。或指人爲定，就跡行以題篇；或立事成規，造因由而遣筆。附申名况，託志浮、流言，例此之徒，皆名起賦。即假作《賦得魯司寇》詩曰：「隱見通榮辱，行藏備卷舒。避席談曾子，趨庭誨伯魚。」

釋曰：有道無道之説，備列前聞；用之捨之之事，名傳後代。曾參避席，文載《孝經》；鯉也過庭，義班《論語》。如斯之例，事得成言，因舊行新，故名起賦者也。

五曰貶毁志

貶毁志者，謂指物實佳，興文道惡，他言作是，我説宜非。文筆見貶，言詞致毁，證善爲惡，因以名之。即假作《田家》詩曰：「有意嫌千石，無心羡九卿。且悦丘園好，何論冠蓋生。」

釋曰：千石崇高，興言有棄；九卿位重，所願無心。翻非冠蓋，倒悦丘園，貶毁之情，自然隆著。

六曰讚譽志

讚譽志者，謂心珍賤物，言貴者不如；意重今人，云先賢莫及。詞褒筆味，玄欺豐歲之珠；語讚文峰，劇勝饑年之粟。小中出大，短内生長，拔滯昇微，方云讚譽。即假作《美人》詩，詩曰：「宋臘何須説，虞姬未足談。頰態花翻愧，眉成月倒慚。」

釋曰：宋臘無雙，播徽音於筆札；虞姬罕匹，飛令譽于含章。鮮花笑樹，刺施妝之未如；初月開雲，信圖眉而莫及。俱論彼弱，玄識此强，假名具陳，方申指的。

九　意

一、春意；二、夏意；三、秋意；四、冬意；五、山意；六、水意；七、雪意；八、雨意；九、風意。

春意

雲生似蓋，霧起如煙。山行　垂松萬歲，卧柏千年。山行
羅雲出岫，綺霧張天。山行　紅桃繡苑，碧柳裝田。遊園
風生玉艷，日帶金妍。野望　窗中落粉，瑟上鳴絃。
朝雲蔽日，夕雨傾天。大雨　三山引霧，六澤浮煙。望晴
鴻歸塞北，雁入幽邊。望晴　蜂歌樹裏，蝶舞花前。遊園
悲瞻漢地，泣望胡天。從戎　秦娥鼓瑟，越女調絃。席興
離衿十載，別袂三年。怨別　風飄綺袖，日照花鈿。美人

鳴鐘伏趙，摻鼓降燕。劍騎
平原皎潔，下蔡芬芳。遊園
燈前覆盞，燭下傾觴。夜飲
遊蜂熠燿，舞蝶翱翔。酣飲
同觀比翼，共眺鴛鴦。遊池
琴宜袖短，舞勢裙長。妓女
雲生鶴嶺，霧起鸞崗。山行
風飄洞户，月照長廊。淵居
蘭腰婀娜，玉手低昂。搗練
三危鳥翅，九折羊腸。山行
風飄芍藥，日照薔薇。野望
朝悲鳳幕，夜泣鸞帷。閨怨
娼人過漢，蕩婦桑媒。寓目
持花夕返，采蕊朝歸。蠶婦
顔同趙燕，面似西施。美人
登山意亂，入谷心疑。山行

三山帶霧，五仞含煙。劍騎
金池水緑，玉苑花紅。遊園
鴻辭繡沼，燕入華梁。傷別
花開故苑，柳發新裝。遊池
眉間葉緑，臉上花黄。美女
懸情憶土，舉目思鄉。客怨
天開寶艷，日寫金光。淵居
環欹照曜，佩動鏗鏘。搗練
猿啼柏阜，鳥唤松崗。山行
鳴鳩振羽，嘹雁番歸。
嬌同漢婦，態若湘妃。美人
良人惆默，賤女歔欷。送別
房櫳夜泣，洞户朝悲。閨怨
孤眠繡帳，獨寢羅幃。閨怨
裙開鳳轉，袖動鸞飛。美人
稚兒荷蓧，織女鳴機。田家

尋山采蕨，亘野收薇。田家　啼淹武服，泣爛戎衣。從戎
紅桃似頰，碧柳如眉。遊園　萍開舊沼，藕發新泥。游池
黄禽命駕，紫燕相隨。寓目　丹桃曄曄，緑竹猗猗。游池
觀魚引詠，視鳥興詩。同上　桃蹊遺爵，菊浦酬巵。園醮
風光紫闕，日曜丹墀。同上　新梅婀娜，嫩柳逶迤。
宜男窈窕，少女參差。芳草　龍城馬倦，雁塞人疲。從戎
通情豆蔻，寄意相思。美人　雲從浪覆，日逐波攲。
由來廣額，本自長眉。美人　君心易改，妾意難移。美人

夏意

煙雲夕卷，火霧朝開。　招涼入苑，避暑登臺。遊園
臨池命盞，入水呼杯。池醮　風揍翠柳，月灼芳梅。遊園
單紗夜剪，輕縠朝裁。妓女　湯風乍舉，炎氣翻來。焰氣
尋風照灼，逐水徘徊。遊池　浮瓜百隻，沈李千枚。
朱霞東起，赤日西頹。日晚　飄風蝶起，拂水蓮開。遊園
松禽風響，柏鳥聲哀。山行　愁心叵却，眼淚難裁。閨怨

榴觴滿榼，菊酒盈杯。對飲
同酣嘗鳳髓，共乳龍胎。貴席
三桃宜獻，五柳堪酬。望人
移床就沼，改幕依流。
長宵繾綣，永夜綢繆。美人
分桃入寵，割袖爲儔。美人
終輕七貴，焉重五侯。逸仕
江邊亂蒲，溪上迷紅。美人
追涼上苑，避暑幽宮。避暑
閑門耿耿，寂帳忡忡。有懷
雲從土馬，水逐泥牛。雨貌
金聲漏盡，玉潤番終。傷情
秦庭奮猛，漢室馳雄。
平生好怒，立性從戎。
簷前花笑，户外鶯嬌。
彈琴弱腕，妙舞纖腰。妓女

酬觴玉德，獻雅金才。叙觴
時登水殿，或上風臺。避暑
巫山我愛，洛浦君求。神女
蘭池遜遁，金谷周遊。遊園
胡城足怨，隴幕多愁。客怨
臨池顧影，就水搔頭。美人
顰眉造態，雹粉佯羞。美人
天開龍日，海放魚風。寓目
觀魚濠上，眺美桑中。寓目
朝看列缺，暮望豐隆。雨貌
元輕別鵲，本謝蜩蟲。謙短
芳涼易竭，玉井先窮。傷遊
先持寶劍，却挽烏弓。
才非白馬，智鬬青牛。謙短
花園命駕，綺殿相招。
興言嗚咽，發語號咷。

歌持越劍，舞拔吳刀。劍騎　池旁寄意，折藕相嫽。採蓮
魚燈晃夜，龍燭明宵。夜飲　關山迢迢，津路遥遥。遠移
長安遠遠，白日迢迢。　馳輪漢室，策馬胡橋。
終軍棄帛，司馬題橋。求還　心存驥尾，意託鴻毛。求還

秋意

火雲將闋，水月翻明。　錦霞朝暗，碧霧霄清。
晨看度雁，夜視飛螢。　燈來若月，火度如星。秋夜
金風乍動，縠袖時輕。　花凋玉苑，日落金城。傷逝
鴻辭漢沼，燕別吳庭。怨別　秦宮振響，漢室揚名。美人
燈前滅影，燭下流形。傷逝　龍門泣淚，馬邑悲鳴。從戎
啼看繡帳，泣望花屏。閨情　能妝面貌，巧畫蛾眉。美人
能歌緩唱，妙舞腰輕。好　蒲桃我酌，竹葉君傾。樂飲
蓬門匿影，甕牖藏形。隱士　桑中遺意，漢側留情。
追朋阮籍，命友劉伶。飲士
遲遲璧玉，皎皎羅雲。　鴻歸熠耀，鶴度繽紛。

蟲鳴東圃，蟬叫西園。
遊風索索，逝水渾渾。
龍城念子，馬邑思君。
蒲桃瀺灂，竹葉氛氳。
心怨憤憤，眼淚渾渾。愁意
晨招公子，夕餞王孫。逝遇
風驚樹動，水激雷奔。山行
踟躕三徑，涉獵幽蹊。
蟬鳴飲露，燕罷銜泥。
摧藏夜泣，悵望孤棲。閨怨
金風動壁，桂月霄低。
無方日暗，有意雲梯。求士
揮戈出塞，拔劍龍蹊。從戎
衡門寂寂，白社棲棲。
開門出獻，閉户酬稽。
朝悲熂鼓，夕泣摇鞞。從戎

風高塞邑，日慘函關。
花凋下蔡，木落平原。
三清滿榼，九醞盈樽。樂飲
鳴絃雁塞，佩劍龍門。
心羅天地，意網乾坤。雄士
山傍日暗，嶺上雲昏。山行
羅雲靄靄，玉露淒淒。
登山雉喚，入谷猿啼。山行
山斜馬惑，澗曲人迷。
風飄曲澗，水噎長溪。山行
三虞風一，五百聲齊。美人
風飄綺袖，日照金堤。美人
朝瞻澗雉，曉候山鷄。
昏昏綺帳，寂寂蘭閨。閨怨

珠星皎皎，璧月朧朧。　風飄紫柏，日翳青桐。
新花麗緑，晚蕊開紅。　花飛木悴，葉落條空。
秋天秋夜，秋月秋蓬。　秋池秋雁，秋渚秋鴻。
朝雲漠漠，夕雨濛濛。　猿啼紫柏，蟬泣青松。山行
時迎牧子，乍送田翁。　南池養雁，北澤呼鴻。
歌迎白鶴，舞送玄龍。遇佳　兒栽白薤，女蒔青葱。田家
千愁入臆，百恨填胸。愁意　心悲易足，眼淚難供。
本稱桃李，今謝芙蓉。傷逝　燈暉幕静，月照人空。
眉如葉緑，頰類花紅。美人　呼歌八表，叱吒三公。劍騎
弓穿白虎，手制黄龍。　倶傾鄭盞，共覆堯鐘。
躊躇陌上，掻手房櫳。　行如月度，立若花叢。

冬意

瓊梅落葉，玉樹凋柯。　冰開雁沼，凍結鴛河。
龍城風少，馬邑寒多。　重帷艷錦，複帳珠羅。
雲凝五岫，霧結三河。　宮商韻動，律吕音和。奏樂

方筵趙舞，曲宴韓娥。妓女
花仙妙舞，月燭清歌。
持觴隱亞，促酒嵬峨。飲
馳輿響轄，蹀馬聲珂。
蒙憐是笑，得寵由歌。美人
龍泉乍拭，巨闕新磨。劍騎
枯藤望鬱，落樹希榮。
燕風蕭蕭，岱霧縱横。
寒雲寒暗，寒夜寒明。
才非郭太，智謝荀卿。謙意
眉間柳翠，頰上花生。
西施越第，褒姒周京。貴人
征雲乍舉，陳火初驚。從戎
羊腸叵越，鹿徑難行。從戎
龍門日慘，兔苑風酸。
園含白雪，池結清冰。

佯嗔怨少，笑語嬌多。夜伎
千門涉獵，萬户經過。
松蹊萬仞，石水千過。山行
盧龍惆悵，碣石呼嗟。從戎
三危怨少，九折悲多。

寒雲夜斂，苦霧朝驚。
寒朝促日，冷夜延更。
臨池月出，照日花生。明金
遊燕獨步，入洛孤行。
徑中遥見，路上逢迎。美人
胡笳切響，塞笛哀鳴。從戎
愁雲夕起，苦霧朝興。
金壺獸炭，玉頂龍鐺。
龍門水凍，兔苑幡凝。
寒朝叵度，寒夜難勝。

雲含十嶺，日照九層。田家　埋蹤五命，匿響三徵。隱士
平原宋鵲，上苑梁鷹。田家　悲看花燭，泣望蘭燈。閨怨
當年婿寵，今日夫憎。棄妾　金山忽倒，玉嶺翻崩。
巫山忽倒，玉岫翻崩。傷逝　悲逢郭大，愧見孫登。過德
松間霧起，柏上雲騰。　妍無常闕，笑罷金陵。傷逝
林玄霧映，樹白雲飛。
寒鴻寒嘯，寒雁寒吟。　玄風振野，白霧張林。
重帷雪入，複幔霜侵。　雕薪鏤火，鳳幕鴛衾。
車經巘峴，馬度嶔崟。山行　笙抽鳳響，笛發龍吟。歡樂
蒲桃我酌，竹葉君斟。樂飲　從時散誕，與日浮沉。逸如
懷金鵲起，蘊玉龍潛。隱士　君爲柏意，妾作松心。附意
綢繆稱昔，態摘云今。棄奴　傾看劉酹，舞拍陶琴。
松長日少，澗曲多陰。山行

山意

嶔崟嵑岸，嵥碨嵯峨。春禽嘲哳，夏鳥嘍囉。

林高日少，樹密風多。
人呼嶺應，馬叫山和。
時稱鳳穴，亦謂龍窠。
能流萬水，巧納千河。
黄熊西麓，白虎東阿。
湧川開瀆，納海吞河。
齊君惘默，鄭后咨嗟。
嶄巖岝峈，鬱崪崆峒。
或藏棲鳳，或隱游龍。
猿啼北岫，雉雊南峰。
時逢赤子，數值黄公。
豐隆南北，列缺西東。
凌明巧更，負局遊蹤。
玄犀競入，白虎争居。
狌狌殞命，狒狒殘軀。
時看麇鹿，乍見騊駼。

青春鳥哢，朱夏禽歌。
浮丘涉獵，王晉經過。
開雲若錦，引霧如羅。
朝聞海嘯，夜聽禽歌。
望之鬱鬱，盼之峨峨。
唐蒙附柏，松挂女蘿。
千尋嶒崚，萬仞嵯峨。
腰前萬柏，帶後千松。
魚鱗百疊，鳥翅千重。
招河引濟，納海吞江。
飛簾出岫，屏翳昇峰。
春林照灼，夏卉青蔥。
陽抽雪白，陰放花紅。
黄熊東越，赤豹西逾。
巖棲六駮，岫隱騶虞。
猿公騰跳，⿰犭軍子趑趄。

文麟重踏，巨象踟躕。神能致雨，湧氣成朱。
舒陽罄絶，奮足騰虚。歌鸞棲蔭，舞鳳陽居。
王雎頡頏，鵁鶄翺翔。鷃鴎寶艶，翡翠花光。
山鷄或隱，澤雉翻藏。孤鴻拂岫，旅雁遊崗。
四文成體，五德爲章。聞弓睒眼，見彈倏張。孤雁
能依寒暑，善逐陰陽。銜蘆意迫，刷羽神惶。
遊燕爲侶，出塞成行。

水意

朝宗尾壑，派別崑崙。千途浩浩，萬里渾渾。
聲淫宇宙，響震乾坤。滉瀁霆激，浩汗雷奔。
清波漸汨，緑浦潺湲。
泓澄沆瀁，泙湃漣漪。蜃⿰虫林或滿，蚌水能虧。
雲從浪覆，日逐波欹。青楊映浦，緑竹生湄。
溝清沸濆，含緑由瀦。澄如碧玉，皎若瑠璃。
朝看白獺，暮視玄黿。三眸竟出，六眼奔馳。

楚臣嗚咽，舜婦含悲。彈琴就岸，寫曲臨池。
湘妃遥曳，洛女逶迤。年來若此，歲去如兹。
鯤鱐鮫鯌，鱣鮪鱒魴。鯸鮐比目，鮷鱧魦鱠。
紫鱗素甲，春躍冬藏。朱頭活活，頳尾洋洋。
聽琴踊躍，逐餌低昂。時逢豫子，或值文王。
冠山跳吼，呼舳翱翔。晴如兔影，目似烏光。

雪意

光含秋月，麗若春霞。飄飄天際，散漫欹斜。
從風玉礫，逐吹瓊砂。朝疑柳絮，夜似梅花。
花生桂苑，粉落田家。看鴻入苑，望蝶歸花。
燕人惆默，漢使咨嗟。同觀瑞鳥，共眺仙車。
寒添薄帳，冷足單家。
平原蕊落，上苑花開。隨風宛轉，逐吹徘徊。
朝光玉殿，夜照瓊臺。歸林蝶去，入苑鴻來。
登絃曲美，入調聲哀。班婕扇至，洛媛裙開。

凝階似粉，凍木如梅。
花飛染樹，蕊落遥天。朝看玉扇，夜望瓊塵。
依樓玉砌，入野銀田。霏霏户際，皎皎簷前。
雰雰入水，沫沫登山。還同碎玉，不異銀田。
先滋粟麥，亦表豐年。芬芳入扇，婉約登絃。
林間皎絜，月下光鮮。

雨意

山雲靄靄，海氣濛濛。投林亂鳥，入塞迷龍。
玉女之電，美人之虹。夜瞻神女，朝看海童。
鸞崗住柏，鳳嶺傾松。滂沱入海，瀺灂歸江。
南堂草碧，北苑花紅。朝瞻白馬，夕眺玄龍。
霞游桂棟，礎潤蘭房。林風窈窕，山石玄黃。
不殊京縣，還如洛陽。淋泠檀邑，霡霂金鄉。
分遊洞澗，派入枯塘。浮池汗汗，覆沼湯湯。
波中月動，水上雲蕩。宵埋兔影，晝掩龍光。

田農獻疋，治粟酬觴。
能除蜀忿，巧滅齊湟。
雲開斗上，月度星旁。
平原沛沛，下隰湯湯。
蕃人西怨，姬客東傷。
青牛道絶，白馬雲行。
澆魚鳥吼，樹液龍驚。
添桃葉浄，灌李花明。
波中月出，浪裏雲生。

風意

游江入漢，拂水搖臺。
飄颻鄉竹，涉獵敲梅。
從花宛轉，逐葉徘徊。
徑窗燭滅，入户燈摧。
從絃逐管，合律應灰。
過林響切，入樹聲哀。
昇臺帳卷，入户簾開。
嘆能葉舞，怨則林頹。
飄飄日去，颯颯時來。
無形無像，能重能輕。
冬涼白黑，夏暖朱青。
八方異號，四序殊名。
銅禽已舉，石燕翻零。
偏從暈月，好逐箕星。
颼飀馬叫，飈颰雷驚。
吹天西側，鼓地東傾。

能馳嘯馬，巧運飛車。指南指北，若有若無。
傾林若實，倒薄疑虚。逢崖自卷，入野申舒。
昇沉烈烈，上下徐徐。遥過芍藥，參次芙蓉。
燈前舞鳥，燭下吟烏。

文鏡秘府論　東

論對

或曰：「文詞妍麗，良由對屬之能；筆札雄通，實安施之巧。若言不對，語必徒申；韻而不切，煩詞枉費。」元氏云：「《易》曰：『水流濕，火就燥。』『雲從龍，風從虎。』《書》曰：『滿招損，謙受益。』此皆聖作切對之例。況乎庸才凡調，而對而不求切哉！」

余覽沈、陸、王、元等詩格式等，出没不同。今棄其同者，撰其異者，都有二十九種對，具出如後。其賦體對者，合彼重字、雙聲、疊韻三類，與此一名。或疊韻、雙聲，各開一對，略之賦體。或以重字屬聯綿對。今者，開合俱舉，存彼三名，後覽達人，莫嫌煩冗。

二十九種對

一曰的名對，亦名正名對，亦名正對。二曰隔句對。三曰雙擬對。四曰聯綿對。五曰互成對。六曰異類對。七曰賦體對。八曰雙聲對。九曰疊韻對。十曰回文對。十一曰意對。右十一種，古人同出斯對。十二曰平對，十三曰奇對，十四曰同對，十五曰字對，十六曰聲對，十七曰側對。右六種對，出元兢《髓腦》。十八曰鄰近對，十九曰交絡對，廿曰當句對，廿一曰含境對，廿二曰背體對，廿三曰偏對，廿四曰雙虛實對，廿五曰假對。右八種對，出皎公《詩議》。廿六曰切側對，廿七曰雙聲側對，廿八曰疊韻側對。右三種，出崔氏《唐朝新定詩格》。廿九曰總不對對。

第一、的名對又名正名對，又名正對，又名切對。

的名對者，正也。凡作文章，正正相對。上句安天，下句安地；上句安山，下句安谷；上句安東，下句安西；上句安南，下句安北；上句安正，下句安斜；上句安遠，下句安近；上句安傾，下句安正：如此之類，名爲的名對。初學作文章，須作此對，然後學餘對也。

或曰：天、地，日、月，好、惡，去、來，輕、重，浮、沉，長、短，進、退，方、圓，大、小，明、暗，老、少，凶、儜，俯、仰，壯、弱，往、還，清、濁，南、北，東、西。如此之類，名正名對。

詩曰：「東圃青梅發，西園綠草開。砌下花徐去，階前絮緩來。」

釋曰：上二句中，「東」「西」是其對，「園」「圃」是其對，「青」「綠」是其對，「梅」「草」是其對，「開」「發」是其對。下二句中，「階」「砌」是其對，「前」「下」是其對，「花」「絮」是其對，「徐」「緩」是其對，「來」「去」是其對。如此之類，名爲的名對。

又曰：「手披黄卷盡，目送白雲征。玉霜摧草色，金風斷雁聲。片雲愁近戍，半月隱遥城。」

釋曰：上有「手披」，下有「目送」，上「黄」下「白」，上「玉」下「金」：故曰的名對。

又曰：「雲光鬢裏薄，月影扇中新。年華與妝面，共作一芳春。」

釋曰：上有「雲光」，下有「月影」，落句雖無對，但結成上意而已。自餘詩皆放此最爲上。

又曰：「送酒東南去，迎琴西北來。」

釋曰：「迎」「送」詞翻，「去」「來」義背，下言「西北」，上説「東南」：故曰正名也。

又曰：「鮮光葉上動，艷彩花中出。疏桐映蘭閣，密柳蓋荷池。」

釋曰：持「艷」偶「鮮」，用「光」匹「彩」，「疏桐」「密柳」之相酬，故受的名。

又曰：「日月光天德，山河壯帝居。」

有虚名實名，上對實名也。

又曰：「恒斂千金笑，長垂雙玉啼。」

元兢曰：「正對者，若『堯年』、『舜日』。堯、舜皆古之聖君，名相敵，此爲正對。若上句用聖君，下句用賢臣；上句用鳳，下句還用鸞：皆爲正對也。如上句用松桂，下句用蓬蒿；松桂是善木，蓬蒿是惡草：此非正對也。」

第二、隔句對

隔句對者，第一句與第三句對，第二句與第四句對。如此之類，名爲隔句對。

詩曰：「昨夜越溪難，含悲赴上蘭。今朝逾嶺易，抱笑入長安。」

釋曰：第一句「昨夜」與第三句「今朝」對，「越溪」與「逾嶺」是對。第二句「含悲」與第四句「抱笑」是對，「上蘭」與「長安」對。並是事對，不是字對。如此之類，名爲隔句對。

又曰：「相思復相憶，夜夜淚霑衣。空悲亦空嘆，朝朝君未歸。」

釋曰：兩「相」對於二「空」，隔以「霑衣」之句；「朝朝」偶於「夜夜」，越以「空嘆」之言。從首至末，對屬間來，故名隔句對。

又曰：「月映茱萸錦，艷起桃花頰。風發蒲桃繡，香生雲母帖。」又曰：「翠苑翠叢外，單蜂拾蕊歸；芳園芳樹裏，雙燕歷花飛。」

釋曰：夫「艷起」對「香生」，隔以「映茱萸」之錦；「月錦」偶「風繡」，又間諸「雲母」之帖。其雙「芳」「燕」匹兩「翠」「蜂」，「裏」「外」盡間成，故云隔句。

又曰：「始見西南樓，纖纖如玉鈎。末映東北墀，娟娟似蛾眉。」

第三、雙擬對

雙擬對者，一句之中所論，假令第一字是「秋」，第三字亦是「秋」，二「秋」擬第二字；下句亦然：如此之類，名爲雙擬對。

詩曰：「夏暑夏不衰，秋陰秋未歸。炎至炎難却，涼消涼易追。」

釋曰：第一句中，兩「夏」字擬一「暑」字；第二句中，兩「秋」字擬一「陰」字；第三句中，兩「炎」字擬一「至」字；第四句中，兩「涼」字擬一「消」字。如此之法，名爲雙擬對。

又云：「乍行乍理髮，或笑或看衣。」

又曰：「結萼結花初，飛嵐飛葉始。」

釋曰：既雙「結」居初，亦兩「飛」帶末。宜書宜時之句，可題可憐之論。準擬成對，故以名云。而又以雙擬爲名。

又曰：「可聞不可見，能重復能輕。」

又曰：「議月眉欺月，論花頰勝花。」

釋曰：上陳二「月」，隔以「眉欺」；下説雙「花」，間諸「頰勝」。文雖再讀，語必孤來。擬用雙文，故生斯號。

或曰：春樹春花，秋池秋日；琴命清琴，酒追佳酒；思君念君，千處萬處：如此之類，名雙擬對。

第四、聯綿對

聯綿對者，不相絶也。一句之中，第二字、第三字是重字，即名爲聯綿對。但上句如此，下句亦然。

詩曰：「看山山已峻，望水水仍清。聽蟬蟬響急，思卿卿别情。」

釋曰：一句之中，第二字是「山」，第三字亦是「山」，餘句皆然。如此之類，名爲聯綿對。

又曰：「嫩荷荷似頰，殘河河似帶，初月月如眉。」

釋曰：兩「荷」連讀，放諸上句之中；雙「月」並陳，言之下句之腹。一文再讀，二字雙來，意涉連言，坐兹生號。

又曰：「煙離離萬代，雨絶絶千年。」

釋曰：情起多端，理曖昧難分，情參差迢述。且自無關賦體，實乃偏用開格。

又曰：「望日日已晚，懷人人不歸。」

又曰：「霏霏斂夕霧，赫赫吐晨曦。軒軒多秀氣，奕奕有光儀。」

又曰：「視日日將晚，望雲雲漸積。」

或曰：朝朝，夜夜，灼灼，菁菁，赫赫，輝輝，汪汪，落落，索索，蕭蕭，穆穆，堂堂，巍巍，訶訶，如此之類，名連綿對。

第五、互成對

互成對者，天與地對，日與月對，麟與鳳對，金與銀對，臺與殿對，樓與榭對。兩字若上下句安，名的名對。若兩字一處用之，是名互成對，言互相成也。

詩曰：「天地心間静，日月眼中明。麟鳳千年貴，金銀一代榮。」

釋曰：第一句之中，「天地」一處；第二句之中，「日月」一處；第三句之中，「麟鳳」一處；第四句之中，「金銀」一處：不在兩處用之，名互成對。

又曰：「玉釵丹翠纏，象榻金銀鏤。青昳丹碧度，輕霧歷簷飛。」

釋曰：「丹翠」自擬，「金銀」别對，各途布列，而互相成。「飛」「度」二言，並如斯例。

又曰：「歲時傷道路，親友念東西。」

第六、異類對

異類對者，上句安天，下句安山；上句安雲，下句安微；上句安鳥，下句安花；上句安風，下句安樹：如此之類，名爲異類對。非是的名對，異同比類，故言異類對。但解如此對，並是大才。籠羅天地，文章卓秀，才無擁滯，不問多少，所作成篇。但如此對，益詩有功。

詩曰：「天清白雲外，山峻紫微中。鳥飛隨去影，花落逐摇風。」

釋曰：上句安「天」，下句安「山」，「天」「山」非敵體，「白雲」「紫微」亦非敵體；第三句安「鳥」，第四句安「花」，「花」「鳥」非敵體，「去影」「摇風」亦非敵體。如此之類，名爲異類對。

又曰：「風織池間字，蟲穿葉上文。」

釋曰：「風」「蟲」非類，而附對是同；「池」「葉」殊流，而寄巧歸一。或雙聲以酬疊韻，或雙擬而對回文。别致同詞，故云異類。

又曰：「鯉躍排荷戲，燕舞拂泥飛。琴上丹花拂，酒側黄鸝度。」

釋曰：鳥飛魚躍，琴歌酒唱，事跡既異。至如鳥飛樹動，魚躍水淺，葉潤憑水而成文，枝摇託風而制語，諺赤鯉爲對，引酒歌傍傳，酒唱二□，各相無敵，異類題目，空中起事。

又曰：「離堂思琴瑟，别路繞山川。」

又如以「早朝」偶「故人」，非類是也。

元氏曰：「異對者，若來禽、去獸，殘月、初霞。」此「來」與「去」，「初」與「殘」，其類不同，名爲異對。異對勝於同對。

第七、賦體對

賦體對者，或句首重字，或句首疊韻，或句腹疊韻，或句首雙聲，或句腹雙聲。如此之類，名爲賦體對。似賦之形體，故名曰賦體對。

詩曰：

句首重字：「裊裊樹驚風，曬曬雲蔽月。」「皎皎夜蟬鳴，朧朧曉光發。」

句腹重字：「漢月朝朝暗，胡風夜夜寒。」

句尾重字：「月蔽雲曬曬，風驚樹裊裊。」

句首疊韻：「徘徊四顧望，悵悢獨心愁。」

句腹疊韻：「君赴燕然戍，妾坐逍遥樓。」

句尾疊韻：「疎雲雨滴瀝，薄霧樹朦朧。」

句首雙聲：「留連千里賓，獨待一年春。」

句腹雙聲：「我陟崎嶇嶺，君行嶢崅山。」

句尾雙聲：「妾意逐行雲，君身入暮門。」

釋曰：上句若有重字、雙聲、疊韻，下句亦然。上句偏安，下句不安，即爲犯病也。但依此對，名爲賦體對。

又曰：「團團月挂嶺，納納露沾衣。」頭。「花承滴滴露，風垂裊裊衣。」腹。「山風晚習習，水浪夕淫淫。」尾。

釋曰：《詩》有鸞鳴噲噲，鹿嚮幼幼，萇楚婀娜之名，澤陂菡萏之狀，模朝隮而薈蔚，寫荇菜而參差，既正起重言，亦傍生疊字者。

第八、雙聲對

詩曰：「秋露香佳菊，春風馥麗蘭。」

釋曰：「佳菊」雙聲，係之上語之尾；「麗蘭」疊韻，陳諸下句之末。秋朝非無白露，春日自有清風。氣側音諧，反之不得。「好花」「精酒」之徒，「妍月」「奇琴」之輩：如此之類，俱曰雙聲。

又曰：「颼颸歲陰曉，皎潔寒流清。結交一顧重，然諾百金輕。」

又曰：「五章紛冉弱，三冬粲陸離。悵望一途阻，參差百慮違。」

釋曰：「颼颸」「皎潔」，即是雙聲，得對疊韻；「冉弱」「陸離」，即是雙聲，自得成對。

又曰：「洲渚遞縈映，樹石相因依。」

或曰：「奇琴」「精酒」，「妍月」「好花」，「素雪」「丹燈」，「翻蜂」「度蝶」，「黄槐」「緑柳」，「意憶」「心思」，「對德」「會賢」，「見君」「接子」。如此之類，名雙聲對。

第九、疊韻對

詩曰：「放暢千般意，逍遥一個心。漱流還枕石，步月復彈琴。」

釋曰：「放暢」雙聲，陳之上句之初；「逍遥」疊韻，放諸下言之首。雙道二文，其音自疊；文生再字，韻必重來。「曠望」「徘徊」「綢繆」「眷戀」，例同于此，何藉煩論。

又曰：「徘徊夜月滿，肅穆曉風清。此時一樽酒，無君徒自盈。」又曰：「鬱律構丹巘，棱層起青嶂。」「鬱律」「棱層」是。《筆札》云：徘徊、窈窕、眷戀、彷徨、放暢、心襟、逍遥、意氣、優遊、陵勝、放曠、虚無、䣛酌、思惟、須臾，如此之類，名曰疊韻對。

第十、回文對

詩曰：「情親由得意，得意遂情親。新情終會故，會故亦經新。」

釋曰：雙「情」著于初、九，兩「親」繼於十、二；又顯頭「新」尾「故」，還標上下之「故」「新」。列字也久，施文已周，回文更用，重申文義，因以名云。

第十一、意對

詩曰：「歲暮臨空房，涼風起坐隅。寢興日已寒，白露生庭蕪。」又曰：「上堂拜嘉慶，入室問何之。日暮行采歸，物色桑榆時。」

釋曰：「歲暮」「涼風」，非是屬對；「寢興」「白露」，罕得相酬。事意相因，文理無爽，故曰意對耳。

第十二、平對

平對者，若青山、緑水，此平常之對，故曰平對也。他皆放此。

第十三、奇對

奇對者，若馬頰河、熊耳山；此「馬」「熊」是獸名，「頰」「耳」是形名，既非平常，是爲奇對。他皆放此。又如漆沮、四塞，「漆」與「四」是數名，又兩字各是雙聲對。又如古人名，上句用曾參，下句用陳軫，「參」與「軫」者同是二十八宿名。若此者，出奇而取對，故謂之奇對。他皆放此。

第十四、同對

同對者，若大谷、廣陵，薄雲、輕霧；此「大」與「廣」、「薄」與「輕」，其類是同，故謂之同對。同類對者，雲、霧，星、月，花、葉，風、煙，霜、雪，酒、觴，東、西，南、北，青、黄，赤、白，丹、素，朱、紫，宵、夜，朝、旦，山、岳，江、河，臺、殿，宫、堂，車、馬，途、路。

第十五、字對

或曰：字對者，若桂楫，荷戈，「荷」是負之義，以其字草名，故與「桂」爲對；不用義對，但取字爲對也。

或曰：字對者，謂義别字對是。

詩曰：「山椒架寒霧，池篠韻涼飆。」「山椒」，即山頂也；「池篠」，傍池竹也。此義别字對。

又曰：「何用金扉敞，終醉石崇家。」「金扉」「石家」即是。

又曰：「原風振平楚，野雪被長菅。」即「菅」與「楚」爲字對。

第十六、聲對

或曰：聲對者，若曉路、秋霜。「路」是道路，與「霜」非對，以其與「露」同聲故。

或曰：聲對者，謂字義俱别，聲作對是。詩曰：「彤騶初驚路，白簡未含霜。」「路」是途路，聲即與「露」同，故將以對「霜」。

又曰：「初蟬韻高柳，密蔦挂深松。」「蔦」，草屬，聲即與「鳥」同，故以對「蟬」。

第十七、側對崔名「字側對」。

元氏曰：側對者，若馮翊地名，在左輔也、龍首山名，在西京也。此爲「馮」字半邊有「馬」，與「龍」爲對；「翊」字半邊有「羽」，與「首」爲對。此爲側對。又如泉流、赤峰；「泉」字其上有「白」，與「赤」爲對。凡一字側耳，即是側對，不必兩字皆須側也。以前八種切對，時人把筆綴文者多矣，而莫能識其徑路。于公義藏之篋笥〔一〕，不可垂示於非才。深秘之，深秘之。

或曰：字側對者，謂字義俱别，形體半同是。詩曰：「忘懷接英彦，申勸引桂酒。」「英彦」與「桂酒」，即字義全别，然形體半同是。

又曰：「玉鷄清五洛，瑞雉映三秦。」「玉鷄」與「瑞雉」是。

又曰：「桓山分羽翼，荆樹折枝條。」「桓山」與「荆樹」是。如此之類，名字側對。

第十八、鄰近對

詩曰：「死生今忽異，歡娱竟不同。」又曰：「寒雲輕重色，秋水去來波。」上是義，下是正名也。此對大體似的名，的名窄，鄰近寬。

第十九、交絡對

賦詩曰：「出入三代，五百餘載。」

或曰：此中「餘」屬於「載」，不偶「出入」。古人但四字四義皆成對，故偏舉以例也。

〔一〕公：底本改作「今」，據宫内省圖書寮藏古抄本恢復原文。

第廿、當句對

賦詩曰：「薰歇燼滅，光沉響絶。」

第廿一、含境對

詩曰：「悠遠長懷，寂寥無聲。」

第廿二、背體對

詩曰：「進德智所拙，退耕力不任。」

第廿三、偏對

《詩》曰：「蕭蕭馬鳴，悠悠旆旌。」謂非極對也。

又曰：「古墓犁爲田，松柏摧爲薪。」

又曰：「日月光太清，列宿曜紫微。」

又曰：「亭皋木葉下，隴首秋雲飛。」

全其文彩，不求至切，得非作者變通之意乎？若謂今人不然，沈給事詩亦有其例。詩曰：「春豫過靈沼，雲旗出鳳城。」此例多矣。但天然語，今雖虚亦對實，如古人以「芙蓉」偶「楊柳」，亦名聲類對。

第廿四、雙虚實對

詩曰：「故人雲雨散，空山來往疎。」此對當句義了，不同互成。

第廿五、假對

詩曰：「不獻胸中策，空歸海上山。」

或有人以「推薦」偶「拂衣」之類是也。

第廿六、切側對

切側對者，謂精異粗同是。詩曰：「浮鍾宵響徹，飛鏡曉光斜。」「浮鍾」是鍾，「飛鏡」是月，謂理別文同是。

第廿七、雙聲側對

雙聲側對者，謂字義別，雙聲來對是。詩曰：「花明金谷樹，葉映首山薇。」「金谷」與「首山」字義別，同雙聲側對。

又曰：「翠微分雉堞，丹氣隱簷楹。」「雉堞」對「簷楹」，亦雙聲側對。

第廿八、疊韻側對

疊韻側對者，謂字義別，聲名疊韻對是。詩曰：「平生披黼帳，窈窕步花庭。」「平生」「窈窕」是。

又曰：「自得優遊趣，寧知聖政隆。」「優遊」與「聖政」，義非正對，字聲勢疊韻。

或曰：夫爲文章詩賦，皆須屬對，不得令有跛眇者。跛者，謂前句雙聲，後句直語，或復空談。如此之例，名爲跛。眇者，謂前句物色，後句人名；或前句語風空，後句山水。如此之例，名眇。何者？風與空則無形而不見，山與水則有蹤而可尋。以有形對無色，如此之例，名爲眇。

或云：景風心色等，可以對虛，亦可以對實。

今江東文人作詩，頭尾多有不對。如：「俠客倦艱辛，夜出小平津。馬色迷關吏，鷄鳴起戍人。露鮮花劍影，月照寶刀新。問我將何去，北海就孫賓。」

此即首尾不對之詩，其有故不對者若之。

第廿九、總不對對

如：「平生少年日，分手易前期。及爾同衰暮，非復別離時。勿言一樽酒，明日難共持。夢中不識路，何以慰相思？」　此總不對之詩，如此作者，最爲佳妙。夫屬對法，非真風花竹木，用事而已。若雙聲即雙聲對，疊韻即疊韻對。

筆札七種言句例

一曰，一言句例。二曰，二言句例。三曰，三言句例，四曰，四言句例。五曰，五言句例。六曰，六言句例。七曰，七言句例。

一曰，一言句例。一言句者，天、地，陰、陽，江、河，日、月是也。

二曰，二言句例。二言句者，天高，地下，露結，雲收。是。又翼乎、沛乎等是。

三曰，三言句例。三言句者，「斟清酒，拍青琴」「尋往信，訪來音」是也。又云：「春可樂，秋可哀」。

四曰，四言句例。四言句者，「朝燃獸炭，夜秉魚燈」「宋臘已歌，秦姬欲笑」是也。

五曰，五言句例。五言句者，「霧開山有媚，雲閉日無光」「燥塵籠野白，寒樹染村黃」是也。

六曰，六言句例。六言句者，「訝桃花之似頰，笑柳葉之如眉」「拔笙簧而數暖，促箏柱而劬移。」

七曰，七言句例。七言句者，「素琴奏乎五三拍，緑酒傾乎一兩巵」「忘言則貴於得趣，不樂則更待何爲。」

八曰，八言句例。八言句者，「吾家嫁我兮天一方，遠託異國兮烏孫王。」

九曰，九言句例。九言句者，「嗟余薄德從役至他鄉，筋力疲頓無意入長楊。」

十曰，十言句例。

十一曰，十一言句例。《文賦》云：「沈辭怫悅，若遊魚銜鉤而出重淵之深；浮藻聯翩，猶翔鳥纓繳而墜層雲之峻。」下句皆十一字是也。

文鏡秘府論　西

論病　文二十八種病　文筆十病得失

夫文章之興，與自然起；宮商之律，共二儀生。是故奎星主其文書，日月焕乎其章，天籟自諧，地籟冥韻。葛天唱歌，虞帝吟詠，曹、王入室摛藻之前，游、夏升堂學文之後，四紐未顯，八病無聞。雖然，五音妙其調，六律精其響。銓輕重於毫忽，韻清濁於錙銖。故能九夏奏而陰陽和，六樂陳而天地順。和人理，通神明。風移俗易，鳥翔獸舞。自非雅詩雅樂，誰能致此感通乎！

顒、約已降，兢、融以往，聲譜之論鬱起，病犯之名争興。家制格式，人談疾累。徒競文華，空事拘檢。靈感沈秘，雕弊實繁。竊疑正聲之已失，爲當時運之使然。洎八體、十病、六犯、三疾，或文異義同，或名通理隔。卷軸滿機，乍閲難辨。遂使披卷者懷疑，搜寫者多倦。予今載刀之繁，載筆之簡，總有二十八種病，列之如左。其名異意同者，各注目下。後之覽者，一披總達。

文二十八種病

一曰平頭。或一六之犯名水渾病，二七之犯名火滅病。

二曰上尾。或名土崩病。

三曰蜂腰。

四曰鶴膝。

五曰大韻。或名觸絶病。

六曰小韻。或名傷音病。

七曰傍紐。亦名大紐，或名爽絶病。

八曰正紐。亦名小紐，或名爽切病。

九曰水渾。

十曰火滅。

十一曰闕偶。

十二曰繁説。或名疣贅，崔名相類。

十三曰齟齬。或名不調。

十四曰叢聚。或名叢木。

十五曰忌諱。或名避忌之例。
十六曰形跡。崔同。
十七曰傍突。
十八曰翻語。崔同。
十九曰長擷腰。或名束。
二十曰長解鐙。或名散。
二十一曰支離。
二十二曰相濫。崔同。
二十三曰落節。
二十四曰雜亂。
二十五曰文贅。或名涉俗。
二十六曰相反。
二十七曰相重。
二十八曰駢拇。

第一、平頭

平頭詩者，五言詩第一字不得與第六字同聲，第二字不得與第七字同聲。同聲者，不得同平上去入四聲，犯者名爲犯平頭。

平頭詩曰：「芳時淑氣清，提壺臺上傾。」如此之類，是其病也。又詩曰：「山方翻類矩，波圓更若規。樹表看猿挂，林側望熊馳。」又詩曰：「朝雲晦初景，丹池晚飛雪。飄枝聚還散，吹楊凝且滅。」

釋曰：上句第一、二兩字是平聲，則下句第六、七兩字不得復用平聲，爲用同二句之首，即犯爲病。餘三聲皆爾，不可不避。三聲者，謂上去入也。

或曰：此平頭如是，近代成例，然未精也。欲知之者，上句第一字與下句第一字，同平聲不爲病；同上去入聲一字即病。若上句第二字與下句第二字同聲，無問平上去入，皆是巨病。此而或犯，未曰知音。今代文人李安平、上官儀，皆所不能免也。

或曰：沈氏云：「第一、第二字不宜與第六、第七同聲。若能參差用之，則可矣。」謂第一與第七、第二與第六同聲，如「秋月」「白雲」之類，即《高宴》詩曰：「秋月照緑波，白雲隱星漢。」此即於理無嫌也。

四言、七言及諸賦頌，以第一句首字，第二句首字，不得同聲，不復拘以字數次第也。如曹植《洛神賦》云「榮曜秋菊，華茂春松」是也。銘誄之病，一同此式，乃疥癬微疾，不爲巨害。

第二、上尾或名土崩病。

上尾詩者，五言詩中，第五字不得與第十字同聲，名爲上尾。詩曰：「西北有高樓，上與浮雲齊。」如此之類，是其病也。又曰：「可憐雙飛鳧，倶來下建章。一個今依是，拂翮獨先翔。」又曰：「蕩子別倡樓，秋庭夜月華。桂葉侵雲長，輕光逐漢斜。」若以「家」代「樓」，此則無嫌。

釋曰：此即犯上尾病。上句第五字是平聲，則下句第十字不得復用平聲，如此病，比來無有免者。此是詩之疣，急避。

或云：如陸機詩曰：「衰草蔓長河，寒木入雲煙。」「河」與「煙」平聲。此上尾，齊梁已前，時有犯者。齊梁已來，無有犯者。此爲巨病。若犯者，文人以爲未涉文途者也。唯連韻者，非病也。如「青青河畔草，綿綿思遠道」是也。下句有云「鬱鬱園中柳」也。

或云：其賦頌，以第一句末不得與第二句末同聲。如張然明《芙蓉賦》云「潛靈根於玄泉，擢英耀於清波」是也。蔡伯喈《琴頌》云「青雀西飛，《別鶴》東翔，《飲馬長城》，楚曲《明光》」是也。其銘誄等病，亦不異此耳。斯乃辭人痼疾，特須避之。若不解此病，未可與言文也。沈氏亦云：「上尾者，文章之尤疾。自開闢迄今，多慎不免，悲夫。」若第五與第十故爲同韻者，不拘此限。即古詩云：「四座且莫喧，願聽歌一言。」此其常也，不爲病累。其手筆，第一句末犯第二句末，最須避之。

如孔文舉《與族弟書》云「同源派流，人易世疎。越在異域，情愛分隔」是也。

凡詩賦之體，悉以第二句末與第四句末以爲韻端。若諸雜筆不束以韻者，其第二句末即不得與第四句同聲，俗呼爲隔句上尾，必不得犯之。如魏文帝《與吴質書》曰「同乘共載，北遊後園。輿輪徐動，賓從無聲。清風夜起，悲笳微吟」是也。

劉滔云：「下句之末，文章之韻，手筆之樞要。在文不可奪韻，在筆不可奪聲。且筆之兩句，比文之一句，文事三句之内，筆事六句之中，第二、第四、第六，此六句之末，不宜相犯。」此即是也。

第三、蜂腰

蜂腰詩者，五言詩一句之中，第二字不得與第五字同聲。言兩頭粗，中央細，似蜂腰也。

詩曰：「青軒明月時，紫殿秋風日。曈曨引夕照，晻曖映容質。」又曰：「聞君愛我甘，竊獨自雕飾，」又曰：「徐步金門出，言尋上苑春。」

釋曰：凡句五言之中，而論蜂腰，則初腰事須急避之。復是劇病。若安聲體，尋常詩中，無有免者。

或曰：「君」與「甘」非爲病，「獨」與「飾」是病。所以然者，如第二字與第五字同去上入皆是病，平聲非病也。此病輕於上尾、鶴膝，均於平頭，重於四病，清都師皆避之。已下四病，但須知之，不必須避。

劉氏云：蜂腰者，五言詩第二字不得與第五字同聲。古詩曰「聞君愛我甘，竊獨自雕飾」是也。此是一句中之上尾。沈氏云：「五言之中，分爲兩句，上二下三。凡至句末，並須要殺。」即其義也。劉滔亦云：「爲其同分句之末也。其諸賦頌，皆須以情斟酌避之。如阮瑀《止欲賦》云：『思在體爲素粉，悲隨衣以消除。』即『體』與『粉』、『衣』與『除』同聲是也。又第二字與第四字同聲，亦不能善。此雖世無的目，而甚於蜂腰。如魏武帝《樂府歌》云：『冬節南食稻，春日復北翔』是也。」」劉滔又云：「四聲之中，入聲最少。餘聲有兩，總歸一入。如征整政只、遮者柘只是也。平聲賒緩，有用處最多，參彼三聲，殆爲大半。且五言之内，非兩則三，如班婕妤詩曰：『常恐秋節至，涼風奪炎熱。』此其常也。亦得用一用四：若四，平聲無居第四，如古詩云『連城高且長』是也。用一，多在第二，如古詩曰『九州不足步』，此謂居其要也。然用全句，平上可爲上句取，固無全用。如古詩云『迢迢牽牛星』，亦並不用。若古詩云『脈脈不得語』，此則不相廢也。猶如丹素成章，鹽梅致味，宫羽調音，炎涼御節，相參而和矣。」

第四、鶴膝

鶴膝詩者，五言詩第五字不得與第十五字同聲。言兩頭細，中央粗，似鶴膝也，以其詩中央有病。詩曰：「撥棹金陵渚，遵流背城闕。浪蹙飛船影，山挂垂輪月。」又曰：「陟野看陽春，登樓望初節。緑池始沾裳，弱蘭未央結。」

釋曰：取其兩字間似鶴膝，若上句第五「渚」字是上聲，則第三句末「影」字不得復用上聲，此即犯鶴膝。故沈東陽著辭曰：「若得其會者，則唇吻流易；失其要者，則喉舌蹇難。事同暗撫失調之琴，夜行坎壈之地。」

蜂腰、鶴膝，體有兩宗，各互不同。王斌五字制鶴膝，十五字制蜂腰，並隨執用。或曰：如班姬詩云：「新裂齊紈素，皎潔如霜雪。裁爲合歡扇，團團似明月。」「素」與「扇」同去聲是也。此曰第三句者，舉其大法耳。但從首至末，皆須以次避之，若第三句不得與第五句相犯，第五句不得與第七句相犯。犯法準前也。

劉氏云：鶴膝者，五言詩第五字不得與第十五字同聲。即古詩曰「客從遠方來，遺我一書札。上言長相思，下言久離別」是也。皆次第相避，不得以四句爲斷。吴人徐陵，東南之秀，所作文筆，未曾犯聲。唯《横吹曲》：「隴頭流水急，水急行難渡。半入隗囂營，傍侵酒泉路。心交贈寶刀，少婦裁紈袴。欲知别家久，戎衣今已故。」亦是通人之一弊也。凡諸賦頌，一同五言之式。如潘安仁《閑居賦》云：「陸擴紫房，水挂頳鯉。或宴于林，或禊於汜。」即其病也。其諸手筆，第一句末不得犯第三句末，其第三句末復不得犯第五句末，皆須鱗次避之。温、邢、魏諸公及江東才子，每作手筆，多不避此聲。故温公爲《廣陽王碑序》云：「少挺神姿，幼標令望。顯譽羊車，稱奇虎檻。」邢公爲《老人星表》云：「定律令於游麟，候宣夜於鳴鳥。醴泉代伯益之功，甘露當屏翳之力。」魏公爲《赤雀頌序》云：「能短能長，既成章於雲表；明吉明凶，亦引氣於蓮上。」謝朓爲《鄱陽王讓表》云：

「玄天蓋高，九重寂以卑聽；皎日著明，三舍回於至感。」任昉爲《范雲讓吏部表》云：「寒灰可煙，枯株復蔚。鎩翮奮飛，奔蹄且驟。」王融《求試效啓》云：「蒲柳先秋，光陰不待。貪及明時，展志愚效。」劉孝綽《謝散騎表》云：「邀幸自天，休慶不已。假鳴鳳之條，躡應龍之跡。」諸公等並鴻才麗藻，南北辭宗。動静應于風雲，咳唾合於宫羽。縱情使氣，不在其聲。後進之徒，宜爲楷式。其詩、賦、銘、誄，言有定數，韻無盈縮，必不得犯。且五言之作，最爲機妙，既恒充口實，病累尤彰，故不可不事也。自餘手筆，或賒或促，任意縱容，不避此聲，未爲心腹之病。又今世筆體，第四句末不得與第八句末同聲，俗呼爲踏發聲。譬如機關，踏尾而頭發，以其軒輊不平故也。若不犯此病，謂之鹿盧聲，即是不朽之成式耳。沈氏曰：「人或謂鶴膝爲蜂腰，蜂腰爲鶴膝。疑未辨。」然則孰謂公爲該博乎！蓋是多聞闕疑，慎言寡尤者歟。

第五，大韻或名觸絶病。

大韻詩者，五言詩若以「新」爲韻，上九字中，更不得安「人」「津」「鄰」「身」「陳」等字，既同其類，名犯大韻。詩曰：「紫翮拂花樹，黄鸝閑緑枝。思君一嘆息，啼淚應言垂。」又曰：「遊魚牽細藻，鳴禽瞬好音。誰知遲暮節，悲吟傷寸心。」

釋云：如此即犯大韻。今就十字内論大韻，若前韻第十字是「枝」字，則上第七字不得用「鸝」字，此爲同類，大須避之。通二十字中，並不得安「籭」「羈」「雌」「池」「知」等類。除非故作疊韻，此即不論。

元氏曰：此病不足累文，如能避者彌佳。若立字要切，於文調暢，不可移者，不須避之。

劉氏曰：大韻者，五言詩若以「新」爲韻，即一韻内，不得復用「人」「津」「鄰」「親」等字。若一句内犯者，曹植詩云「涇渭揚濁清」，即「涇」「清」是也。十字内犯者，古詩曰：「良無磐石固，虚名復何益。」即「石」「益」是也。

第六、小韻或名傷音病。

小韻詩，除韻以外，而有迭相犯者，名爲犯小韻病也。詩曰：「搴簾出户望，霜花朝瀁日。晨鶯傍杼飛，早燕挑軒出。」又曰：「夜中無與悟，獨寤撫躬嘆。唯慚一片月，流彩照南端。」

釋曰：此即犯小韻。就前九字中而論小韻，若第九字是「瀁」字，則上第五字不得復用「望」字等音，爲同是韻之病。

元氏曰：此病輕於大韻，近代咸不以爲累文。

或云：凡小韻，居五字内急，九字内小緩。然此病雖非巨害，避爲美。

劉氏曰：小韻者，五言詩十字中，除本韻以外自相犯者，若已有「梅」，更不得復用「開」「來」「才」「臺」等字。五字内犯者，曹植詩云：「皇佐揚天惠」，即「皇」「揚」是也。十字内犯者，陸士衡《擬古歌》云：「嘉樹生朝陽，凝霜封其條。」即「陽」「霜」是也。

若故爲疊韻，兩字一處，於理得通，如「飄飖」「窈窕」「徘徊」「周流」之等，不是病限。若相隔越，即不得耳。

第七、傍紐 亦名大紐，或名爽切病。

傍紐詩者，五言詩一句之中有「月」字，更不得安「魚」「元」「阮」「願」等之字，此即雙聲，雙聲即犯傍紐。亦曰，五字中犯最急，十字中犯稍寬。如此之類，是其病。詩曰：「魚遊見風月，獸走畏傷蹄。」如此類者，是又犯傍紐病。又曰：「元生愛皓月，阮氏願清風。取樂情無已，賞玩未能同。」又曰：「雲生遮麗月，波動亂遊魚。涼風便入體，寒氣漸鑽膚。」

釋曰：「魚」「月」是雙聲，「獸」「傷」並雙聲，此即犯大紐，所以即是，「元」「阮」「願」「月」爲一紐。今就十字中論小紐，五字中論大紐。所以即是，「元」「阮」「願」「月」爲一紐。王斌云：「若能回轉，即應言『奇琴』『精酒』，『風表』『月外』，此即可得免紐之病也。」

或云：傍紐者，據傍聲而來與相忤也。然字從連韻，而紐聲相參，若「金」「錦」「禁」「急」，「陰」「飲」「蔭」「邑」，是連韻紐之。若「金」之與「飲」、「陰」之與「禁」，從傍而會，是與相參，之也。如云：「丈人且安坐，梁塵將欲飛。」「丈」與「梁」，亦「金」「飲」之類，是犯也。

元氏云：傍紐者，一韻之内，有隔字雙聲也。元兢曰：此病更輕於小韻，文人無以爲意者。又若不隔字而是雙聲，非病也。如「清切」「從就」之類是也。

劉氏曰：傍紐者，即雙聲是也。譬如一韻中已有「任」字，即不得復用「忍」「辱」「柔」「蠕」「仁」「讓」「爾」「日」之類。沈氏所謂風表、月外、奇琴、精酒是也。劉滔亦云：「重字之有『關關』，疊韻之有『窈窕』，雙聲之有『參差』，並興於《風詩》矣。」王玄謨問謝莊：「何者爲雙聲？何者爲疊韻？」答云：「『懸瓠』爲雙聲，『碻磝』爲疊韻。」時人稱其辨捷。如曹植詩云：「壯哉帝王居，佳麗殊百城。」即「居」「佳」、「殊」「城」，是雙聲之病也。凡安雙聲，唯不得隔字，若「踟躕」「躑躅」「蕭瑟」「流連」之輩，兩字一處，於理即通，不在病限。沈氏謂此爲小紐。劉滔以雙聲亦爲正紐。其傍紐者，若五字中已有「任」字，其四字不得復用「錦」「禁」「急」「飲」「蔭」「邑」等字，以其一紐之中，有「金」音等字，與「任」同韻故也。如王彪之《登冶城樓》詩云：「俯觀陋室，宇宙六合，譬如四壁。」即「譬」與「壁」是也。沈氏亦以此條謂之大紐。如此負犯，觸類而長，可以情得。韻紐四病，皆五字內之瘕疵，兩句中則非巨疾，但勿令相對也。

第八、正紐 亦名小紐，亦名爽切病。

正紐者，五言詩「壬」「衽」「任」「入」，四字爲一紐；一句之中，已有「壬」字，更不得安「衽」「任」「入」等字。如此之類，名爲犯正紐之病也。詩曰：「撫琴起和曲，疊管泛鳴驅。停軒未忍去，白日小踟躕。」又曰：「心中肝如割，腹裏氣便燋。逢風回無信，早雁轉成遥。」「肝」「割」同紐，深爲不便。

釋曰：此即犯小紐之病也。今就五字中論，即是下句第九、十雙聲兩字是也。除非故作雙聲，下句復雙聲對，方得免小紐之病也。若爲聯綿賦體類，皆如此也。

或云：正紐者，謂正雙聲相犯。其雙聲雖一，傍正有殊，從一字紐之得四聲，是正也。若「元」「阮」「願」「月」是。若從他字來會成雙聲，是傍也。若「元」「阮」「願」「月」是正，而有「牛」「魚」「妍」「硯」等字來會「元」「月」等字成雙聲是也。如云：「我本漢家子，來嫁單于庭。」「家」「嫁」是一紐之內，名正雙聲，名犯正紐者也。傍紐者，如：「貽我青銅鏡，結我羅裙裾。」「結」「裙」是雙聲之傍，名犯傍紐也。又一法，凡入雙聲者，皆名正紐。

元氏云：「正紐者，一韻之內，有一字四聲分爲兩處是也。如梁簡文帝詩云：「輕霞落暮錦，流火散秋金。」「金」「錦」「禁」「急」是一字之四聲，今分爲兩處，是犯正紐也。元兢曰：此病輕重，與傍紐相類，近代咸不以爲累，但知之而已。

劉氏曰：正紐者，凡四聲爲一紐，如「任」「荏」「衽」「入」，五言詩一韻中已有「任」字，即九字中不得復有「荏」「衽」「入」等字。古詩云「曠野莽茫茫」，即「莽」與「茫」是也。凡諸文筆，皆須避之。若犯此聲，即齟齬不可讀耳。

第九、水渾病

謂第一與第六之犯也。假作《春詩》曰：「沼萍遍水纈，榆莢滿枝錢。」又曰：「斜雲朝列陳，回娥夜抱絃。」

釋曰：「沼」文處一，宜用平聲。「池」好。「回」字在六，特須宮語。宜「趨」。一爲上言之首，六是下句之初，同建水渾，以彰第一。且條嘉况，開示文生，製作之家，特宜監察。三隅已發，一角須求，聊説十規，以張群目。

第十、火滅病

謂第二與第七之犯也。即假作《閨怨》詩曰：「塵暗離後鏡，帶永別前腰。」又曰：「怨心千過絶，啼眼百回垂。」

釋曰：「暗」文處二，宜用「埋」「生」之言；「眼」字居七，特貴「眸」「行」之語。「離」當陰位，命於南方，用字致尤，故云火滅，因以名焉。一本云離位命滅因以名焉。

第十一、木枯病

謂第三與第八之犯也。即假作《秋詩》曰：「金風晨泛菊，玉露宵沾蘭。」一本「宵懸珠」。又曰：「玉輪夜進轍，金車晝滅途。」

釋曰：「宵」爲第八，言「夜」已精；「夜」處第三，論「宵」乃妙。自餘優劣，改變皆然，聊著二門，用開多趣。

第十二、金缺病〔一〕

謂第四與第九之犯也。夫金生兑位，應命秋律於西，上句向終，下句欲末，因數命之，故生斯號。即假作《寒詩》曰：「獸炭陵晨送，魚燈徹宵燃。」又曰：「狐裘朝除冷，褻褥夜排寒。」

釋曰：「宵」文處九，言「夜」便佳；「除」字在四，云「却」爲妙。自餘致病，例此成規。告往知來，自然多悟。

第十三、闕偶病

謂八對皆無，言靡配屬，由言匹偶，因以名焉。假作《述懷詩》曰：「鳴琴四五弄，桂酒復盈杯。」又曰：「夜夜憐琴酒，優遊足暢情。」

釋曰：上有「四五」之言，下無「兩三」之句；不對「朝朝」之字，空垂「夜夜」之文。如此之徒，名爲闕偶。題斯一目，餘況皆然。

或曰：詩上引事，下須引事以對之。若上缺偶對者，是名缺偶。犯詩曰：「蘇秦時刺股，勤學我便耽。」

〔一〕第十一、十二兩病目録無。

釋曰：上句「蘇秦」，是其人名，下將「勤學」對之，是其缺偶。不犯詩曰：「刺股君稱麗，懸頭我未能。」釋曰：上有「刺股」，下有「懸頭」，各爲一事，上下相對，故曰不犯。

第十四、繁説病

謂一文再論，繁詞寡義。或名相類，或名疣贅。即假作《對酒詩》曰：「清觴酒恒滿，綠酒會盈杯。」又曰：「滿酌余當進，彌甌我自傾。」

釋曰：「清觴」「綠酒」，本自靡殊；「滿酌」「盈杯」，何能有別。「余」之與「我」，同號己身，一説足明，何須再陳。如斯之類，寡義繁文，製作之家，特宜詳察。詩曰：「遠岫開翠霧，遥山卷青靄。」此兩句字別理不殊，是病。

崔氏曰：「從風似飛絮，照日類繁英。拂巖如寫鏡，封林若耀瓊。」此四句相次，一體不異，「似」「類」「如」「若」，是其病。

第十五、齟齬病

（齟齬病）〔一〕者，一句之内，除第一字及第五字，其中三字，有二字相連，同上去入是。若犯上

〔一〕（齟齬病）：底本無。此按上下文格式，權置於此，以下至第二十二、三十皆同。

聲，其病重於鶴膝，此例文人以爲秘密，莫肯傳授。上官儀云：「犯上聲是斬刑，去入亦絞刑。」如曹子建詩云「公子敬愛客」，「敬」與「愛」是。其中三字，其二字相連，同去聲是也。

元兢曰：平聲不成病，上去入是重病，文人悟之者少，故此病無其名。兢案《文賦》云：「或齟齬而不安。」因以此病名爲齟齬之病焉。

崔氏是名「不調」。不調者，謂五字内，除第一字、第五字，於三字用上去入聲相次者，平聲非病限，此是巨病。古今才子多不曉。如「晨風驚疊樹，曉月落危峰。」「月」次「落」，同入聲。如「霧生極野碧，日下遠山紅。」「下」次「遠」，同上聲。如「定惑關門吏，終悲塞上翁。」「塞」次「上」，同去聲。

第十六、叢聚病

（叢聚病）者，如上句有「雲」，下句有「霞」，抑是常。其次句復有「風」，下句復有「月」。「雲」「霞」「風」「月」，俱是氣象，相次叢聚，是爲病也。如劉鑠詩曰：「落日下遥林，浮雲靄曾闕。玉宇來清風，羅帳迎秋月。」此上句有「日」，下句有「雲」，次句有「風」，次句有「月」，「日」「雲」「風」「月」，相次四句，是叢聚。

元兢曰：蓋略舉氣象爲例，觸類而長，庶物則同。上十字已有「鸞」對「鳳」，下十字不宜更有「梟」對「鶴」；上十字已有「桂」對「松」，下十字不宜更用「桐」對「柳」。俱是叢聚之病，此又悟之者鮮矣。

崔名叢木病，即引詩云：「庭梢桂林樹，簷度蒼梧雲。棹唱喧難辨，樵歌近易聞。」「桂」「梧」「棹」「樵」俱是木，即是病也。

第十七、忌諱病

（忌諱病）者，其中意義，有涉於國家之忌是也。如顧長康詩云：「山崩溟海竭，魚鳥依將何。」「山崩」「海竭」，於國非所宜言，此忌諱病也。

元兢曰：此病或犯，雖有周公之才，不足觀也。又如詠雨詩稱「亂聲」，泝水詩云「逆流」，此類皆是也。

皎公名曰避忌之例，詩曰：「何況雙飛龍，羽翼縱當乖。」又云：「吾兄既鳳翔，王子亦龍飛。」

第十八、形跡病

（形跡病）者，謂於其義相形嫌疑而成。如曹子建詩云：「壯哉帝王居，佳麗殊百城。」即如近代詩人，唯得云「麗城」，亦云「佳麗城」。若單用「佳城」，即如滕公佳城，爲形跡病也。

元兢云：文中例極多，不可輕下語也。

崔曰：「佳山」「佳城」，皆爲形跡墳埏，不可用。又如「侵天」「干天」，是謂天與樹木等，犯者爲形跡。他皆效此。

第十九、傍突病

（傍突病）者，句中意旨，傍有所突觸。如周彦倫詩云：「二畝不足情，三冬俄已畢。」「二畝」涉其親，寧可云「不足情」也？

元兢云：此與忌諱同，執筆者咸宜戒之，不可輒犯也。

第二十、翻語病

（翻語病）者，正言是佳詞，反語則深累是也。如鮑明遠詩云：「鷄鳴關吏起，伐鼓早通晨。」「伐鼓」，正言是佳詞，反語則不祥，是其病也。

崔氏云：「伐鼓」，反語「腐骨」，是其病。

第二十一、長擷腰病

（長擷腰病）者，每句第三字擷上下兩字，故曰擷腰。若無解鐙相間，則是長擷腰病也。如上官儀詩云：「曙色隨行漏，早吹入繁笳。旗文縈桂葉，騎影拂桃華。碧潭寫春照，青山籠雪花。」上句「隨」，次句「入」，次句「縈」，次句「拂」，次句「寫」，次句「籠」，皆單字，擷其腰於中，無有解鐙者，故曰長擷腰也。此病或名束。

第二十二、長解鐙病

（長解鐙病）者，第一、第二字意相連，第三、第四字意相連，第五單一字成其意，是解鐙。不與擷腰相間，是長解鐙病也。如上官儀詩云：「池牖風月清，閒居遊客情。蘭泛樽中色，松吟絃上聲。」「池牖」二字意相連，「風月」二字意相連，「清」一字成四字之意，以下三句，皆無有擷腰相間，故曰長解鐙之病也。

元兢曰：擷腰、解鐙並非病，文中自宜有之，不間則爲病。然解鐙須與擷腰相間，則屢遷其體。不可得句相間，但時然之，近文人篇中有然，相間者偶然耳。然悟之而爲詩者，不亦盡善者乎。此病亦名散。

第二十三、支離

不犯詩曰：「春人對春酒，新樹間新花。」犯詩曰：「人人皆偃息，唯我獨從戎。」

第二十四、相濫或名繁説。

謂一首詩中再度用事，一對之内反覆重論，文繁意叠，故名相濫。犯詩曰：「玉繩耿長漢，金波麗碧空。星光暗雲裏，月影碎簾中。」

釋曰：「玉繩」者星名，「金波」者月號，上既論訖，下復陳之，甚爲相濫，尤須慎之。

崔氏云：相濫者，謂「形體」「途道」「溝淖」「淖泥」「巷陌」「樹木」「枝條」「山河」「水石」「冠帽」「褟衣」，如此之等，名曰相濫。上句用「山」，下句用「河」；上句有「形」，下句安「體」；上句有「木」，下句安「條」：如此參差，乃爲善焉。若兩字一處，自是犯焉，非關詩處。或云兩目一處是。

第二十五、落節

凡詩詠春，即取春之物色；詠秋，即須序秋之事情。或詠今人，或賦古帝，至於雜篇詠，皆須得其深趣，不可失義意。假令黄花未吐，已詠芬芳；青葉莫抽，逆言蓊鬱。或專心詠月，翻寄琴聲；或□意論秋，雜陳春事。或無酒而言有酒；無音而道有音。並是落節。若是長篇託意，不許限。即假作《詠月詩》曰：「玉鈎千丈挂，金波萬里遥。蚌虧輪影滅，蓂落桂陰銷。入風花氣馥，出樹鳥聲嬌。獨使高樓婦，空度可憐宵。」

釋曰：此詩本意詠月，中間論花述鳥，乍讀風花似好，細勘月意有殊，如此之輩，名曰落節。

又《詠春詩》曰：「何處覓消愁？春園可暫遊。菊黄堪泛酒，梅紅可插頭。」

釋曰：菊黄泛酒，宜在九月，不合春日陳之；或在清朝，翻言朗夜：並是落節。

第二十六、雜亂

凡詩發首誠難，落句不易。或有制者，應作詩頭，勒爲詩尾；應可施後，翻使居前。故曰雜亂。假作《憶友詩》曰：「思君不可見，徒令年鬢秋。獨驚積寒暑，迢遞阻風牛，粤余慕樵隱，蕭然重一丘。」

釋曰：「粤余」一對，合在句端；「思君」一對，合居篇末。然則篇章之内，義別爲科。先後無差，文理俱暢。混而不別，故名雜亂。

第二十七、文贅或名涉俗病。

凡五言詩，一字文贅，則衆巧皆除；片語落嫌，則人競褒貶。今作者或不經雕匠，未被揣磨，輒述拙成，多致紕繆。雖理義不失，而文不清新；或用事合同，而辭有利鈍。即假作《秋詩》曰：「熠耀庭中度，蟋蟀傍窗吟。條間垂白露，菊上帶黄金。」

釋曰：此詩據理，大體得通。然「庭中」「傍窗」，流俗已甚；「黄金」「白露」，語質無佳。凡此之流，名曰文贅。

又《詠秋》詩曰：「熠耀流寒火，蟋蟀動秋音。凝露如懸玉，攢菊似披金。」此則無贅也。又曰：「渭濱迎宰相。」官之宰相，即是涉俗流之語，是其病。

又曰：「樹蔭逢歇馬，魚潭見洗船。」又曰：「隔花遥勸酒，就水更移床。」是則俗巧弱弊之過也。

第二十八、相反

謂詞理別舉是也。詩曰：「晴雲開極野，積霧掩長洲。」上句既叙「晴雲」，下句不宜「霧掩」，不順理耳。

第二十九、相重

謂意義重叠是也。或名枝指也。

詩曰：「驅馬清渭濱，飛鑣犯夕塵。川波張遠蓋，山日下遥輪。柳葉眉行盡，桃花騎轉新。」已上有「驅馬」「飛鑣」，下又「桃花騎」，是相重病也。

又曰：「遊雁比翼翔，飛鴻知接翮。」

第三十、駢拇

（駢拇）者，所謂兩句中道物無差，名曰駢拇。如庾信詩曰：「兩戍俱臨水，雙城共夾河。」此之謂也。

文筆十病得失

平頭

第一句上字、第二句上字，第一句第二字、第二句第二字，不得同聲。

詩得者：「澄暉侵夜月，覆瓦亂朝霜。」失者：「今日良宴會，歡樂難具陳。」

筆得者：「開金繩之寶曆，鈎玉鏡之珍符。」失者：「嵩巖與華房迭遊，靈漿與醇醪俱別。」

然五言頗爲不便，文筆未足爲尤。但是疥癬微疾，非是巨害。

上尾

第一句末字，第二句末字，不得同聲。

詩得者：「縈鬟聊向牖，拂鏡且調妝。」失者：「西北有高樓，上與浮雲齊。」

筆得者：「玄英戒律，繁陰結序。地卷朔風，風飛隴雪。」失者：「同源派流，人易世疎。越在異域，情愛分隔。」

筆復有隔句上尾，第二句末字，第四句末字，不得同聲。

得者：「設醴未同，興言爲嘆。深加相保，行李遲書。」失者：「同乘共載，北遊後園。輿輪徐動，賓從無聲。」

又有踏發聲，第四句末字，第八句末字，不得同聲。

得者：「夢中占夢，生死大空。得無所得，菩提純浄。教其本有，無比涅槃。示以無爲，性空般若。」失者：「聚斂積實，非惠公所務；記惡遺善，非文子所談。陰虬陽馬，非原室所構；土山漸臺，非顏家所營。」

又諸手筆，第二句末與第三句末同聲，雖是常式，然止可同聲，不應同韻。

蜂腰

第一句中第二字、第五字不得同聲。

詩得者：「惆悵崔亭伯。」失者：「聞君愛我甘。」

筆得者：「刺是佳人。」四言。失者：「楊雄《甘泉》。」四言。

得者：「雲漢自可登臨。」六言。「摩赤霄而理翰。」六言。失者：「美化行乎江漢。」六言。「襲元凱之軌高。」六言。

得者：「高巘萬仞排虚空。」七言。「盛軌與三代俱芳。」七言。「猶聚鵠之有神鶵。」七言。失者：「三仁殊途而同歸。」七言。「偃息乎珠玉之室。」七言。

得者：「雷擊電鞭者之謂天。」八言。失者：「潤草沾蘭者之謂雨。」八言。

或云：平聲賒緩，有用最多，參彼三聲，殆爲太半。

鶴膝

第一句末字，第三句末字，不得同聲。

詩得者：「朝關苦辛地，雪落遠漫漫。含冰陷馬足，雜雨練旗竿。」失者：「沙幕飛恒續，天山積轉寒。無同亂郢曲，逐扇掩齊紈。」「客從遠方來，遺我一書札。上言長相思，下言久離別。」

筆得者：「定州跨躡夷阻，領袖蕃維。跱神嶽以鎮地，疎名川以連海。」「『原隰龍鱗』，班頌何其陋；『桑麻條暢』，潘賦不足言。」失者：「瓘玉致美，不爲池隍之用；桂椒信好，而非園林之飾。」「西郊不雨，彌回天眷；東作未理，即動皇情。」如是皆次第避之，不得以四句爲斷。若手筆，得故犯，但四聲中安平聲者，益辭體有力。如云：「能短能長，既成章於雲表；明吉明凶，亦引氣於蓮上。」

大韻

一韻以上，不得同於韻字。如以「新」字爲韻，勿復用「鄰」、「親」等字。

詩得者：「運阻衡言革，時泰玉階平。」失者：「新裂齊紈素，鮮潔如霜雪。」

筆得者：「播盡善之英聲，起則天之雄響。百代欽其美德，萬紀懷其至仁。」失者：「傾家敗德，莫不由於憍奢；興宗榮族，必也藉于高名。」

凡手筆之式，不須同韻。或有時同韻者，皆是筆之逸氣。如云：「握河沈璧，封山紀石。邁三五而不追，踐八九之遥跡。」

小韻

二句内除本韻，若已有「梅」字，不得復用「開」「來」字。

詩得者：「功高履乘石，德厚贈昭華。」失者：「昊天降豐澤，百卉挺葳蕤。」若故疊韻，兩字一處，於理得通。故謝朓詩云：「悵望南浦時，徙倚北梁步。」

以筆準詩亦如此。筆得者：「西辭酆邑，南據江都。」失者：「西辭酆邑，東居洛都。」若故疊韻，理通亦爾。故徐陵《殊物詔》云：「五雲雾䨴，鱗宗所以効靈；六氣氛氳，柔和所以高氣。」

正紐

凡四聲爲一紐，如「壬」「荏」「衽」「入」。詩二句内，已有「壬」字，則不得復有「荏」「衽」「入」等字。

詩得者：「《離騷》詠宿莽。」失者：「曠野莽茫茫。」

凡諸手筆，亦須避之。若犯此聲，則齟齬不可讀。如云，得者：「藉甚岐嶷，播揚英譽。」失者：「永嘉播越，世道波瀾。」

傍紐

雙聲是也。如詩二句内有「風」一字，則不得復有此等字。

詩得者：「管聲驚百鳥，衣香滿一園。」失者：「壯哉帝王居，佳麗殊百城。」若故雙聲者，得有如此。故庾信詩云：「胡笳落淚曲，羌笛斷腸歌。」

筆得者：「六郡豪家，從來習馬；五陵貴族，作性便弓。」失者：「歷數已應，而《虞書》不以北面爲陋；有命既彰，而周籍猶以服事爲賢。」若故雙聲者，亦得有如此。如云：「鑒覩上代，則天禄斯歸；逖聽前王，則曆數攸在。」如是次第避之，不得以二句爲斷。

或云：若五字内已有「阿」字，不得復用「可」字。此于詩章，不爲過病，但言語不浄洽，讀時有妨也。今言犯者，唯論異字。如其同字，此不言，言同字者，如云「文物以紀之，聲明以發之」「大東小東」「自南自北」等是也。

或云：凡用聲，用平聲最多。五言内非兩則三，此其常也。亦得用一用四。若四，平聲無居第四；若一，平聲多在第二，此謂居其要也。猶如宫羽調音，相參而和。

又云：賦頌有第一、第二、第三、第四或至第六句相隨同類韻者。如此文句，倘或有焉，但可時時解鐙耳，非是常式。五三文内，時一安之，亦無傷也。又，辭賦或有第四句與第八句而復韻者，並是丈夫措意，盈縮自由，筆勢縱横，動合規矩。

《文筆式》云：製作之道，唯筆與文。文者，詩、賦、銘、頌、箴、贊、吊、誄等是也；筆者，詔、策、移、檄、章、奏、書、啓等也。即而言之，韻者爲文，非韻者爲筆。文以兩句而會，筆以四句而成。文繫於韻，兩句相會，取於諧合也。筆不取韻，四句而成，任於變通。故筆之四句，比文之二句，驗之文筆，率皆如此也。體既不同，病時有異。其文之犯避，皆準於前。假令文有四言、六言、七言等，亦隨其句字，準前勘其聲病，足悟之矣。其蜂腰，從五言内辨之，若字或少多，則無此病者也。

筆有上尾、鶴膝、隔句上尾、踏發等四病，詞人所常避也。其上尾、鶴膝，與前不殊。東皙表云：「薄冰凝池，非登廟之珍。」「池」與「珍」同平聲，是其上尾也。左思《三都賦序》云：「魁梧長者，莫非其舊。風謡歌舞，各附其俗。」「者」與「舞」同上聲，是鶴膝也。隔句上尾者，第二句末與第四句末同聲也。如鮑照《河清頌序》云：「善談天者，必徵象於人；工言古者，必考績於今。」「人」與「今」同聲是也。但筆之四句，比文之二句。故雖隔句，猶稱上尾，亦以次避，第四句不得與第六句同聲，第六句不得與第八句同聲也。踏發廢音者，第四句末與第八句末同聲也。如任孝恭書云：「昔鍾儀戀楚，樂操南音；東平思漢，松柏西靡。仲尼去魯，命云遲遲；季後過豐，潸焉出涕。」「涕」與「靡」同聲是也。凡筆家四句之末，要會之所歸。若同聲，有似踏而機發，故名踏發者也。若其間際有語隔之者，犯亦無損，謂上四句末，下四句初，有「既而」「於是」「斯皆」「所以」「是故」等語也。此等之病，並須避之。

其鶴膝，近代詞人或有犯者。尋其所犯，多是平聲。如温子昇《寒陵山碑序》云：「並寂漠消沈，荒涼磨滅。言談者空知其名，經過者不識其地。」又邢子才《高季式碑序》云：「楊氏八公，歷兩都而後盛；荀氏十卿〔一〕，終二晋而方踐。」又魏收《文宣謚議》云：「九野區分，四遊定判。賦命所甄，義兼星象。」「沈」與「名」、「公」與「卿」、「分」與「甄」並同聲，是筆鶴膝也。文人劉善經云：「筆之鶴膝，平聲犯者，益文體有力。」豈其然乎？此可時復有之，不可得以爲常也。

其雙聲叠韻，須以意節量。若同句有之，及居兩句之際而相承者，則不可矣。同句有者，還依前注。其居兩句之際相承者，如任孝恭書云：「學非摩揣，誰合趙之連鷄。但生與憂偕，貧隨歲積。」「鷄」與「偕」相承而同韻，是其類也。又徐陵《勸進表》云：「蚩尤三塚，寧謂嚴誅。」「誅」「塚」相承，雙聲是也。

然聲之不等，義各隨焉。平聲哀而安，上聲厲而舉，去聲清而遠，入聲直而促。詞人參用，體固不恒。請試論之。筆以四句爲科，其内兩句末並用平聲，則言音流利，得靡麗矣；兼用上、去、入者，則文體動發，成宏壯矣。

看徐、魏二作，足以知之。徐陵《定襄侯表》云：「鴻都寫狀，皆旌烈士之風；麟閣圖形，咸紀誠臣之節。莫不輕死重氣，效命酬恩。棄草莽者如歸，膏平原者相襲。」上對第二句末「風」，第三句末「形」，

〔一〕氏：王利器《文鏡秘府論校注》作「族」，似是。

下對第二句末「恩」，第三句末「歸」，皆是平聲。魏收《赤雀頌序》云：「蒼精父天，銓與象立；黄神母地，輔政機修。靈圖之跡鱗襲，天啓之期翼布。乃有道之公器，爲至人之大寶。」上對第二句末「立」，第三句末「地」，下對第二句末「布」，第三句末「器」，皆非平聲是也。徐以靡麗標名，魏以宏壯流稱，觀於斯文，亦其效也。又名之曰文，皆附之於韻。韻之字類，事甚區分。緝句成章，不可違越。若令義雖可取，韻弗相依，則猶舉足而失路，抃掌而乖節矣。故作者先在定聲，務諧于韻，文之病累，庶可免矣。

文鏡秘府論　南

論文意

或曰：夫文字起於皇道，古人畫一之後方有也。先君傳之，不言而天下自理，不教而天下自然，此謂皇道。道合氣性，性合天理，於是萬物稟焉，蒼生理焉。堯行之，舜則之，淳樸之教，人不知有君也。後人知識漸下，聖人知之，所以畫八卦，垂淺教，令後人依焉。是知一生名，名生教，然後名教生焉。以名教爲宗，則文章起於皇道，興乎《國風》耳。自古文章，起於無作，興于自然，感激而成，都無飾練，發言以當，應物便是。古詩云：「日出而作，日入而息，鑿井而飲，耕田而食。」當句皆了也。其次，《尚書》歌曰：「元首明哉，股肱良哉，庶事康哉。」亦句句便了。自此之後，則有《毛詩》，假物成焉。夫子演《易》，極思於《繫辭》，言句簡易，體是詩骨。夫子傳於游、夏，游、夏傳於荀卿、孟軻，方有四言五言，效古而作。荀、孟傳於司馬遷，遷傳於賈誼。誼謫居長沙，遂不得志，風土既殊，遷逐怨上，屬物比興，少於《風》《雅》，復有騷人之作，皆有怨刺，失于本宗。乃知司馬遷爲北宗，賈生爲南宗，從此分焉。漢魏有曹植、劉楨，皆氣高出於天縱，不傍經史，卓然爲文。從此之後，遞相祖述，經綸百代，識人虛薄，屬文於花草，失其古焉。中有鮑照、謝康樂，縱逸相繼，成敗兼行。至晋、宋、齊、梁，皆悉頽毁。

凡作詩之體，意是格，聲是律，意高則格高，聲辨則律清，格律全，然後始有調。用意於古人之上，則天地之境，洞焉可觀。古文格高，一句見意，則「股肱良哉」是也。其次兩句見意，則「關關雎鳩，在河之洲」是也。其次古詩，四句見意，則「青青陵上柏，磊磊澗中石。人生天地間，忽如遠行客」是也。又劉公幹詩云：「青青陵上松，瑟瑟谷中風。風弦一何盛，松枝一何勁。」此詩從首至尾，唯論一事，以此不如古人也。

詩本志也，在心爲志，發言爲詩，情動於中，而形於言，然後書之於紙也。高手作勢，一句更別起意，其次兩句起意，意如湧煙，從地升天，向後漸高漸高，不可階上也。下手下句弱於上句，不看向背，不立意宗，皆不堪也。

凡文章皆不難，又不辛苦。如《文選》詩云「朝入譙郡界」「左右望我軍」，皆如此例，不難不辛苦也。

夫作文章，但多立意，令左穿右穴，苦心竭智，必須忘身，不可拘束。思若不來，即須放情却寬之，令境生。然後以境昭之，思則便來，來即作文。如其境思不來，不可作也。

夫置意作詩，即須凝心，目擊其物，便以心擊之，深穿其境。如登高山絶頂，下臨萬象，如在掌中。以此見象，心中了見，當此即用。如無有不似，仍以律調之定，然後書之於紙。會其題目，山林、日月、風景爲真，以歌詠之。猶如水中見日月，文章是景，物色是本，照之須了見其象也。

夫文章興作，先動氣，氣生乎心，心發乎言，聞於耳，見於目，録於紙。意須出萬人之境，望古人於格下，攢天海於方寸。詩人用心，當於此也。

夫詩，入頭即論其意，意盡則肚寬，肚寬則詩得。容顏物色亂下，至尾則却收前意，節節仍須有分付。

夫用字有數般，有輕，有重，有重中輕，有輕中重，有雖重濁可用者，有輕清不可用者。事須細律之，若用重字，即以輕字拂之便快也。

夫文章，第一字與第五字須輕清，聲即穩也，其中三字縱重濁，亦無妨。如「高臺多悲風，朝日照北林」，若五字並輕，則脱略無所止泊處；若五字並重，則文章暗濁。事須輕重相間，仍須以聲律之。如「明月照積雪」，則「月」「雪」相撥。及「羅衣何飄飄」，則「羅」「何」相撥。亦不可不覺也。

夫詩，一句即須見其地居處，如「孟夏草木長，繞屋樹扶疎。衆鳥欣有託，吾亦愛吾廬。」若空言物色，則雖好而無味，必須安立其身。

詩頭皆須造意，意須緊，然後縱横變轉。如「相逢楚水寒」，送人必言其所矣。

凡屬文之人，常須作意，凝心天海之外，用思元氣之前。巧運言詞，精練意魄，所作詞句，莫用古語及今爛字舊意。改他舊語，移頭换尾，如此之人，終不長進。爲無自性，不能專心苦思，致見不成。

凡詩人夜間床頭，明置一盞燈。若睡來任睡，睡覺即起。興發意生，精神清爽，了了明白，皆須身在意中。若詩中無身，即詩從何有？若不書身心，何以爲詩？是故詩者，書身心之行李，序當時之憤氣。氣來不適，心事不達，或以刺上，或以化下，或以申心，或以序事，皆爲中心不決，衆不我知。由是言之，方識古人之本也。

凡作詩之人，皆自抄古今詩語精妙之處，名爲隨身卷子，以防苦思。作文興若不來，即須看隨身卷子，以發興也。

詩有飽肚狹腹，語急言生，至極言終始，未一向耳。若謝康樂語，飽肚意多，皆得停泊，任意縱橫。鮑照言語逼迫，無有縱逸，故名狹腹之語。以此言之，則鮑公不如謝也。

詩有無頭尾之體。凡詩頭，或以物色爲頭，或以身爲頭，或以身意爲頭，百般無定。任意以興來安穩，即任爲詩頭也。

凡詩，兩句即須團却意；句句必須有底蓋相承，翻覆而用；四句之中，皆須團意上道。必須斷其小大，使人事不錯。

詩有上句言物色，下句更重拂之體。如「夜聞木葉落，疑是洞庭秋」「曠野饒悲風，颼颼黄蒿草」，是其例也。

詩有上句言意，下句言狀，上句言狀，下句言意。如「昏旦變氣候，山水含清輝」「蟬鳴空桑林，八月蕭關道」是也。

凡詩，物色兼意下爲好。若有物色無意興，雖巧亦無處用之。如「竹聲先知秋」，此名兼也。

凡高手，言物及意，皆不相倚傍。如「方塘涵清源，細柳夾道生」，又「方塘涵白水，中有鳧與雁」，又「緑水溢金塘」「馬毛縮如蝟」，又「池塘生春草，園柳變鳴禽」，又「青青河畔草」「鬱鬱澗底松」，是其例也。

詩有天然物色，以五彩比之而不及。由是言之，假物不如真象，假色不如天然。如此之例，皆爲高手。中手倚傍者，如「餘霞散成綺，澄江浄如練」，此皆假物色比象，力弱不堪也。

詩有意好言真，光今絶古，即須書之於紙。不論對與不對，但用意方便，言語安穩，即用之。若語勢有對，言復安穩，益當爲善。

詩有傑起險作，左穿右穴。如「古墓犁爲田，松柏摧爲薪」「馬毛縮如蝟，角弓不可張」「鑿井北陵隈，百丈不及泉」，又「去時三十萬，獨自還長安。不信沙場苦，君看刀箭瘢」，此爲例也。

詩有意闊心遠，以小納大之體，如「振衣千仞岡，濯足萬里流」。古詩直言其事，不相映帶，此實高也。相映帶詩云：「響如鬼必附物而來」「天籟萬物性，地籟萬物聲。」

詩有覽古者，經古人之成敗詠之是也。

詠史者，讀史見古人成敗，感而作之。

雜詩者，古人所作，元有題目，撰入《文選》，《文選》失其題目，古人不詳，名曰雜詩。樂府者，選其清調合律，唱入管絃，所奏即入之樂府聚之。如《塘上行》《怨詩行》《長歌行》《短歌行》之類是也。

詠懷者，有詠其懷抱之事爲興是也。

古意者，非若其古意，當何有今意？言其效古人意，斯蓋未當擬古。

寓言者，偶然寄言是也。

夫詩，有生殺回薄，以象四時，亦稟人事，語諸類並如之。諸爲筆，不可故不對，得還須對。

夫語對者，不可以虛無而對實象。若用草與色爲對，即虛無之類是也。

夫詩格律，須如金石之聲。《諫獵書》甚簡小直置，似不用事，而句句皆有事，甚善甚善。《海賦》太能。《鵩鳥賦》等，皆直把無頭尾。《天台山賦》能律聲，有金石聲。孫公云「擲地金聲」，此之謂也。《蕪城賦》，大才子有不足處，一歇哀傷便已，無有自寬知道之意。

詩有「明月下山頭，天河橫戍樓。白雲千萬里，滄江朝夕流。浦沙望如雪，松風聽似秋。不覺煙霞曙，花鳥亂芳洲」，並是物色，無安身處，不知何事如此也。

詩有平意興來作者，「願子勵風規，歸來振羽儀。嗟余今老病，此別恐長辭。」蓋無比興，一時之能也。

詩有「高臺多悲風，朝日照北林」，則曹子建之興也。阮公《詠懷詩》曰：「中夜不能寐，謂時暗也。起坐彈鳴琴。憂來彈琴以自娱也。薄帷鑒明月，言小人在位，君子在野，蔽君猶如薄帷中映明月之光。清風吹我襟。獨有其日月以清懷也。孤鴻號外野，翔鳥鳴北林。近小人也。」

凡作文，必須看古人及當時高手用意處，有新奇調學之。

詩貴銷題目中意盡，然看當所見景物與意愜者相兼道。若一向言意，詩中不妙及無味。景語若多，與意相兼不緊，雖理通亦無味。昏旦景色，四時氣象，皆以意排之，令有次序，令兼意説之爲妙。旦日出初，河山林嶂涯壁間，宿霧及氣靄，皆隨日色照著處便開。觸物皆發光色者，因霧氣濕著處，被日照水光發。至日午，氣靄雖盡，陽氣正甚，萬物蒙蔽，却不堪用。至曉間，氣靄未起，陽氣稍歇，萬物澄浄，遥目此乃堪用。至於一物，皆成光色，此時乃堪用思。所説景物必須好似四時者。春夏秋冬氣色，隨時生意。取用之意，用之時，必須安神浄慮。目睹其物，即入於心，心通其物，物通即言。言其狀，須似其景。語須天海之内，皆納於方寸。至清曉，所覽遠近景物及幽所奇勝，概皆須任意自起。意欲作文，乘興便作，若似煩即止，無令心倦。常如此運之，即興無休歇，神終不疲。

凡神不安，令人不暢無興。無興即任睡，睡大養神。常須夜停燈任自覺，不須强起。强起即惛迷，所覽無益。紙筆墨常須隨身，興來即録。若無紙筆，羈旅之間，意多草草。舟行之後，即須安眠，眠足之後，固多清景。江山滿懷，合而生興，須屏絶事務，專任情興。因此，若有製作皆奇逸。看興稍歇，且如詩未成，待後有興成，却必不得强傷神。

斆古文章，不得隨他舊意，終不長進。皆須百般縱横，變轉數出，其頭段段皆須令意上道，却後還收初意。「相逢楚水寒」詩是也。

凡詩立意，皆傑起險作，傍若無人，不須怖懼。古詩云「古墓犁爲田，松柏摧爲薪」及「不信沙場苦，君看刀箭瘢」是也。

詩不得一向把，須縱横而作。不得轉韻，轉韻即無力。落句須含思，常如未盡始好。如陳子昂詩落句云「蜀門自兹始，雲山方浩然」是也。

夫文章之體，五言最難，聲勢沉浮，讀之不美。句多精巧，理合陰陽。包天地而羅萬物，籠日月而掩蒼生。其中四時調於遞代，八節正於輪環。五音五行，和於生滅；六律六吕，通於寒暑。

凡文章不得不對。上句若安重字、雙聲、叠韻，下句亦然。若上句偏安，下句不安，即名爲離支。若上句用事，下句不用事，名爲缺偶。故梁朝湘東王《詩評》曰：「作詩不對，本是吼文，不名爲詩。」

夫作詩用字之法，各有數般：一敵體用字，二同體用字，三釋訓用字，四直用字。但解作詩，一切文章，皆如此法。若相聞書題、碑文、墓誌、赦書、露布、箋、章、表、奏、啓、策、檄、銘、誄、詔、誥、辭、牒、判，一同此法。今世間之人，或識清而不知濁，或識濁而不知清。若以清爲韻，餘盡須用清；若以濁爲韻，餘盡須濁。若清濁相和，名爲落韻。

凡文章體例，不解清濁規矩，造次不得製作。製作不依此法，縱令合理，所作千篇，不堪施用。但比來潘郎，縱解文章，復不閑清濁；縱解清濁，又不解文章。若解此法，即是文章之士。爲若不用此法，聲名難得。故《論語》曰「學而時習之」，此謂也。若「思而不學，則危殆」也。又云：「思之者，德之深也。」

或曰：夫詩有三四五六七言之别，今可略而叙之。三言始於《虞典》「元首」之歌。四言本出《南風》，流於夏世，傳至韋孟，其文始具。六言散在《騷》《雅》。七言萌於漢。五言之作，《召南·行露》，已有濫觴，漢武帝時，屢見全什，非本李少卿也。以上略同古人。少卿以傷别爲宗，文體未備，意悲調切，若偶中音響，《十九首》之流也。古詩以諷興爲宗，直而不俗，麗而不朽，格高而詞温，語近而意遠，情浮於語，偶象則發，不以力制，故皆合於語，而生自然。建安三祖、七子，五言始盛，風裁爽朗，莫之與京，然終傷用氣使才，違於天真，雖忌松容，而露造跡。正始中何晏，嵇、阮之儔也，嵇興高邈，阮旨閑曠，亦難爲等夷。論其代，則漸浮侈矣。晋世尤尚綺靡，古人云：「采縟於正始，力柔於建安。」宋初文格，與晋相沿，更憔悴矣。

論人，則康樂公秉獨善之資，振頹靡之俗。沈建昌評：「自靈均已來，一人而已。」此後，江寧侯温而朗。鮑參軍麗而氣多，《雜體》《從軍》，殆凌前古，恨其縱舍盤薄，體貌猶少。宣城公情致蕭散，詞澤義精，至於雅句殊章，往往驚絶。何水部雖謂格柔，而多清勁，或常態未剪，有逸對可嘉，風範波瀾，去謝遠矣。柳惲、王融、江總三子，江則理而清，王則清而麗，柳則雅而高。予知柳吴興名屈於何，格居何上。中間諸子，時有片言隻句，縱敵於古人，而體不足齒。

或者隨流，風雅泯絶，八病雙拈，載發文蠹，遂有古律之别。古詩三等：正，偏，俗。律詩三等：古，正，俗。頃作古詩者，不達其旨，效得庸音，競壯其詞，俾令虚大。或有所至，已在古人之後，意熟語舊，但見詩皮，淡而無味。予實不誣，唯知音者知耳。

律家之流，拘而多忌，失於自然，吾常所病也。必不得已，則削其俗巧，與其一體。一體者，由不明詩對〔一〕，未階大道〔二〕。若《國風》《雅》《頌》之中，非一手作，或有暗同，不在此也。其詩曰：「終朝采菉，不盈一掬。」又詩曰：「采采卷耳，不盈傾筐。」興雖別而勢同。若《頌》中，不名一體。夫累對成章，高手有互變之勢，列篇相望，殊狀更多。若句句同區，篇篇共轍，名爲貫魚之手，非變之才也。俗巧者，由不辨正氣，習俗師弱弊之過也。其詩曰：「樹陰逢歇馬，魚潭見洗船。」又詩曰：「隔花遥勸酒，就水更移床。」何則？夫境象不一，虚實難明。有可睹而不可取，景也；可聞而不可見，風也；雖繫乎我形，而妙用無體，心也；義貫衆象，而無定質，色也。凡此等，可以對虚，亦可以對實。

又曰：至如渡頭、浦口，水面、波心，是俗對也。上句青，下句緑；上句愛，下句憐：下對也。「青山滿蜀道，緑水向荆州。」語麗而掩瑕也。句中多著映帶、傍佯等語，熟字也。制錦、一同、仙尉、黄綬，熟名也。溪湋、水隈、山脊、山肋，俗名也。若個、占剩，俗字也。俗有二種：一、鄙俚俗，取例可知。二、古今相傳俗，詩云「小婦無所作，挾瑟上高堂」之類是也。又如送別詩，山字之中，必有離顔；溪字之中，必有解携；送字之中，必有渡頭字；來字之中，必有悠哉。如遊寺詩，鷲嶺鷄岑，東林彼岸，

〔一〕對：底本改作「體」，據宮陵本恢復。
〔二〕階：底本改作「諧」，據宮陵本恢復。

語居士以謝公爲首，稱高僧以支公爲先。又柔其詞，輕其調，以「小」字飾之，「花」字妝之，「漫」字潤之，「點」字采之，乃云「小溪花懸，漫水點山」。若體裁已成，唯少此字，假以圓文，則何不可。然取捨之際，有斲輪之妙哉，知音之徒，固當心證。調笑叉語，似謔似讖，滑稽皆爲詩贅，偏入嘲詠，時或有之，豈足爲文章乎？剖宋玉俗辯之能，廢東方不雅之説，始可議其文也。

又云：凡詩者，惟以敵古爲上，不以寫古爲能。立意於衆人之先，放詞於群才之表，獨創雖取，使耳目不接，終患倚傍之手。或引全章，或插一句，以古人相黏二字、三字爲力，厠麗玉於瓦石，殖芳芷於敗蘭，縱善，亦他人之眉目，非己之功也，況不善乎？時人賦孤竹則云「冉冉」，詠楊柳則云「依依」，此語未有之前，何人曾道。謝詩云「江菼亦依依」，故知不必以「冉冉」繫竹，「依依」在楊。常手旁之，以爲有味，此亦强作幽想耳。且引靈均爲證，文譎氣貞，本於《六經》，而製體創詞，自我獨致，故歷代作者師之。此所謂勢不同，而無模擬之能也。班固雖謂屈原「露才揚己，引崑崙、玄圃之事不經，然其文雅麗，可爲賦之宗」。若比君於堯、舜，況臣於稷、禼思列反也，綺里之高逸，於陵之幽貞，褒貶古賢，成當時文意，雖寫全章，非用事也。古詩：「胡馬依北風，越鳥巢南枝」「南登灞陵岸，回首望長安」「彭薛才知恥，貢公不遺榮。或可優貪競，豈足稱達生」，此三例，非用事也。

或云：今人所以不及古者，病於儷詞。予云：不然。先正時人，兼非劉氏。《六經》時有儷詞，揚、馬、張、蔡之徒始盛。「雲從龍，風從虎」，非儷耶？但古人後於語，先於意。因意成語，語不使意，偶對則對，偶散則散。若力爲之，則見斤斧之跡。故有對不失渾成，縱散不關造作，此古手也。

或曰：詩不要苦思，苦思則喪於天真。此甚不然。固須繹慮於險中，採奇於象外，狀飛動之句，寫冥奥之思。夫希世之珠，必出驪龍之領，况通幽含變之文哉？但貴成章以後，有其易貌，若不思而得也。「行行重行行，與君生别離」，此似易而難到之例也。

且文章關其本性。識高才劣者，理周而文窒；才多識微者，句佳而味少。是知溺情廢語，則語樸情暗；事語輕情，則情闕語淡。巧拙清濁，有以見賢人之志矣。抵而論，屬於至解，其猶空門證性，有中道乎。何者？或雖有態而語嫩，雖有力而意薄，雖正而質，雖直而鄙，可以神會，不可言得，此所謂詩家之中道也。又古今詩人，多稱麗句，開意爲上，反此爲下。如「盈盈一水間，脈脈不得語」「臨河濯長纓，念别悵悠阻」，此情句也。如「白雲抱幽石，緑篠媚清漣」「露濕寒塘草，月映清淮流」，此物色帶情句也。

夫詩工創心，以情爲地，以興爲經，然後清音韻其風律，麗句增其文彩。如楊林積翠之下，翹楚幽花，時時間發。乃知斯文，味益深矣。

又有人評古詩，不取其句，但多其意，而古人難能。予曰：不然。旨全體貞，潤婉而興深，此其所長也。請復論之，曰：夫寒松白雲，天全之質也；散木擁腫，亦天全之質也。比之於詩，雖正而不秀，其擁腫之林。《易》曰「文明健」，豈非兼文美哉？古人云：「具體唯子建、仲宣，偏善則太沖、公幹。平子得其雅，叔夜含其潤，茂先凝其清，景陽振其麗，鮮能兼通。」况當齊、梁之後，正聲浸微，人不逮古，振頽波者，或賢於今論矣。

論體

凡製作之士，祖述多門，人心不同，文體各異。較而言之：有博雅焉，有清典焉，有綺艷焉，有宏壯焉，有要約焉，有切至焉。夫模範經誥，褒述功業，淵乎不測，洋哉有閑，博雅之裁也。敷演情志，宣照德音，植義必明，結言唯正，清典之致也。體其淑姿，因其壯觀，文章交映，光彩傍發，綺艷之則也。魁張奇偉，闡耀威靈，縱氣凌人，揚聲駭物，宏壯之道也。指事述心，斷辭趣理，微而能顯，少而斯洽，要約之旨也。舒陳哀憤，獻納約戒，言唯折中，情必曲盡，切至之功也。

至如稱博雅，則頌、論爲其標。頌明功業，論陳名理。體貴於弘，故事宜博；理歸於正，故言必雅也。語清典，則銘、贊居其極。銘題器物，贊述功德，皆限以四言，分有定準。言不沉逭，故聲必清；體不詭雜，故辭必典也。陳綺艷，則詩、賦表其華。詩兼聲色，賦敘物象，故言資綺靡，而文極華艷。敘宏壯，則詔、檄振其響。詔陳王命，檄敘軍容。宏則可以及遠，壯則可以威物。論要約，則表、啓擅其能。表以陳事，啓以述心，皆施之尊重，須加肅敬，故言在於要，而理歸於約。言切至，則箴、誄得其實。箴陳戒約，誄述哀情，故義資感動，言重切至也。

凡斯六事，文章之通義焉。苟非其宜，失之遠矣。博雅之失也緩，清典之失也輕，綺艷之失也淫，宏壯之失也誕，要約之失也闌，切至之失也直。體大義疏，辭引聲滯，緩之致焉。文體既大，而義不周密，故云疎。辭雖引長，而聲不通利，故云滯也。理入於浮，言失於淺，輕之起焉。敘事爲文，須得其理，理不甚會，則覺其浮。言須典正，涉於流俗，則覺其淺。體貌違方，逞欲過度，淫以興焉。文雖綺艷，猶須準其事類相當，比擬叙述。不得體物之貌，而違於道，逞己之心，而過於制也。制傷迂闊，辭多詭異，誕則成焉。宏壯者，亦須準量事類可得施言，不可漫爲迂闊，虛陳詭異也。情不申明，事有遺漏，闡因見焉。謂論心意不能盡申，叙事理又有所闕焉也。體尚專直，文好指斥，直乃行焉。謂文體不經營，專爲直置，言無比附，好相指斥也。

故詞人之作也，先看文之大體，隨而用心。謂上所陳文章六種，是其大體也。遵其所宜，防其所失。博雅、清典、綺艷、宏壯、要約、切至等，是其所宜也。緩、輕、淫、闡、誕、直等，是所失也。故能辭成煉覈，動合規矩。而近代作者，好尚互舛，苟見一塗，守而不易，至令摛章綴翰，罕有兼善。豈才思之不足，抑由體制之未該也。

凡作文之道，構思爲先，亟將用心，不可偏執。何者？篇章之内，事義甚弘，雖一言或通，而衆理須會。若得於此而失於彼，合於初而離於末，雖言之麗，固無所用之。故將發思之時，先須惟諸事物，合於此者。既得所求，然後定其體分。必使一篇之内，文義得成；篇，謂從始至末，使有文義，可得連接而成也。一章之間，事理可結。章者，若文章皆有科別，叙義可得連接而成事，以爲一章，使有事理，可結成義。通人用思，方得爲之。大略而論：建其首，則思下辭而可承；陳其末，則尋上義不相犯；舉其中，則先後須相附依：此其大指也。若文繫於韻者，則量其韻之少多。若事不周圓，功必疎闕。與其終將致患，不若易之於初。然參會事情，推校聲律，動成病累，難悉安穩。如其理無配偶，音相犯忤，三思不得，足以改張。或有文人，味於機變，以一言可取，殷勤戀之，勞於用心，終是棄日。若斯之輩，亦膠柱之義也。又文思之來，苦多紛雜，應機立斷，須定一途。若空倦品量，不能取捨，心非其决，功必難成。然文無定方，思容通變，下可易之於上，前得迴之於後。若語在句末，得易之於句首；或在前言，可迻於後句也。研尋吟詠，足以安之，守而不迻，則多不合矣。然心或蔽通，思時鈍利，來不可遏，去不可留。若也情性煩勞，事由寂寞，强自催逼，徒成辛苦。不若韜翰屏筆，以須後圖，待心慮更澄，方事連緝。非止作文之至術，抑亦養生之大方耳。

定位

凡製於文，先布其位，猶夫行陳之有次，階梯之有依也。先看將作之文，體有大小。若作碑、志、頌、論、賦、檄等，體法大。啓、表、銘、贊等，體法小也。又看所爲之事，理或多少。叙人事、物類等，事理有多者，有少者。體大而理多者，定製宜弘；體小而理少者，置辭必局。須以此義，用意準之，隨所作文，量爲定限。謂各準其文體事理，量定其篇句多少也。既已定限，次乃分位，位之所據，義別爲科，雖主一事爲文，皆須次第陳叙，就理分配，義別成科，其若夫、至如、於是、所以等，皆是科之際會也。衆義相因，厥功乃就。科別所陳之義，各相準望連接，以成一文也。故須以心揆事，以事配辭，謂人以心揆所爲之事，又以此事分配於將作之辭。總取一篇之理，析成衆科之義。謂以所爲作篇之大理，分爲科別小義。

其爲用也，有四術焉。一者，分理務周。謂分配其理，科別須相準望，皆使周足得所，不得令或有偏多偏少者也。二者，叙事以次。謂叙事理須依次第，不得應在前而入後，應入後而出前，及以理不相干，而言有雜亂者。三者，義須相接。謂科別相連，其上科末義，必須與下科首義相接也。四者，勢必相依。謂上科末與下科末，句字多少及聲勢高下，讀之使快，即是相依也。其犯避等狀，已具「聲病」條内。然文縱有非犯而聲不便者，讀之是悟，即須改之，不可委載也。理失周，則繁約互舛；多則義繁，少則義約，不得分理均等，故云舛也。事非次，則先後成亂。理相參錯，故失先後之次也。義不相接，則文體中絶；兩科際會，義不相接，故尋之若文體中斷絶也。勢不相依，則諷讀爲阻。兩科聲勢，自相乖舛，故讀之以致阻難也。若斯並文章所尤忌也。

故自於首句，迄於終篇，科位雖分，文體終合。理貴於圓備，言資於順序。使上下符契，先後彌縫，上科與下科，事相成合，如符契然；科之先後，皆相彌縫，以合其理也。擇言者不覺其孤，言皆符合不孤。尋理者不見其隙，隙，孔也。理相彌合，故無孔也。始其宏耳。又文之大者，藉引而申之；文體大者，須依其事理，引之使長，又申明之，便成繁富也。文之小者，在限而合之。文體小者，亦依事理，豫定其位，促合其理，使歸約也。申之則繁，合之則約。善申者，雖繁不得而減；言雖繁多，皆相須而成義，不得減之令少也。善合者，雖約不可而增。言雖簡少，義並周足，不可增之使多。合而遺其理，謂合之傷於疎略，漏其正理也。疎穢之起，實在於兹。理不足，故體必疎；義相越，故文成穢也。皆在於義得理通，理相稱愜故也。若使申而越其義，謂申之乃虚相依託，越於本義也。此固文人所宜用意。或有作者，情非通晤，不分先後之位，不定上下之倫，苟出胸懷，便上翰墨，假相聚合，無所附依，事空致於混淆，辭終成於隙碎。斯人之輩，吾無所裁矣。

篇既連位而合，位亦累句而成。然句無定方，或長或短。長有逾於十，如陸機《文賦》云：「沈辭怫悦，若遊魚銜鈎而出重淵之深；浮藻聯翩，猶翔鳥纓繳而墜層雲之峻。」下句皆十一字也。短有極於二，如王褒《聖主得賢臣頌》云：「翼乎，若鴻毛之順風；沛乎，若巨鱗之縱壑。」上句皆兩字也。在於其內，固無待稱矣。謂十字已下，三字已上，文之常體，故不待稱也。然句既有異，聲亦互舛，句長聲彌緩，句短聲彌促，施於文筆，須參用焉。雜文筆等，皆句字或長或短，須參用也。其若詩、贊、頌、銘，句字有限者，非也。就而品之，七言已去，傷於大緩；三言已還，失於至促。準可以間其文勢，時時有之。至於四言，最爲平正，詞章之內，在用宜多。凡所結言，必據之爲述。至若隨之於文，合帶而以相參，則五言、六言，又其次也。至如欲其安穩，須憑諷讀，事歸臨斷，難用辭窮。言欲安施句字，須讀而驗之，在臨時斷定，不可預言者也。

然大略而論，忌在於頻繁，務遵於變化。若置四言、五言、六言等體，不得頻繁，須變化相參用也。假令一對之語，四句而成，筆皆四句合成一對。便用四言，以居其半，其餘二句，雜用五言、六言等。謂一對語內，二句用四言，餘二句或用五言、六言、七言是也。或經一對、兩對已後，乃須全用四言，若一對四句，並全用四言也。既用四言，又更施其雜體，還謂上下對內，四言與五言等參用也。循環反覆，務歸通利。然之、於、而、以，間句常頻，對有之，讀則非便，能相回避，則文勢調矣。謂而、以、之、於等間成句者，不可頻，對體同。其七言、三言等，須看體之將變，勢之相宜，隨而安之，令其抑揚得所。然施諸文體，互有不同。文之大者，得容於句長；若碑、志、論、檄、賦、誄等，文體大者，得容六言已上者多。文之小者，寧取於句促。若表、啓等，文體法小，寧使四言已上者多也。何則？附體立辭，勢宜然也。細而推之，開發端緒，寫送文勢，則六言、七言之功也；泛叙事由，平調聲律，四言、五言之能也；體物寫狀，抑揚情理，三言之要也。雖文或變通，不可專據，謂有任人意改變，不必當依此等狀。敘其大抵，實在於兹。其八言、九言、二言等，時有所值，可得施之，其在用至少，不復委載也。

或曰：梁昭明太子撰《文選》後，相效著述者十有餘家，咸自稱盡善。高聽之士，或未全許。且大同至於天寶，把筆者近千人，除勢要及賄賂，中間灼然可上者，五分無二，豈得逢詩輒纂，往往盈帙。蓋身後立節，當無詭隨。其應銓簡不精，玉石相混，致令衆口謗鑠，爲知音所痛。

夫文有神來、氣來、情來，有雅體、鄙體、俗體。編紀者能審鑒諸體，委詳所來，方可定其優劣，論其取捨。至如曹、劉詩，多直語，少切對。或五字並側，或十字俱平，而逸價終存。然挈瓶膚受之流，責古人不辨宫商，詞句質素，恥相師範。於是攻異端，妄穿鑿，理則不足，言常有餘，都無興象，但貴輕艷。雖滿篋笥，將何用之？自蕭氏以還，尤增矯飾。武德初微波尚在，貞觀末標格漸高，景雲中頗通遠詞。開元十五年後，聲律風骨始備矣。實由主上惡華好樸，去僞從真，使海内詞場，翕然尊古，有周《風》《雅》，再闡今日。

璠不佞，竊當好事，常願删略群才，贊聖朝之美。爰因退跡，得遂宿心。粵若王維、王昌齡、儲光羲等三十五人，皆河岳英靈也，此集便以《河岳英靈》爲號。詩二百七十五首，爲上下卷。起甲寅，終癸巳。論次於序，品藻各冠篇額。如名不副實，才不合道，縱權壓梁、竇，終無取焉。

集論

昔伶倫造律，蓋爲文章之本也。是以氣因律而生，節假律而明，才得律而清焉。豫於詞場，不可不知音律焉。如孔聖删詩，非代議所及。自漢魏至於晉宋，高唱者十有餘人，然觀其樂府，猶時有小失。齊梁陳隋，下品實繁，專争拘忌，彌損厥道。夫能文者，匪謂四聲盡要流美，八病咸須避之，縱不拈二，未爲深缺。即「羅衣何飄飄，長裾隨風還」，雅調仍在，况其他句乎？故詞有剛柔，調有高下，但令詞與調合，首末相稱，中間不敗，便是知音。而沈生雖怪曹、王「曾無先覺」，隱侯去之更遠。璠今所集，頗異諸家，既閑新聲，復曉古體。文質半取，《風》《騷》兩挾。言氣骨則建安爲儔，論宫商則太康不逮。將來秀士，無致深憾。

或曰：晚代銓文者多矣。至如梁昭明太子蕭統與劉孝綽等，撰集《文選》，自謂畢乎天地，懸諸日月。然於取捨，非無舛謬。方因秀句，且以五言論之。至如王中書「霜氣下孟津」，及「游禽暮知返」，前篇則使氣飛動，後篇則緣情宛密，可謂五言之警策，六義之眉首。棄而不紀，未見其得。及乎徐陵《玉臺》，僻而不雅；丘遲《鈔集》，略而無當。此乃詳擇全文，勒成一部者，比夫秀句，措意異焉。似秀句者，抑有其例。皇朝學士褚亮，貞觀中，奉敕與諸學士撰《古文章巧言語》，以爲一卷。至如王粲「灞岸」，陸機《尸鄉》，潘岳《悼亡》，徐幹《室思》，並有巧句，互稱奇作，咸所不録。他皆效此。諸如此類，難以勝言。借如謝吏部《冬序羈懷》，褚乃選其「風草不留霜，冰池共明月」，遺其

「寒燈耿宵夢，清鏡悲曉髮」。若悟此旨，而言於文，每思「寒燈耿宵夢」，令人中夜安寢，不覺驚魂，若見「清鏡悲曉髮」，每暑月欝陶，不覺霜雪入鬢。而乃舍此取彼，何不通之甚哉！ 褚公，文章之士也，雖未連衡兩謝，實所結駟二虞，豈於此篇，咫步千里？ 良以箕畢殊好，風雨異宜者耳。

余以龍朔元年，爲周王府參軍，與文學劉禕之、典籤范履冰，旹東閣已建，期竟撰成此録。王家書既多缺，私室集更難求，所以遂歷十年，未終兩卷。今剪《芳林要覽》，討論諸集，人欲天從，果諧宿志。常與諸學士覽小謝詩，見《和宋記室省中》，詮其秀句，諸人咸以謝「行樹澄遠陰，雲霞成異色」爲最。余曰：諸君之議非也。何則？「行樹澄遠陰，雲霞成異色」，誠爲得矣，抑絶唱也。夫夕望者，莫不熔想煙霞，煉情林岫，然後暢其清調，發以綺詞。俯行樹之遠陰，瞰雲霞之異色，中人以下，偶可得之。但未若「落日飛鳥還，憂來不可極」之妙者也。觀夫「落日飛鳥還，憂來不可極」，謂捫心罕屬，而舉目增思；結意惟人，而緣情寄鳥。落日低照，即隨望斷；暮禽還集，則憂共飛來。美哉玄暉，何思之若是也！ 諸君所言，竊所未取。於是咸服，咨余所詳。余於是以情緒爲先，直置爲本；以物色留後，綺錯爲末。助之以質氣，潤之以流華，窮之以形似，開之以振躍。或事理俱愜，詞調雙舉，有一於此，罔或孑遺。時歷十代，人將四百，自古詩爲始，至上官儀爲終。刊定已詳，繕寫斯畢，實欲傳之好事，冀知音。若斯而已，若斯而已矣。

或曰：《易》曰：「觀乎天文，以察時變；觀乎人文，以化成天下。」《詩序》曰：「情發於中，聲成文而謂之音。理世之音安以樂，其政和；亂世之音怨以怒，其政乖；亡國之音哀以思，其人困。政得失，動天地，感鬼神，莫近於詩。先王以是經夫婦，成孝敬，厚人倫，美教化，移風俗。」然則文章者，所以經理邦國，燭暢幽遐，達於神鬼之情，交於上下之際。功成作樂，非文不宣；理定制禮，非文不載。與星辰而等焕，隨橐籥而俱隆。雖正朔屢移，文質更變，而清濁之音是一，宫商之調斯在。

昔之才士，爲文者多矣。或濫觴姬、漢，或發源曹、馬。宋、齊已降，迄於梁、隋，世出鳳雛之客，代有驪龍之寶。莫不言成黼繡，家積縑緗，盈委石渠之閣，充牣蓬山之府。自屈、宋已降，揚、班擅場，諧合《風》《騷》之序，鏗鏘《雅》《頌》之曲。長卿詞賦，色麗江波之錦；安仁文藻，彩映河陽之花。子建婉潤，張衡清綺，公幹氣質，景純宏麗。陳琳書記遒健，文舉奏議詳雅。太沖繁博，仲宣響亮。謝永嘉之璀璨，袁東陽之浩蕩。平原綺思，司空嘆其寥廓；吏部英才，隱侯稱其絶世。莫不競宣五色，争動八音。或工於體物，或善於情理。詠之則風流可想，聽之則舒慘在顔。足以比景先賢，軌儀來秀矣。

然近代詞人，争趨誕節，殊流並派，異轍同歸。文乖麗則，聽無宫羽。聲高曲下，空驚偶俗之唱；彩涅文疎，徒誇悦目之美。或奔放淺致，或嘈囋野音。可以語宣，難以聲取；可以字得，難以義尋。謝病於新聲，藏拙於古體，其會意也僻，其適理也疎。以重濁爲氣質，以鄙直爲形似，以冗長爲繁富，以誇誕爲情理。激浪長堤之表，揚鑣深埒之外。詞多流宕，罕持風檢。庸生末學者慕之，若夕鳥之赴荒林；採奇好異者溺之，似秋蛾之落孤焰。奔激潢潦，汩蕩泥波，波瀾浸盛，有年載矣。

且文之爲體也，必當詞與旨相經，文與聲相會。詞義不暢，則情旨不宣；文理不清，則聲節不亮。詩人因聲以緝韻，沿旨以製詞，理亂之所由，風雅之所在。固不可以孤音絶唱，寫流遁於胸懷；棄徵捐商，混妍蚩於耳目。變之者，自當睎聖藻於天文，聽仙章於廣樂。屈、宋爲涯島，班、馬爲堤防，粲、植爲陸落，潘、陸爲郊境，搴琅玕於江、鮑之樹，採花蕊於顔、謝之園，何、劉准其衡軸，任、沈程其粉黛，然後爲得也。若乃才不半古，而論已過之，妄動刀尺，輕移律吕，脱略先輩，迷註後昆，此明時所當變也。

或曰：余每觀才士之作，竊有以得其用心。夫其放言遣詞，良多變矣。妍蚩好惡，可得而言。每自屬文，尤見其情。恒患意不稱物，文不逮意，蓋非知之難，能之難也。故作《文賦》，以述先士之盛藻，因論作文之利害所由，他日殆可謂曲盡其妙。至於操斧伐柯，雖取則不遠；若夫隨手之變，良難以辭逮。蓋所能言者，具於此云爾。

佇中區以玄覽，頤情志於典墳。遵四時以嘆逝，瞻萬物而思紛。悲落葉於勁秋，嘉柔條於芳春。心懍懍以懷霜，志眇眇而臨雲。詠世德之俊烈，誦先民之清芬；遊文章之林府，嘉藻麗之彬彬。慨投篇而援筆，聊宣之乎斯文。

其始也，皆收視反聽，耽思傍訊，精騖八極，心遊萬仞。其致也，情曈曨而彌鮮，物昭晰而互進。傾群言之瀝液，漱六藝之芳潤。浮天淵以安流，濯下泉而潛浸。於是沈辭怫悦，若遊魚銜鉤而出重淵之深；浮藻聯翩，若翰鳥纓繳而墜層雲之峻。收百世之闕文，采千載之遺韻。謝朝花於已披，啓夕秀於未振。觀古今於須臾，撫四海於一瞬。

然後選義案部，考辭就班。抱景者咸叩，懷響者必彈。或因枝以振葉，或沿波而討源。或本隱以末顯，或求易而得難。或虎變而獸擾，或龍見而鳥瀾。或妥貼而易旋，或鉏鋙而不安。罄澄心以凝思，眇衆慮而爲言。籠天地於形內，挫萬物於筆端。始躑躅於燥吻，終流離於濡翰。理扶質以立幹，文垂條而結繁。信情貌之不差，故每變而在顔。思涉樂其必笑，方言哀而以嘆。或操觚以率爾，或含毫而邈然。

伊兹事之可樂，固聖賢之所欽。課虛無以責有，叩寂漠而求音。函綿邈於尺素，吐滂沛乎寸心。言恢之而彌廣，思按之而愈深。播芳蕤之馥馥，發清條之森森。粲風飛而飆起，鬱雲起乎翰林。

體有萬殊，物無一量。紛紜揮霍，形難爲狀。辭程才以效伎，意司契而爲匠。在有無而僶俛，當淺深而不讓。雖離方而遁員，期窮形而盡相。故夫誇目者尚奢，愜心者貴當，言窮者無隘，論達者唯曠。詩緣情而綺靡，賦體物而瀏亮，碑披文以相質，誄纏綿而悽愴，銘博約而温潤，箴頓挫而清壯，頌優遊以彬蔚，論精微而朗暢，奏平徹以閑雅，説煒曄而譎誑。雖區分之在兹，亦禁邪而制放。要辭達而理舉，故無取乎冗長。

其爲物也多姿，其爲體也屢遷，其會意也尚巧，其遺言也貴妍。既音聲之迭代，若五色之相宣。雖逝止之無常，固崎錡而難便。苟達變而識次，猶開流以納泉。如失機而後會，恒操末以續顛。謬玄黄之秩叙，故淟涊而不鮮。

或仰逼於先條，或俯侵於後章，或辭害而理比，或言順而義妨。離之則雙美，合之則兩傷。考殿最於錙銖，定去留於毫芒。苟銓衡之所裁，固應繩其必當。

或文繁理富，而意不指適。極無兩致，盡不可益。立片言以居要，乃一篇之警策。雖衆辭之有條，必待茲而效績。亮功多而累寡，故取足而不易。

或藻思綺合，清麗千眠。炳若縟繡，淒若繁絃。必所擬之不殊，乃闇合乎曩篇。雖杼軸於予懷，怵他人之我先。苟傷廉而愆義，亦雖愛而必捐。

或苕發穎豎，離衆絶致。形不可逐，響難爲係。塊孤立而特峙，非常音之所緯。心牢落而無偶，意徘徊而不能揥。石韞玉而山輝，水懷珠而川媚。彼榛楛之勿翦，亦蒙榮於集翠。綴《下里》於《白雪》，吾亦以濟夫所偉。

或託言於短韻，對窮跡而孤興。俯寂漠而無友，仰寥廓而莫承。譬偏絃之獨張，含清唱而靡應。

或寄辭於瘁音，言徒靡而弗華。混妍蚩而成體，累良質而爲瑕。象下管之偏疾，故雖應而不和。

或遺理以存異，徒尋虚而逐微。言寡情而鮮愛，辭浮漂而不歸。猶絃緩而徽急，故雖和而不悲。

或奔放以諧合，務嘈囋而妖冶。徒悦目而偶俗，固聲高而曲下。寤《防露》與《桑間》，又雖悲而不雅。

或清虚以婉约，每除烦而去滥。闕大羹之遺味，同朱絃之清氾。雖一唱而三嘆，固既雅而不艷。

若夫豐約之裁，俯仰之形，因宜適變，曲有微情。或言拙而喻巧，或理質而辭輕。或襲故而彌新，或沿濁而更清。或覽之而必察，或研之而後精。譬猶舞者赴節以投袂，歌者應絃而遣聲。是蓋輪扁之所不得言，故亦非華説之所能明。

普辭條與文律，良予膺之所服。練世情之常尤，識前修之所淑。雖濬發於巧心，或受嗤於拙目。彼瓊敷與玉藻，若中原之有菽。同橐籥之罔窮，與天地乎並育。雖紛靄於此世，嗟不盈於予掬。患挈缾之屢空，病昌言之難屬。故踸踔於短韻，放庸音以足曲。恒遺恨以終篇，豈懷盈以自足。懼蒙塵於叩缶，顧取笑於鳴玉。

若夫應感之會，通塞之紀，來不可遏，去不可止。藏若影滅，行猶響起。方天機之駿利，夫何紛而不理。思風發於胸臆，言泉流於脣齒。紛葳蕤以馺遝，唯毫素之所擬。文徽徽以溢目，音泠泠而盈耳。

及其六情底滯，志往神留，兀若枯木，豁若涸流。攬營魂以探賾，頓精爽而自求。理翳翳而逾伏，思軋軋其若抽。是以或竭情而多悔，或率意而寡尤。雖兹物之在我，非余力之所勠。故時撫空懷而自惋，吾未識夫開塞之所由。

伊茲文其爲用，固衆理之所因。恢萬里使無閡，通億載而爲津。俯貽則於來葉，仰觀象於古人。濟文武於將墜，宣風聲於不泯。途無遠而不彌，理無微而不綸。配霑潤於雲雨，象變化乎鬼神。被金石而德廣，流管絃而日新。

文鏡秘府論　北

論對屬

凡爲文章，皆須對屬。誠以事不孤立，必有配疋而成。至若上與下，尊與卑，有與無，同與異，去與來，虛與實，出與入，是與非，賢與愚，悲與樂，明與闇，濁與清，存與亡，進與退，如此等狀，名爲反對者也。事義各相反，故以名焉。

除此以外，並須以類對之。一二三四，數之類也；東西南北，方之類也；青赤玄黄，色之類也；風雲霜露，氣之類也；鳥獸草木，物之類也；耳目手足，形之類也；道德仁義，行之類也；唐虞夏商，世之類也；王侯公卿，位之類也。及於偶語重言，雙聲疊韻，事類甚衆，不可備叙。

在於文筆，變化無恒。或上下相承，據文便合，若云「圓清著象，方濁成形」，「七曜上臨，五岳下鎮」。「方」「圓」，「清」「濁」，「象」「形」，「七」「五」，「上」「下」，是其對。或前後懸絶，隔句始應，若云「軒轅握圖，丹鳳巢閣；唐堯秉曆，玄龜躍淵」。「軒轅」「唐堯」，「握圖」「秉曆」，「丹鳳」「玄龜」，「巢閣」「躍淵」，是也。或反義並陳，異體而屬，若云「乾坤位定，君臣道生。或質或文，且昇且降」。「乾坤」「君臣」，「質文」「升降」，並反義，而同句陳之。「乾坤」與「君臣」對，「質文」與「昇降」對，是異體屬也。或同類連用，别事方成，若云

「芝英蕢莢，吐秀階庭；紫玉黄銀，揚光巖谷」。「芝英」「蕢莢」與「紫玉」「黄銀」，「階庭」與「巖谷」，各同類連對，而別事相成。此是四途，偶對之常也。比事屬辭，不可違異。故言於上，必會於下；居於後，須應於前。使句字恰同，事義殷合。若上有四言，下還須四言；上有五字，下還須五字。上句第一字用「青」，下句第一字即用「白」「黑」「朱」「黄」等字。上句第三字用「風」，下句第三字即用「雲」「煙」「氣」「露」等。上有雙聲、叠韻，下還即須用對之。猶夫影響之相逐，輔車之相須也。

若其上昇下降，若云「寒雲山際起，悲風動林外」。「山際」在上句第三、第四言，是升；「林外」在下句第四、第五字，是降。前複後單，若云「日月揚光，慶雲爛色」。「日月」兩事是複；「慶雲」一物是單。語既非倫，事便不可。然文無定勢，體有變通，若又專對不迻，便復大成拘執。可於義之際會，時時散之。

夫對屬者，皆並見以致辭。謂並見事類以成辭。假令云：「便娟翠竹，聲韻金風；的歷紅荷，光垂玉露。」「翠竹」與「紅荷」，「金風」與「玉露」，是異事並見也。凡爲對者，無不悉然也。不對者，必相因成義。謂下句必因上句，止憑一事以成義也。假令叙家世云：「自兹以降，世有異人。」叙先代云：「布在方策，可得言焉。」叙任官云：「我之居此，物無異議。」叙能官云：「望之於君，固有慚色。」叙瑞物云：「委之三府，不可勝記。」叙帝德云：「魏魏蕩蕩，難得名焉。」皆下句接上句以成義也。何則？偶辭在於參事，凡爲對屬，皆偶其辭，事若不雙，辭便有闕，故須參用，始得成之也。孤義不可別言故也。若不取對，即須就一義相因以置言，故不可用別也。

在於文章，皆須對屬。其不對者，止得一處二處有之。若以不對爲常，則非復文章。若常不對，則與俗之言無異。就如對屬之間，甚須消息。遠近比次，若叙瑞云「軒轅之世，鳳鳴阮喻；漢武之時，麟遊雍畤」。持「軒轅」對「漢武」，世懸隔也。大小必均，若叙物云「鮒離東海，得水而游；鵬翥南溟，因風而舉」。將「鮒」擬「鵬」，狀殊絶也。美醜當分，若叙婦人云「等毛嬙之美容，類嫫母之至行」。「毛嬙」「嫫母」，貌相妨也。强弱須異，若叙平賊云「摧鯨鯢如折朽，除螻蟻若拾遺」。「鯨鯢」「螻蟻」，力全校也。

苟失其類，文即不安。以意推之，皆可知也。而有以「日」對「景」，將「風」偶「吹」，持「素」擬「白」，取「鳥」合「禽」，雖復異名，終是同體。若斯之輩，特須避之。故援筆措辭，必先知對，比物各從其類，擬人必於其倫。此之不明，未可以論文矣。

句端

屬事比辭，皆有次第。每事至科分之別，必立言以間之，然後義勢可得相承，文體因而倫貫也。新進之徒，或有未悟，聊復商略，以類別之云爾。

觀夫，惟夫，原夫，若夫，竊以，竊聞，聞夫，惟昔，昔者，蓋夫，自昔，惟。

右並發端置辭，泛叙事物也。謂若陳造化物象、上古風跡及開廓大綱，叙況事理，隨所作狀，量取用之。大凡觀夫、惟夫、原夫、若夫、蓋聞、聞夫、竊惟等語，可施於大文，餘則通用。其表、啓等，亦宜以「臣聞」及稱名爲首，各見本法。

至如，至乃，至其，於是，及有，是則，斯則，此乃，誠乃。

右並承上事勢申明其理也。謂上已叙事狀，次復申重論之，以明其理。

洎於，逮於，至於，及於，既而，亦既，俄而，洎，逮，及，自，屬。

右並因事變易多限之異也。謂若述世道革易、人事推移，用之而爲異也。

乃知，方知，方驗，將知，固知，斯乃，斯誠，此固，此實，誠知，是知，何則，所以，是故，遂使，遂令，故能，故使，可謂。

右並取下言證成於上也。謂上所叙義，必待此後語，始得證成也。或多析名理，或比況物類，不可委説者。

況乃，況則，矧夫，矧唯，何況，豈若，未若，豈有，豈至。

右並追叙上義，不及於下也。謂若已叙功業事狀於上，以其輕少，後更云「況乃」、「豈若」其事其狀云云也。

豈獨，豈唯，豈止，寧唯，寧獨，寧止，何獨，何止，豈直。

右並引取彼物爲此類。謂若已叙此事，又引彼與此相類者，云「豈唯」彼如然也。

假令，假使，假復，假有，縱令，縱使，縱有，就令，就使，就如，雖令，雖使，雖復，設令，設使，設有，設復，向使。

右並大言彼事不越此也。謂若已叙前事，「假令」深遠高大則如此，此終不越。

雖然，然而，但以，正以，直以，只爲。

右並將取後義，反於前也。謂若叙前事已訖，云「雖然」乃有如此理也。

豈令，豈使，何容，豈容，豈至，豈其，何有，豈可，寧可，未容，未應，不容，詎可，詎令，詎使，而乃，而使，豈在，安在。

右並叙事狀所求不宜然也。謂若揆其事狀所不合然，云「豈令」其至於此也。

豈類，詎似，豈如，未若。

右並論此物勝於彼也。謂叙此物已訖，陳「豈若」彼物微小之狀也。

若乃，爾乃，爾其，爾則，夫其，若其，然其。

右並覆叙前事體其狀也。若前已叙事，次更云「若乃」等，體寫其狀理也。

儻使，儻若，如其，如使，若其，若也，若使，脱若，脱使，脱復，必其，必若，或若，或可，或當。

右並逾分測量，或當爾也。譬如論其某事異理，云「儻」如此如此。

唯應，唯當，唯可，只應，只可，只當，乍可，必能，必應，必當，必使，會當。

右並看世斟酌，終歸然也。若云看上事形勢，「唯應」如此如此。

方當，方使，方冀，方令，庶使，庶當，庶以，冀當，冀使，將使，使夫，未使，令夫，所冀，所望，方欲，便欲，便當，行欲，足令，足使。

右並勢有可然，期於終也。謂若叙其事形勢，方「終當」如此。

豈謂，豈知，豈其，誰知，誰言，何期，何謂，安知，寧謂，寧知，不謂，不悟，不期，豈悟，豈慮。

右並事有變常，異於始也。謂若其事應令如彼，今忽如此如此。

加以，加復，況復，兼以，兼復，又以，又復，重以，且復，仍復，尚且，猶復，猶欲，而尚，尚或，尚能，尚欲，猶，仍，且，尚。

右並更論後事，以足前理也。謂若叙前事已訖，云「加以」又如此又如此也。

莫不，罔不，罔弗，無不，咸欲，咸將，並欲，皆欲，盡，皆，並，咸。

右並總論物狀也。

自非，若非，非夫，若不，如不，苟非。

右並引大其狀，令至甚也。若叙其事至甚者，云「自非」如此云。

何以，何能，何可，豈能，豈使，詎能，詎使，詎可，疇能，奚可，奚能。

右並因緣前狀論所致也。若云自非行如彼，「何以」如此也。

方慮，方恐，所恐，將恐，或恐，或慮，只恐，唯恐，行恐。

右並預思來事異於今也。若云今事已然，「方慮」於後或如此也。

敢欲，輒欲，輕欲，輕用，輕以，輒用，輒以，敢以，每欲，常欲，恒願，恒望。

右並論志所欲行也。

每至，每有，每見，每曾，時復，數復，或復，每，時，或。

右並事非常然，有時而見也。謂若「每至」其時節，「每見」其事理也。

則必，則皆，則當，何嘗不，未嘗不，未有，不則。

右並有所逢見便然也。若逢見其事，「則必」如此也。

可謂，所謂，誠是，信是，允所謂，乃云，此猶，何異，奚異，亦猶，猶夫，則猶，則是。

右並要會所歸，總上義也。謂設其事，「可謂」如此，「可比」如此也。

誠願，誠當可，唯願，若令，若當，若使，必使。

右並勸勵前事所當行也。謂若謂其事，云「誠願」行如此也。

自可，自然，自應，自當，此則，斯則，則必，然則。

右並預論後事必應爾也。謂若行如彼，「自可」致如此。

帝德録

伏犧，亦曰宓戲，太昊，皇雄，庖犧，皇犧。風姓。以木德王，曰蒼精，蒼牙。生於雷澤。日角。以龍紀官，曰龍師而龍名。狀有：通靈，出震，像日，作《易》，觀象，察法，畫八卦，設十言，推三元以教民。

神農，亦曰炎帝，帝魁，大庭，烈山，農皇。以火德王，曰炎靈，炎精。生於華陽，感龍首神生，以姜水成。戴玉理石耳。以火紀官，曰火師而火名。乘六龍以出地輔。狀有：教農，作耒耜，嘗百草，甄度四海。

黄帝，亦曰軒轅，有熊，縉雲之官，歸藏；云皇軒，帝軒，軒后，軒皇。以土德王，曰黄帝，黄神，黄精。感大電繞樞以生於壽丘，長於姬水，居於軒轅之丘。天庭，日角，四面。狀有：提像，佝齊，叶律，造書契，模鳥跡，車乘，宫室，衣服，文字，役使百靈，垂衣裳。

少昊，亦曰金天，青陽。以金德王。感大星如虹，流華渚以生，鳳皇適至。以鳥紀官，鳥師而鳥名。

顓頊，亦曰高陽，窮桑。以水德王，感瑶光如蜺降幽房以生。形云：併幹。平九黎之亂，定八風之音。

唐堯，亦曰陶唐，伊祁，伊堯，唐堯，唐后，帝；名放勳。感赤龍以生，長於伊水，居丹陵。形云：鳥庭，日角，八眉，八彩，珠衡。狀云：欽明，文思，睿哲，允龔克讓，稽古則天，就日望雲，光被，平章百姓，協和萬邦。

虞舜，亦曰有虞，大舜，有姚，虞皇，虞后；名重華，字都君。感大虹始生於姚墟，長於嬀水。狀曰：濬哲，文明，登庸，納麓，受終，慎徽五典，懷神珠，秉石椎，哥琴，垂拱，彈五絃之琴，歌《南風》之詩。

夏禹，亦曰有夏，伯禹，夏禹；名文命，字高密。感流星生於石紐。耳参漏，懷玉斗。狀有：疏通，任土作貢，盡力溝洫，卑宫室。

殷湯，亦曰成湯，商湯，商王，殷后；名天乙，字乙王。感白氣而生。兩肘，七名，受金鈎，都於亳。狀有：革命，解網，卅七征，討於鳴條，竄於南巢。

高宗，亦曰武丁，中宗，殷宗。狀云：中興。

周文王，亦曰文昌。武王，亦曰武發。並云有周，蒼精。文王邑於灃，受命於岐山。武王都於鎬。狀云：命唯新，耆定武功，虞代革命，伐罪。

漢，曰天漢，炎漢，卯金刀。高祖曰劉邦，感玉英始生，豐澤夢素靈哭，芒山見紫雲，灞壘浮奇氣。狀云：肇戴天禄，提劍。

右並是古帝王名狀。至諸文歷叙先代處，可於此斟酌改用之。或可引軒、唐、虞、夏、商、周、秦、漢等國號，即以曆運、命祚、基業、道德等配之，隨其盛衰而叙。

若叙盛，云：光啓，云始，唯新，方熾，玄盛，逾隆，尅明，云永，逾遠，方弘，方茂，云恭。

若叙衰，云：造地，陵遲、將季、云喪、將盡、云替、已缺、將亡、告終等語。

受命，受終，定業，開基，啓祚，承天，乘時。

生狀，云：誕靈，降神，誕聖，發祉，效靈，啓聖，流祉。亦云：載誕，降生。

臨狀，云：登樞，踐極，馭宇，建國，乘時，踐位，君臨，乘乾，出震。

右若叙先代，並得通用。

叙述帝德，體制甚多，配用諸文，動成混亂，今略弁之如右。

或先叙感受符受命、形狀握運等二句於上，後以德從、臨馭、功業等承之。

若云盛降：炎上、赤帝、赤熛、熛怒、朱鳥、翼軫、瑶光、白虹、星虹、樞電、赤龍、玉英等。精靈：祉氣，正氣。握受膺：黄河、榮河、河、洛、翠淵、玄扈、龍馬、龜鳳、龜龍、黄龍、玄龜、玄精、朱文、緑錯、玄匣、玉匣、玉檢等圖録。文命、赤雀、玉匱書、黄魚、金鈎、丹書等命降。玄珪、錫受、昭華等贈應。叶千年、千載、五期、五運等期運。數啓，三靈卜，戴玉理石耳形表。蒼牙、珠衡等狀配。居踐、紫微、北辰、宸極等位居。大寶、九五、黄屋等位尊。並量其類以取對。

亦可云：熛怒，朱鳥，翼軫，瑶光，樞電，星虹，及雷澤、壽丘、華渚、華陽、石紐等降精，降靈、降神、發祉、流祉、誕聖、啓聖。榮河、河洛、黄龍、玄龜、龍馬、玄扈、玉檢等授圖，薦篆，呈瑞。玄珪降錫，珠衡表狀。

亦可云：握天鏡、金鏡、玉鏡、神珠，懷玉斗，秉石椎，擊玉鼓，馭三龍，定九鼎等云云。而以踐極，踐位，馭世，乘時，臨民，承天，察璿璣玉衡齊七政，秉玉燭以調時。

亦可云：天庭日角，兑上豐下，龍顔虎鼻，八彩重瞳，珠衡玉理，握褒履己，握戊懷己。

亦可云：挺著表資體，聖敬、神武、聖武、欽明、濬哲、文明、徇齊等姿德。

及云：神武天挺，聖敬日濟，欽明文思，允龔克讓。聰明神武，含弘光大。及云：龍飛虎變、出震乘乾等語作一句。次可云：得一通三，居高望遠。就日望雲，則天法地。握戊懷己，出震齊巽。雲行雨施，日照月臨。握矩齊衡，懷珠秉石。前疑後丞，左規右矩。執契持衡，觀象察法。及云：

盡聖窮神，合元體極。誕靈縱聖，踈通知遠。立禮興仁，杖賢翼義。疏山填川，紀星量月。射日繳風，補維立柱。

亦可云：含吐陰陽，經緯天地。疏填山川，照臨日月。感會風雲，鼓動雷電。合德乾坤，齊明日月。重紐地維，更闢天象。陶鑄生靈，彈壓山川，織成宇宙。萬神協贊，萬物歸往。

亦可云：牢籠、囊括、苞舉、控引、彌綸、匣牘、彈壓、廓清、光被、朝宗、明臨、亭毒等。云：天地、乾坤、二儀、四海、八荒、八埏、八極、九域、九土、六幽、九縣、萬國、天下、海外、宇宙、遐邇、幽明、動植、萬物等。

亦可云：利見大人，光臨寶位，下臨赤縣，上膺玄象，秉玉登樞，懷珠馭極，就日積明，則天爲大等語。

亦可云：練五石以補天，正八柱以承天，乘四載以敷土，落九日而正攝，穆通八風而調律吕，乘六龍以御天，落九烏而拯物。正絶柱而卷氣移於天地、二儀，息横流、群飛、波瀾於四海、江海，揚光華於日月。舞干鏚而定四夷，運機衡以齊七政。降寶命於岐山，受靈圖於宛委。懸明鏡以高臨，振長策而遠馭。運七政以機衡，通八風於律吕。

亦可云：以至德光天下，以神功截海外等。同類軒轅之徇齊，顓頊之静淵，唐堯之欽明，虞舜之文明。大知一周文聖敬，大度志漢祖神武。感二儀之至休，應千祀之嘉會。或可以感受符命等參對之。

若云：虹電流彩，虹流華渚，虹下蜺貫，爰乃降感精靈、英靈，虹流、電繞、瑶光下降等，云應誕聖、啓聖之期。河洛龍躍，滎河龜浮，翠淵龍躍，龜浮，玉檢來浮等，爰、應受寶命、圖録，若表興王之運，標受命之始。

亦可云：感赤熛、瑶光、翼軫等氣祉，允叶、允應、爰應等千靈、五期、三靈、二儀。受緑錯、玉檢、龜龍等文圖，光臨、載臨、撫臨等，云四海、八極、萬國、萬物，握玄武、蒼水、玉匱、金簡之符命。

亦可云：天庭、日角、珠衡、玉理等載表神儀。玉檢、金繩、龜字、龍圖等受膺寶命。疏通、尅平九土、九域。

亦可云：玄龜出洛，應啓聖之期；赤雀入酆，表維新之命。

叙功業

若云：補維立柱，斷鼇練石，功德被於乾坤、天地、二儀；射日繳風，戮豕斷蛇，拯溺救焚，功業施於四海、萬物、群生、動植、遐邇。斷鼇練石，二儀更安；刊木隨山，九土還定。上射九日、上齊七政、考星叶日等，云：玄象、乾象更明。下導百川、疏山奠水等，蒼生、坤儀以定。琁璣、玉衡、機衡等運而七政齊，銀編、金簡等推而九土、百川定。正天文，通地理，干鏚舞，四夷服。俊乂在官，自睹四門穆穆；遐荒奉職，無勞兩階之舞。弘文教，天下雍熙；定武功，海外有截。朱干玉戚，海外率賓；黄斧黻衣，天下咸服。八紘大定，偃甲銷戈；九有宅心，同文共軌。允恭克讓，四表以和；保合大和，萬方咸謐。除凶定難，行仁義之兵；扶危履傾，崇聖賢之杖。一尉一候，遐邇承風；禮云樂云，幽明同化。此是並隔句相對。

亦可云：儛干鏚以懷遠，運機衡以齊政。斷修蛇，戮封豕。落九日，通八風。正傾維，安絶柱。平九黎之亂，竄三苗之罪。正高天之絶柱，息滄海之横波。更穆四門，重安八柱。練石補天，積灰止水。偃甲銷戈，休牛放馬。放馬於華山陽，牧牛於桃林塞。及云：開闢辰象，織成宇宙。

叙禮樂法

若云：改正朔，殊徽號。定憲章，同律度。定禮樂，諧律吕。修五禮，正六樂。諧六樂，定八音。及云：平分四氣，推列三元。齊七政，陳五紀，定四時，通八風，分九土。慎徽五典，弘宣八政，叙以九疇，敷以五教，風通地理。叙人倫，授民時。

亦云：命后夔合樂，伯夷典禮，容成定曆，伶倫叶律，皋陶典刑。

亦可論：置立郊廟、社稷、明堂，以宗祀天地神明之靈，及朝宗萬國、群后、百辟。懸象魏以頒政，降衢室以問道，昇明堂以議政。開闡大學、公宫、東庠、西膠、庠序等，而以垂訓，施化，問道，貴德，尚齒。起置麟閣、天禄、虎觀等，以崇儒弘文。采五帝之英華，去三代之糟粕。定八刑糾民，考八風，定八音，任九土作賦。發以聲明，紀以文物，布之典刑，納之軌物。

或可云：制定五禮、禮儀、玉帛、樽俎之制等，以和邦國，叙人倫，與天地同節，安上治民。定諧奏六樂、八音，金石絲竹音，羽籥干戚容，以同和天地，合鬼神，移風易俗。載定六律、律吕，以測寒暑，叶天地。東膠西庠，爰崇節義；麟閣虎觀，乃集墳典。律吕云定，以合陰陽；禮樂聿脩，仍同天地。琁璣、玉衡等運，而七政斯齊；金科、玉條陳施，而四民、百姓無犯。南正揆地司天，東膠弘風訓俗。敬敷五教，庶績惟熙；《鴻範》九疇，彝倫攸叙。侯甸荒要，合先王之德刑；火龍黼黻，得古人之象辨。正位，更立周官；同律齊衡，仍追《舜典》。九成六變，更定樂章；五宅三居，仍定典刑。道德仁義，高視百王；文物聲明，聿追三代。

叙政化恩德

若云：握斗機以運行，動巽風而號令。順春夏而生長，隨秋冬而殺罰。開日月以照臨，降雲雨以灑潤。均天地以載臨，同陰陽以變化。察天象以定時，觀人文以成化。則天地以行道，依鬼神以制義。履時以象天，養財以任地。治四氣以教民，通八音以宣六氣。律文而訓俗。聲爲律，身爲度。左準繩，右規矩。保合大和，尅明俊德。謨九德，叙九疇，張四維，陳二柄。興於仁，立於《禮》，成於《樂》。導之以德，齊之以禮。聖賢爲杖，仁義爲翼，道德爲城，禮樂爲囿，道德爲場。禮義爲干櫓，誠信爲甲冑。修文德，止武功。先德教，後刑罰。以德不以威，以寬不以猛。不令而行，不言而化。開三面垂仁，揮五絃解愠。日臨月臨，雲行雨施。鼓之以雷電，潤之以雲雨。油然作雲，霈然下雨。煦和氣以臨民，扇薰風而養物。灑玄澤以周流，降陽光以照普。大道潛運，至德弘宣。榮光、陽光等輝映、昭晰、普燭，湛恩、鴻恩等汪濊，陽光充溢、洋溢、漫衍、浸洽，和氣、霈澤等周流。

亦論：道、仁、澤、化等被、格、著、及、覃、通、流、施、沾、加。云：二儀，四海，九縣，八紘，四表，九域，九垓，八際，天下，海外，及淵泉、草木、昆蟲、行葦等語。

平章百姓，協和萬邦，光被四表。或云：敷茲五典，陳茲八政等，庶績咸熙，載叙人倫，布以九疇，張以四維，彝倫攸叙，允諧邦政。韜戈偃甲，燮定武功；作樂制禮，載和文德。五絃云奏，更起舜哥；三面已開，還興湯咒。五絃解愠，德被生民；三面開羅，仁霑庶物。自南自北，德被華夷；欲左欲右，仁霑鳥獸。秉鉞而舞，見遠夷、殊俗來賓；揮絃彈琴而哥，知吾民解愠。興仁立禮，俗以唯清；明法察令，民斯無犯。悠悠萬物，並被仁心；芒芒九洲，俱陶王化。亦可以上大道、至德、榮光、湛恩、玄澤、和氣等被加於四海、八紘等語爲對。

敘天下安平

若云：二儀、天地、乾坤等交泰、交暢。日月光華，人神允協。遐邇太康，幽平叶贊，内外穆福。萬國咸寧，萬邦協和，百姓昭明，黎民於變時邕。庶績咸熙，品物咸亨。柔遠能邇，内外平成。天平地成，遠邇至，下通上漏。四海無波，琁曜階平。河清海晏，海鏡河湛，河溓海夷，年和氣叶，雨節風隨。尉候無虞，烽遂不警。脱劍明堂，焚甲宣室。載戢干戈，載櫜弓矢。放馬華山之陽，放牛桃林之塞。偃甲韜戈，休牛放馬。榮光溢二儀，和氣行萬里，玄澤浸六幽。百姓食於膏火，飲於醴泉，照於玉燭。司禄益富而國實，司命益年而民壽。

亦可云：容成氏世，結繩而用，鄰國鷄犬相聞。東户季子世，路有雁行，道不拾遺，耒耜餘糧宿於畝首。華胥氏世，民有含哺而熙，鼓腹而遊。太古之時，烏鵲之巢，可俯而窺，虺蛇可蹠。大道之行，天下爲公，不獨親其親，不獨子其子。唐堯之時，八十老人擊壤於路云：「鑿井而飲，耕田而食，日出而作，日入而息，帝有何力於我哉！」堯舜之時，比屋可封，百姓皆以堯舜之心爲心。黄帝夢游華胥之國，三年而治臻焉。可量參對之。

右並帝德功業，其在諸文須叙述者，可於此參用之。若文大者，陳事宜多，若《太平頌》、巡狩、《賢臣頌》、檄文、《封禪表》之類體，須多。若雜表等體，須少。皆斟酌意義，須叙之。句數長短，皆在本注。

叙遠方歸向

東方有青丘、扶木、扶桑、蟠木、少陽、日域、出日。

南方有丹穴山、丹徼、炎洲、風穴、戴日、火鼠、北户、反户。

西方有白水、西王、崦陵、積石、流沙、玄圃、弱水、麟州、囿隴。

北方有玄漠、幽陵、紫塞、孤竹、崆峒、玄闕、龍庭、金微、瀚海、天山、龍燭等。

並得云：地域鄉俗，人表外所。

亦云：夏禹所不記，豎亥、大章所不步遊，周穆王、若士、盧敖所不至遊窺，禹跡所不及，穆轍所不遊，方老所不遊，方志所未傳，《山經》所不載。

亦云：日月光景等所不照臨，霜露所不霑被，舟車所不通，冠帶所不及，轍跡所不至。

異俗名有：反風、厭火、三首、一目、雕齒、黑齒、儋耳、穿胸、頭飛、鼻飲、金鱗、鐵面等國俗人鄉。及云：七戎、六蠻、九夷、八狄、赤狄、青羌、鳥夷、犬戎、旄頭、皮服、編髮、左衽等類群首長渠衆等。

慕恩狀云：並欽慕、承被、沐浴等，皇風，帝德，王化，皇恩，王澤，深仁，至化，玄功，至道，大德。亦直云：慕義，向化，沐德，浴恩，仰德，歸仁，承風，慕道。

來狀云：扣塞梯山，架水泛海，款關重譯，候雨占風，及稽首屈膝，跡角接踵，來王朝宗，獻款入謁，來賓奉貢。

貢獻狀云：獻琛，奉賮，薦寶。亦可云：委質槁街，納賮夷邸，映邦天庭，來朝帝闕。

或可引：南方越常國，候無别風淮雨，江海不揚鴻波，重九譯來獻白雉及黑貂裘。西方大月氏國，候東風入律，百旬不休，青雲干吕，連月不散，乘毛車，度弱水，貢神香猛狩。東方肅慎國，獻楛弓矢砮。西王母遣使，乘白鹿，獻玉環。西旅獻大獒。

叙瑞物感致

若云：天不愛道種秘寶，地不潛珍必呈祥。天監孔明，神聽無爽。明神、明靈、上玄等回眷，元監、叶贊。明命、寶命、休祉、靈瑞、珍符、靈應等允歸、薦臻、薦至、昞著、照見、斯表等。

瑞物若云：日月揚光，光華煙云，紛鬱爛彩，山川效靈，星雲動色，河洛薦祉，銀玉揚光，草木革形，魚鳥變色。甘露流掌，醴泉出地。墜露凝甘，飛泉泄醴。榮光出河，景星出翼。兩曜合璧，五緯連珠。卿雲五彩，休氣四塞。四氣休通，五光垂曜。八風脩通，五雲紛鬱。

亦云：鳳皇巢阿閣上庭，麒麟在囿。黄龍負圖出河，玄龜呈字出洛，白狼銜鈎入朝。黄魚化玉，白虎銜珠，黄龍負玉，赤烏銜珪。黄魚白鱗，朱雁作舞，青鸞自舞。白雉南至，天馬西來，蒼烏東至。鳳皇蔽日，騶虞嘯風。

亦云：河薦金繩，山開玉匱。黄金耀山，玄珪出地。山出靈車，澤薦神馬。金勝自出，銀甕斯滿。

亦云：三苗合穎，九芝齊秀。蓂莢抽莖，芝英吐秀。嘉禾合穎，奇木連理。地出嘉禾，廟生福草。朱草生郊，蓮莆生厨，蓂莢抽砌。

或云：慶雲五彩，浮自帝庭；休氣四塞，映於河渚。卿雲晨映，彩爛非煙；景星晝照，光浮助月。紛紛鬱鬱，雲彩映庭；青方赤方，星光出翼。祥風下至，乍應璇璣；黄雲上浮，仍通寶鼎。五老上入，乍睹流星；八伯進歌，仍瞻嘉氣。汾水寶鼎，乍映黃雲；河渚靈圖，仍浮休氣。

亦云：鳳皇已鳴，爰調律吕；龍馬云耀，載負圖書。鳳皇巢閣，響著雄雌。及五彩呈文，麒麟在郊，行中規矩。及一角示武，五蹄見質。

亦云：蛇頸燕頷，九苞六象，嬰聖抱信，棲梧食竹等之鳥禽，飛自紫庭，鳴自阮隃，響合簫韶，來巢阿閣。麢身牛尾，狼題員頂，一角五蹄，含仁懷義，歸和遊聖等之狩，遊於雍畤，聲中鍾吕。麟遊雍畤，白質黑蹄；龍躍河壇，朱文録錯。龍躍河渚，薦卷舒之圖；鳳鳴阮隃，協雄雌之管。黃龍載躍，吐甲臨壇；赤雀於飛，銜書入户。丹書入户，更自酆都；玄甲登壇，還從河渚。黃龍出水，玉檢斯呈；白狼入朝，金鈎以薦。烏從赤日，三足云章；狐自青丘，九尾斯見。馬從西域，赭汗斯流；雉自南荒，素章仍表。河壇西嚮，龍馬呈休；河渚東睹，烏魚薦祉。蛇頸燕頷，鳴自阮隃；龍翼馬身，浮於河渚。縞身朱鬣，馬自殊方；黃輝彩鱗，龍浮水渚。青龍玄甲，赤文緑色，出表帝壇；白虎黑文，及白質黑蹄，來遊君囿。

亦云：王母之使，來獻玉環；玄武之神，仍呈金簡。河精下蹕，爰掘地界；海若東遊，是俟天命。玄綈之録，更薦榮河；赤繡之圖，仍呈宛委。蒼水使者，更候衡山；白面長人，仍呈河渚。神芝吐秀，來自銅池；甘露凝華，垂於金掌。珪瓝延嘉，玄珪出地，載表成功；草茂華平，朱草生郊，爰應至德。蓮莆作扇，下起清風；芝英似冠，仍浮黃氣。芝泥出水，載表河圖；萱莢生庭，還成帝曆。銀編金簡，開自重山；蘭葉芝泥，浮於河渚。白環入貢，更自西王；玄珪告錫，還從東海。

或云：景風、蒼氣、榮光、昌光、嘉氣、祥風等，輝映、晻映於帝庭、宮闕、城闕；甘露、醴泉、液醴、流甘等，滂流、洋溢於林野。玄珪、白環、紫玉、金鈎、玉環、璜玉、金勝、銀甕、金車、玉馬、明珠、大貝，及玉檢、金繩、銀編、金簡等，云彪昞、焕爛、照章、照耀、磊砢等，相輝並映暉。丹烏、皓兔、白狐、玄豹、白雉、朱雁、黄魚、丹鳥、白虎、玄狐、素鱗、丹羽等，照彰，彪昞，紛綸以至、以見，集於林苑、原野。黄銀、紫玉等，昞見、輝映於山川、深山。玄豹、白豹騰驤，馴遊苑囿。白麟、朱雁、芝房、寶鼎等，併入咏哥，咸歌樂府，並著樂章，即引餘瑞對之，咸著圖牒，俱垂史策等。

山車、澤馬、神馬、騶虞、獬豸、一角、三足、五蹄、雙抵等，雜沓，陸離來遊，競至於郊野、苑囿。華平、屈軼、芝英、萱莢、神芝、福草、紫草、朱賓連、蓮莆、嘉卉、奇木、三苗、九芝、連枝、合穎等，云昭彰、紛敷、葳蕤，著吐秀於階庭、原野。此等並得云之符瑞，休祉、貺珍、異祥，咸委、盡輸、不絶、俱薦，云帝庭、天庭、王府、天闕、王闕。不絶史書，並著圖牒。史不絶書，府無虚月。

亦可總云：日月、星辰、風雨、山川、草木、羽毛、鱗介、山宗、海若、毛群、羽族、風雲、氣露、禽魚卉等瑞祥、祉貺，云雜沓、紛綸、焕爛、彪昞等，照彰、競至、而臻、相輝、允集、呈形、表質等。

亦可在後總云：靈符、嘉瑞、瑞珍、休符、寶命等照普、羅生、並見、薦臻、允歸，及雜沓、紛綸等。

或可叙前瑞物二句，即委輸王府庫，縑緗著於史策，及云紛綸、雜沓以臻、至，不可勝紀，難以殫記，難得覼覶，不可勝數。

右並瑞應。諸文須開處，可於此叙之。文大者，可作三對、四對，若太平、巡狩，及瑞頌、封禪、書表等，可準前狀，或連句、隔句對，並總叙等語參用之。小者，或一句，若瑞表等，可用瑞物之善者，一句内並陳二事而對之，論其衆多之意。

江談抄

大江匡房

《江談抄》六卷。大江匡房(一〇四一—一一一一)述，藤原實兼筆録。四、五、六卷多關詩話，輯録於此。據《群書類從》本校。

按：大江匡房(おおえ の まさふさ OE NO MASAFUSA)，平安後期公卿、儒學者、歌人。大學頭大江成衡(おおえ の なりひら OE NO NARIHIRA)之子，大江匡衡(おおえ の まさひら OE NO MASAHIRA)之曾孫。官位正二品，權中納言。號江帥。大江氏自古即以「紀傳道」爲家學之學者名門，傳其自幼極具文才，其自叙傳《暮年記》云「予四歲始讀書，八歲通《史》《漢》，十一賦詩，世謂神童」。天喜四年(一〇五六)十六歲省試合格成爲文章得業生，康平元年(一〇五八)對策及第，康平三年(一〇六〇)任治部少丞，繼而任式部少丞，官拜從五品下。其後因未得昇進，一時隱遁。嘗爲後三條天皇(東宫太子時)、白河天皇(東宫太子時)、堀河天皇(東宫太子時)、鳥羽天皇(東宫太子時)之侍讀。

治曆三年(一〇六七)，任東宫尊仁親王之學士(侍讀)，獲尊仁親王之信賴，治曆四年(一〇六八)尊仁親王即位(後三條天皇)任「藏人」。翌延久元年(一〇六九)，兼左衛門權佐(檢非違使佐)、右少辨。亦任東宫貞仁親王(後爲白河天皇)之東宫學士。後三條天皇治世下，推進新政(延久善政)時，其以智囊近臣而起重要作用。延久四年十二月(一〇七三年一月)白河天皇即位，其仍任「藏人」，並兼善仁親王(後爲堀河天皇)之東宫學士。另，累進辨官，於應德元年(一〇八四)任左大辨，應德三年(一〇八六)叙從三品列公卿。其間，承曆二年(一〇七八)，親自於宅邸設置「江家文庫」。入堀河朝，寛治二年(一〇八八)正三品參議。寛治四年(一〇九〇)進講《漢書》於堀河天皇。寛治八年(一〇九四)從二品權中納言。永長二年(一〇九七)，任大宰權帥，翌年，承德二年(一〇九八)，左遷赴大宰府。康和四年(一一〇二)因左遷大宰府之勞叙正二品，未久辭任大宰權帥。長治三年(一一〇六)，辭權中納言，再任大宰權帥。鳥羽天皇天永二年(一一一一)，遷任大藏卿，同年歿。與藤原伊房、藤原爲房同被稱爲「白河朝之三房」，因「小倉百人一首」被稱爲「前中納言匡房」。長久二年生，天永二年十一月五日歿，享年七十一歲。

其詩文可見於《續本朝文粹》、《朝野群載》、《本朝無題詩》，和歌可見於《詞花》、《千載》、《新古今以下敕撰集》。其著作有：《江家次第》、《江記》(日記)、《江談抄》(説話集)等。

江談抄第四

蘭省花時錦帳下，廬山雨夜草庵中。白

古人傳云，此句文集第一句云云。故源右府仰云：「不避三連之句也，難爲規摸云云。」

菀花如雪同隨輦，宫月似眉伴直廬。白

此詩文集中有兩所云云。在天寶樂叟長韻詩，又在四韻詩云云。

鳳池後面新秋月，龍闕前頭薄暮山。白，聞裴李拜綸閣詩〔一〕。

此詩可尋之文集歟？洛中集歟？見卷集云云。或名紫集。

醉中賞翫欲其奈，未得將心地忍之。内宴翫半開花，延喜御製。

故老云，此落句下七字，講師讀師詩，儒味不諧於叡情，被仰其由，儒者恐。

閉閣唯聞朝暮鼓，登樓遥望往來船。行幸河陽館，弘仁御製。

〔一〕聞：底本訛作「同」，據《日本古典文學大系》七三册藤原公任《和漢朗詠集》卷下《禁中》題《聞裴李二舍人拜綸閣》改。底本「李」後衍「文」字，據删。

故賢相傳云，白氏文集一本詩，渡來在御所，尤被秘藏。人敢無見此句在彼集，叡覽之後即行幸。此觀有此御製也。召小野篁令見，即奏曰：「以『遥』爲『空』最美者。」天皇大驚，敕曰：「此句樂天句也，試汝也，本『空』字也。今汝詩情與樂天同也者。」文場故事尤在此事，仍書之。

迸笋纔抽鳴鳳管，蟠根猶點卧龍文。

清凉秋月曾承露，和暖春天始掃雲。禁廷被種竹，偶述鄙□呈諸好事。中書王。

故老傳云，延長末，移立清凉殿於醍醐寺，更又改作如本種竹也云云。

白雲似帶圍山腰，青苔如衣負巖背。在中詩。

こけ衣きたるいはほはまひろけむきぬきぬ山のをひするはなそ。女房。

年年别思驚秋雁，夜夜幽聲到曉鷄。搗衣詩，後中書王。

後中書王文藻，此詩以後，萬人嘆伏云云。

雲衣范叔羈中贈，風櫓蕭湘浪上舟。賓鴻是故人，同人作。

古人云，「范叔」與「蕭湘」，所謂雙聲側對也，以「蕭湘」「范叔」歟云云。又云，作「秋雁數行書」詩之時，以言、匡衡共詠此句云云。

鹿鳴猿叫孤雲慘，葉落泉飛片月殘。秋聲多在山，同人。

此詩六條宫有雄張之御氣色，而覽以言「衆籟曉興林頂老」之句，大令嘆息，妒氣結云云。

離家三四月，落淚百千行。
萬事皆如夢，時時仰彼蒼。
雁足粘將疑繫帛，鳥頭點著憶皈家。菅家。
此句《謫居春雪絶句》也，而天暦之時於比良宫御託宣有之。志於我之者，可詠此等句云云。
家門一閉幾風煙，筆硯抛來九十年。
每仰蒼穹思故事，朝朝暮暮淚漣漣。天滿天神正暦四年御託宣。
落花狼藉風狂後，啼鳥龍鐘雨打時。朝綱，送殘春。
楊巨源詩有「狼藉」「龍鐘」爲對之詩云云。
天山不辨何年雪，合浦應迷舊日珠。禁庭翫月，三統理平。
故老傳云，講詩之間，讀師早置他詩，延喜聖主仰而不令讀，再三誦此句。作者不堪感，叩膝高感曰：「アハレ聖主哉，聖主哉！」時人笑之。
金波卷霧每相思，不似涼風八月時。天德三年八月十六日内裏詩合，與月有秋期。
右方作者直幹。或人密云，江納言維時欲評定此等詩，仍左方雇納言令作云云。
汶陽篁篠遥分韻，巴峽泳泉近報聲。同詩合，秋聲曉管絃。
銀管吹時鸞發響，玉徽彈處鳳和鳴。

感成一曲羌人念，夢斷三更叔夜情。

孤竹當唇秋月色，孫桐應指曉風輕。

右方作者。或人曰，欲評定此詩者，江納言維時者。右方人密屬納言令作占手絶句與此最手一韻云云。

青嵐漫觸妝猶重，皓月高和影不沈。省試御題《山明望松雪》，菅在明。

古人評定以前，延喜聖主詠此句，彈御琴，諸儒傳承令及第。

著野展鋪紅錦繡，當天遊織碧羅綾。

洗開蟄户雪翻雨，投出蟠龍水破冰。内宴春王，野相公。

古老相傳，昔我朝傳聞唐有白樂天巧文，樂天又聞日本有小野篁能詩。待依常嗣來唐之日，所謂《望樓》，爲篁所作也。篁副使入唐之時，與大使有論不進發。會昌五年冬樂天已亡，而後年也，文集渡來，中，篁所作相同之句三矣。「野草芳菲紅錦地，遊絲繚亂碧羅天」「野蕨人拳手，江蘆錐脱囊」「元和小臣白樂天，觀舞聞歌知樂意」等句也，天下珍重篁者也。

五嶺蒼蒼雲往來，但憐大庾萬株梅。天曆十年内裏御屏風詩，菅三品。

廣州山中嶺有五，其一在大庾，嶺上多梅樹，南枝先花開，此御屏風詩題目者。左大弁大江朝綱奉敕自《坤元録》中撰進三人作詩，即朝綱、文章博士橘直幹、大内記菅原文時也。參議大江維時蒙詔評定，采女正巨勢公忠畫、左衛門佐小野道風書，並當時秀才也。摠八帖廿首，三人作六十首，撰定江十首、橘二首、菅八首，作者瀝思不如此詩。或人云，紀在昌不入作，内心竊爲嘆云云。

氣霽風櫛新柳髮，冰消浪洗舊苔鬚。内宴春暖，都良香。

故老傳云，彼此騎馬人月夜過羅城門誦此句，樓上有聲曰：「阿波禮，阿波禮！」文之神妙自感鬼神也。

周墻壁立猿空叫，連洞門深鳥不驚。大内應試，藤博文。

延喜二年十月六日於大内有此試，召秀才、進士等。博文于時秀才也，此句有叡感。應及第者二人，博文、藤諸蔭也。博文補藏人所雜色，諸蔭亦候内所〔一〕。摠參者十人，不參者三人。舉直朝臣云：「彼時博文者只候於所，以諸蔭被補雜色也。」口傳云，延喜聖主敕曰「博文詩得作文體，然者諸蔭詩者每句上字用逸人名，才有餘力也，以之爲優矣」，仍抽被補雜色云云。

自有都良香不盡，後來賓館又相尋。鴻臚館南門，都良香。

故老傳云，裴感此句尤甚，但作者定改姓名問，凡時人大感云云。

與君後會應無定，從此懸望北海風。送裴大使皈，都在中。

〔一〕内：底本訛作「同」，據《江家次第》卷十九改。

故老曰，在中任越前掾，於彼州與裴結交。臨別呈詩，裴大感。但不蒙敕命，任意寄詩之由，朝家可被召問處，而聞裴有感，被寬宥云云。

暗作野人天與性，狂官自古世呼名。酬好古，野相公。

故老傳云，野相公爲人不羈好直，世妒其賢，呼爲「野狂」，是則「篁」字音「狂」字音也云云。仍作此句。

河畔青袍雖可愛，小臣衣上太無心。正月漏叙位之年，内宴雪盡草牙生。

依此句叙位。臨時。

悲盡河陽離父昔，樂餘仁壽侍臣今。

淳茂昔與老君謫行之日，爲公使被驅，路宿於河陽驛。一宿之後分去，曉遥拜，談遂不再逢。今侍仁壽殿，下至恩敕命，預榮級，悲至□飛當時涕淚一似故云云。

悲倍夜蛩鳴砌夕，淚催黄葉落庭晨。秋懷，藤後生。

箕裘欲絶家三代，水菽難酬母七旬。

此詩經天覽，蒙方略宣旨云云。

雙淚幾揮巾上雨，二毛多鋪鏡中霜。藤行葛，述懷。

右兵衛督嶋田忠臣爲五位藏人之時，以此詩入天覽，有哀憐，蒙登省宣旨。

醉望西山仙駕遠，微臣淚落舊恩衣。內宴，昭宣公。

公家傳文云，元慶四年正月廿日侍宴座，謂左右曰：「前陪太上皇命此宴，今日所著，太上皇脱下御衣也。此日應製詩末句及之。」滿座感動，或有拭淚者。于時，太上皇御水尾山寺。

且飲且醒憂未忘，會稽山雪滿頭新。賦消酒雪中天，越前掾菅斯宣。

是詩，山城守雅規所作與也。滿座褒賞，斯宣悲泣，人悉解頤。斯宣于時七十。

莫言撫養猶如子，此字反音是息郎。題家南階下忽生桑樹。

時人美之。妒能者：「自先思此句，被裁之。」相公聞笑之。江相公

百里嵩車長可轄〔一〕，五官掾火遂無燃。省試御題《旻天降豐澤》，大江如鏡。

或人云，可爲佳句，天皇頻誦之，世以奇之，但依他句字誤，落第。本作「不轄」，江相公改換「長可轄」，高感「悉爲人作」云云。

三千世界眼前盡，十二因緣心裏空。晚夏遊竹生嶋述懷，都良香。

〔一〕嵩：底本訛作「奚」，據《校本江談抄とその研究・上》改。

故老傳云，下七字作者難思得，嶋主弁天才告教之。

巫巖泉咽溪猿叫，胡塞笳寒牧馬鳴。驛馬閣聲相應，菅雅熙。

竹露松風幽獨思，瑶箏玉瑟宴遊情。

題者菅吏部。此日貫首上卿橘大納言好古，再三朗詠誦曰：「腸斷腸斷，但牧馬者，定是文馬也者。」言及天聽，叡感專深。

鴻漸散間秋色少，鯉常趨處晚聲微。於菅師匠舊亭賦一葉落庭，保胤。

故老云，文時没後於舊亭所作也，故有心。

蘭蕙苑嵐摧紫後，蓬萊洞月照霜中。花寒菊點叢，菅三品。

香依德暖爐煙散，影爲恩深□砌融。

故老云，此詩深可案云云。

楊貴妃皈唐帝思，李夫人去漢皇情。對雨戀月，源順。

故老云，數年作設，而待八月十五夜雨，參六條宮所作也云云。

瑶池便是尋常號，此夜清明玉不如。月影滿秋池，菅淳茂。

故老云，淳茂此詩於河原院講，上皇被仰云：「此夜所恨者，先公不見之云云。」北野御事歟。

詞託微波雖且遣，意期片月欲爲媒。代牛女待夜。

古人傳云，此度文時與輔昭父子相論詩云云。

蒼苔路滑僧皈寺，紅葉聲乾鹿在林。

本作之「滑」字，或人訓云「押」，不可然云云。

胡角一聲霜後夢，漢宮萬里月前腸。王昭君，朝綱。

「霜」字此韻要須字也，然而犯大韻作之。

班姬裁扇應誇尚，列子懸車不往還。清風何處隱，保胤。

本上句「麗人展簟宜相待」云云，而後中書王被改作云云。

山投烽燧秋雲晴，海恩波瀾曉月深〔一〕。

此詩源爲憲之作也。後聞一條院令感給，稱自作云云。

爲深爲淺風聲暗〔二〕，何紫何紅雲影秋。夜蘭不弁色，以言。

〔一〕底本「海」後衍「□」，據《校本江談抄とその研究・上》删。波：底本脱，據補。深：底本訛作「涼」，據改。

〔二〕暗：底本訛作「晴」，據《校本江談抄とその研究・上》改。

古人云，滿座相感云。文集能一も有ける八と云云。

拔提河浪應虚妄，耆闍崛雲不去來。常住此説法，以言。

或人云，此句文之神妙者也。

以佛神通爭酌盡，經僧祇劫欲朝宗。弘誓深如海，以言。

此句酌字，「夕」作甚大書之，朝宗爲對之也。寂心上人見之，感嘆頗有妒氣。

仁壽殿中謁聖人，殘櫻景暮哭慇勤。

水成巴字初三日，源起周年後幾春。

此詩作詩舊者也，凡蔦茂作詩哀歟，於弟子習其體，增其風心者也云云。

春娃眠足鴛衾重，老將腰瘦鳳劍垂。以言

此詩題《弱柳不勝鶯》云云。匡衡朝臣聞此題，謂以言云：「作上句七字，下七字可繼云云。」以言次其末，二人共感嘆，各終一篇，故件句共在二人集。

龍宫浪動群魚從，鳳羽雲起百鳥鳴。以言

題《松爲衆木長》，此句古人號大似物。或人云，此句不甘心，然入《本朝秀句》如何？

多時縱醉鶯花下，近日那離獸炭邊。火是臘天春，輔昭。

獸炭，羊琇所作也。

外物獨醒松澗色，餘波合力錦江聲。山水唯紅葉，以言。

故橘工部孝親被語云，少年向江博士宅，匡衡博士云此句冠筥書之，曰：「以言詩可謂日新」。

九枝燈盡唯期曉，一葉舟飛不待秋。於鴻臚館餞紀客，菅庶幾〔一〕。

此詩下句作之，不能作上句，語合於朝綱。朝綱被諫曰：「可作燈之由。」仍所作。

蘇州舫故龍頭暗，王尹橋傾雁齒斜。問江南景物，白。

江從巴峽初成字，猿過巫陽始斷腸。白，送蕭處士遊黔南。

件詩，天曆御時，朝綱、文時依敕撰進文集第一詩，共不相議，獻此四韻云云。申云：「至一句者雖有勝，以備四韻體所進也云云。」

三五夜中新月色，二千里外故人心。白，八月十五夜禁中對月寄元九。

新月，人以爲微月初生也。齊信公任被相論，以此詩爲證，夕見東方之月也。

蝸牛角上争何事，石火光中寄此身。對酒，白。

〔一〕庶幾：底本訛作「蔦茂」，據《校本江談抄とその研究・上》改。

此詩自往古有諸説云云。

可憐九月初三夜，露似真珠月似弓。暮江吟，白。

古人傳云，「憐」字訓「樂」也。避禁諱之時，可用件訓。

不是花中偏愛菊，此花開後更無花。十日菊花，元。

隱君子鼓琴時，元稹靈託人稱曰：「件詩『開盡』也，『後』字不可。」然或謂，嵯峨隱君子吟此詩彈琴，從天如絲者下來云：「我自愛此句之貴。」其靈依有宿執，聞琴不堪甚感。

螢火亂飛秋已近，辰星早没夜初長。元，夜座。

辰星，古來難儀也。但見《漢書》曰：「仲月之星也。」今過五月當六月，故云云。

四五朵山妝雨色，兩三行雁點雲聲。杜旬鶴，淮陽道中詠。

古來難義也，但大略見古集「以蓮喻山」也。吕榮《望花山》詩云：「花岳陰森秀色濃，削成三朵碧芙蓉。」張方古《女几山》詩云：「空唱香几在山上，碧玉蓮花數朵高云云。」

聖皇自在長生殿，不向蓬萊王母家。楊衡，上春詞。

蓬萊、王母家，二所歟？

再三憐汝非他事，天寶遺民見漸稀。白，贈康叟。

再度三度之「三」，可用去聲，而用平聲。

蹈沙披練立清秋，月上長安百尺樓。文集，八月十五夜詩。

此詩，朝綱卒去之後送數年，於相公二條京極梅園舊亭。八月十五夜時，好士有□輩，翫月到彼梅園舊亭，有老比丘尼一人出來天問曰：「誰人令遊給哉？故宰相殿之人遺唯尼一人也。彼家奴共夭死，尼亦不知明旦云云。」好事人彌以感嘆拭泣。然間，尼云：「抑『月ハ上長安ノ百尺樓』詩，不似往日相公之詠。月ニトコソ被詠シカ，只古也。月ニヨリテ上百尺樓也，月ハナニシニ樓ニハ可登ソト云ニ？」人人皆信伏。問，尼答云：「故宰相殿ノ物語ナリ。」依人人各給纏頭，終夜語了。相公之風詠珍重云云。

逐夜光多吴苑月，每朝聲少漢林風。秋葉隨日落詩，後中書王。

漢林事，人人伊鬱曰：「若漢之上林苑，離合任意也云云」。宮以詞林被爲證，人人嘆伏。以言云：「此句雖佳句，於中書王御詩，不如『八葉風聲承祖業，一枝月桂作孫謀』句云云。」

忽驚朝使排荆棘，官品高加感拜成。

雖悦仁恩覃邃窟，但羞存没左遷名。

被示贈左大臣宣命敕使詩。正曆四年。

被贈太政大臣之後託。正曆五年四月。

昨爲北闕蒙悲士，今作西都雪耻尸。
生恨死歡其我奈，今須望足護皇基。
吾希段干木，優息藩魏君。
吾希魯仲連，談笑卻秦軍。
此詩天滿天神令詠之人，每日七度令護ト誓給之詩也。
東行西行雲眇眇，二月三月日遲遲。菅家後集，讀樂天北窗三友詩古調。
此詩及後代，菅家人室家令尋北野，令詠之間。天神令教テ曰：「トサマニユキ。カウサマニユキ。クモハルハル。キサラキ。ヤヨヒ。ヒウラウラト可詠云云。」
點著雌黃天有意，款冬誤綻暮春風。題不詳，作者不知。或云，清慎公小野宮宴，無今作者云云。
大隅守清原爲信云：「故親父典藥頭真人相談云：昔中書大王爲大納言之時，詣彼大王第。地富風流，天縱煙霞。當青陽之時，暮見黃花盛開。于時，大王憑欄干吟詠此句者，某人於朱雀院所作也〔一〕。見其氣色，稱譽作者也。爰父真人從容言：『款冬，和名山不不支，見於《本草》，其花冬開。今以款冬爲山吹名，誤也。』於是中書大王感悟云：『若於學者不可言詩矣。』」

〔一〕某：底本訛作「其」，據《校本江談抄とその研究·上》改。

誰知秋昔爲情感〔一〕，三五晴天徹夜遊。月影泛秋池，江相公亭。

古人相傳，昔有凶人告相公曰：「江納言常曰『相公巧詩，於才淺也』。」相公聞之。亭子院詩席，江納言必爲講師。相公作此句，誤欲令讀，而如作者心講之，相公大感。「昔」猶夜，「爲」猶教也。

含雨嶺松天更霽，燒秋林葉火還寒。延喜御屛風詩，幽居秋晚，後江相公。

奏此詩等，宣旨。「還」「寒」等音同音如何？

巖前木落商風冷，浪上花開楚水清。天曆御屛風詩，菅三品。

青草舊名遺岸色，黄軒古樂寄湖聲。

彼時聞者傳作者以此句不入爲愁，判者聞之曰：「黄帝張樂於洞庭之野，尤是强文第一，專非詩。」作者聞之彌久愁，後代臨終常吐怨詞云云。又故大府卿江匡衡云：「《坤元録》屛風洞庭詩云『黄軒古樂』之句。」維時難云：「如《莊子》成莫落文，天地之間有洞庭之野，非大湖之洞庭云云。」此難頗强難歟！文章有所許歟？或人問云：「件事以其調非詩詞爲難歟？」被答曰：「此爲憲案僻事，注《千載佳句》注也。非件儀，只非大湖之洞庭之義也。」

〔一〕誰：底本訛作「唯」，據《校本江談抄とその研究・上》改。

裴文籍後聞君久，菅禮部孤見我新。逢渤海裴大使有感，淳茂。

故老曰，裴公吟此句泣血云云。裴繆者，裴遡子也。遡以文籍少監入朝，菅相公以禮部侍郎贈答有此句。

此花非是人間種，瓊樹枝頭第二花。暮春於孫王書亭賦花，後江相公。

此花非是人間種，再養平臺一片霞。名花在閑軒，菅三品同題。

傳聞，于時，相公爲文章博士，吏部爲秀才，作同七字，其下句意各異。江作二郎意，菅作親王子被親養己孫桃園源納言，其後養者十二親王。時人難詳下七字勝劣，于今爲美談。又云，朝綱被稱云：「後代人以予并文時爲一雙歟。」

長沙鵩翅山行急，大沛龍鱗怒不深。内宴有敕，初賜芳緋，不堪感淚。伏抽中懷，敬上員外納言。

獻此詩後，夢家君仰云：「汝淳茂何喜乎？」覺後數日病惱。

欲識滔滔流出處，南陽平氏是清源。賦置酒如淮，江相公。

北堂感讚州平刺史贈物作也。此詩注云：「《坤元録》云：淮水出南陽平氏縣，故云。刺史者，平中典也。爲讚岐守之時，招秀才以下、學生以上於本堂，羞膳頒紙。相公爲秀才作此句，中典朝臣感此句，同車皈宅授女子云云。」

今宵奉詔歡無極，建禮門前儛蹈人。及第。

宗岡秋津久住大學，不趨時世，延喜十七年十一月四日奉試日及第。同月十三日外記記云：「秋津久住學館，年齡已積，頻逢數年之課試，常嘆一身之落第。今年適逢天統之聞，忽預及第之列云云。」故老傳云，昔有老生拜舞大庭，青衫映月，白髮戴霜。夜行宿衛奇而問之，老生無答，只詠此句。吟詠之趣無知，仍召其身參藏人所。侍之人驚尋由緒，事及天聽。問其姓名，勒云：「今日依敕及第文章生秋津深感天恩，竊拜紫庭也。」

寒瀨帶風薰更遠，夕陽燒浪氣還長。菊潭水自香，淳茂。

右承句，詞意清新，能傳家樣，可謂拾虬龍之片甲，得鳳凰之一毛者也。延喜聖主依太上法皇詔，令評定宴詩，令奏給，御書某言「右近權中將衆樹朝臣，持《菊潭水自香應製詩》示之，兼傳詔旨，評定此詩篇可否」。臣素無別涇渭之清濁，何足知詩語之譏議？一臨藻鑒，推辭露膽，而天旨重降，無地逃命。忘其妄動，叙彼優劣。抑詩雖舉，篇〔一〕要在被煩辭。故摘一兩句，次第高下而已，無可無不可者，猶反覆不注勒之。某謹言。

〔一〕篇：底本訛作「编」，據《校本江談抄とその研究・上》改。

涯頭百味非自搗〔一〕，浪上栴檀不待焚〔二〕。

右辭句雖滯，思風間發；或興味雖老，言泉流利。採彼補此，各有作者之旨。

近臨十二因緣水，多勝三千世界花。紅梅花下作，應太上法皇製。

故老傳云，講此詩之間，滿座感嘆，江相公獨不許。法皇問，奏云：「十二因緣是煩惱也。不圖禪定，法皇蓋煩惱水。」衆人忽驚。

見如冰雪嗅如桐，侍女傳從黼帳中。贈納言。

寬平二年四月一日，依例賜群臣飲，別敕掌侍藤原宜子頒賜御扇，以詩取思。

真圖對我無詩興，恨寫衣冠不寫情。像真菅贈大相國。

見渤海裴大使真圖有感云云。

鄉淚數行征戍客，棹歌一曲釣漁翁。山川千里月，保胤。

入詩境之由，彼師匠菅三品示給。「一曲」字人人難之，作者云「黄河千里一曲」云云。

〔一〕自：底本訛作「由」，據《校本江談抄とその研究・上》改。

〔二〕焚：底本訛作「攀」，據改。

陶門跡絶春朝雨，燕寢色衰秋夜霜。閑中日月長，以言。「燕寢」〔一〕，造化云云。今案，許渾贈殷堯藩詩有可準之事。

一行斜雁雲端滅，二月餘花野外飛。春日眺望。或人云，依閏二月許，作「二月餘」云云。而見正筆草無閏月事。又或人云，孝言佐國「二月餘花」説相論云云。

萬里東來何再日，一生西望是長襟。或人云，此句詩之本様云云，可被案之。

蒼波路遠雲千里，白霧山深鳥一聲。橘直幹，石山作。奝然入唐，以件句稱己作。以「雲」爲「霞」，以「鳥」爲「虫」。唐人稱云：「可謂佳句，恐可作『雲』『鳥』。」

山腰皈雁斜牽帶，水面新虹未展巾。春日閑居，都在中。於後入道殿，被賦秋雁數行之詩，匡衡、以言二人終夜并詠此句云云。

〔一〕寢：底本訛作「霞」，據《校本江談抄とその研究上》改。

多見栽花悦目儔，先時豫養待開遊。栽秋花，菅三品。

「待開遊」，末生等伊鬱然者，以文集「待我遊」可爲證。「豫養」見《後漢書・帝紀》云云。

花色如蒸粟，俗呼爲女郎。順，詠女郎花。

或云，近日以「粟」爲「栗」，可怪之。撿《文選注》，木名也云云。

文峰案轡白駒影，詞海艤舟紅葉聲。秋未出詩境，以言。

以言初作「駒過影」「葉落聲」云云，六條宮見草，被書「白」字肝要之由，仍改作云云。以言與齊名被相試日承作云云。齊名常以爲愁，稱曰：「最手懸片手（一），迴何謀計云云。」齊名臨終，宮被訪，報命：「恩旨恐悚千迴，但『白』字事不忘却云云。」又大府卿談曰：「件題齊名作『霜花後發詞林曉，風葉前驅飛驛程』，至于七字，風之驅葉涉前驅之義尤有興，『霜花後發』甚以無由。彼□齊名云，以言詩『白駒』之『白』字，六條宮不令直者，劣於我詩マシ。久而件詩雖不直『紅』『白』二字，『案』『艤』兩字古題意未出之心籠此義之中。然則，可謂勝齊名霜花之句歟？云云」或人問云：「但不直字者，『駒過景』『葉落聲』二字，讀甚以碎歟？」答云：「無『白』字者非讀碎，上句無秋心歟。『白駒』者，秋也。『白』字，直千金也。」

（一）懸、手：底本脱，據《校本江談抄とその研究・上》轉引《正安本和漢朗詠集》作「最手懸片手，迴何計」補。

林露校聲鶯未老，岸風論力柳猶强。尚齒會詩。菅三品。

輔昭講云：「『强』字，誠强也。」文時被講可案由，數知案後，申無可改字由。文時曰：「予無計所案也。」

人煙一穗秋村僻，猿叫三聲曉峽深。秋山閑望，紀納言

人煙，近代忌之不作。

皈嵩鶴舞日高見，飲渭龍昇雲不殘。晴後山川清，以言。

件以言詩被講之時，以言即爲講師。讀件句之時，「皈嵩」二字、「飲渭」二字，音連讀之，若有其由歟云云。爲憲朝臣同在其座，件朝臣每文場所隨身之囊名曰書囊，此入抄筆之器也。聞講此詩不堪情感，入頭於囊而涕淚數行，時人或感或笑云云。慶滋爲政同在此座，後日難曰：「此詩犯忌諱，『龍昇』字尤可避之，是黄帝登遐事也云云。」以言聞之微笑，不敢陳一言，大略不足言歟。

摩訶迦葉行中得，妙法蓮華偈裏求。保胤

上句迦葉行者若是頭陀老樂於静處詩也。或人難云：「此句有何秀發，入《本朝佳句》哉？上句有常行頭陀事之心，下句甚以荒凉也，何句非《法華經》一偈矣。」大府卿答云：「所思如此，但其對頗優，故歟。」

真如珠上塵厭禮，忍辱衣中石結緣。以言，不輕品。

我不敢輕於汝等。或人問云：「上句其義如何？」大府卿答云：「真如珠者不輕，大士塵颷陀婆羅等歟？真如佛性理之上，煩惱之容，塵積忌厭其禮之心歟？此詩上句爲髣髴，作者之心如何。」

山雨鐘鳴荒巷暮，野風花落遠村春。帥殿，暮山眺望。

此詩帥殿與齊信眺望詩也。「荒巷暮」三字，長國深以感之。此事存夢想云云。

瑶池偷感仙遊趣，還賞林宗伴李膺。橘倚平。

此詩省試詩也，題「飛葉共舟輕，勒澄陵冰膺」。倚平爲祈登省事，每日夜夜参詣清水寺之間，於寶前有夢想，示云：「今度登省八李膺可煩云云。」其事更以不得心之間，勒韻之中有膺字。其時得夢想之心，作叶官韻，不作「李膺」，作「李膺」之輩不登省，仍倚平及第云云。是則觀音之靈驗也。

邴原資叔濟，雲鶴譽居多。雲中白鶴，羅字限八十字，三善豐山第八句。

以「叔濟」之字誤從「升濟」，仍不第。省試詩。

逐舞生羅襪，驚歌起畫梁。詠塵，真韻爲限。第四句任博士。菅清岡。

清岡家傳云，於大學廳試之，及第者清岡善主也。是則叔父與姪也。世以爲簡。

鷹鳩不變三春眼，鹿馬可迷二世情。以言。

此句依恨暗漢雲之子細，叡感之餘，擬補藏人。雖然，入道殿并殿上人不承引之，故不補，仍爲放言所作也。其時殿上人諺曰：「湯氣欲上云云。」本姓弓削ナレハ也。

機緣更盡今皈去，七十三年在世間。

此詩大江齊光卒去之後，良源僧正夢所見也。

昔契蓬萊宮裏月，今遊極樂界中風。

此詩義孝少將卒去之後，賀緣阿闍梨夢見少將有歡樂之氣色。阿闍梨云：「君ハ何心地喜ヶニテハ被坐。母君ノ被戀慕ニハトィヘハ。」少將詠曰：「時雨てはちゝの木の葉そ散まかふなに古里の袂ぬる覽。」詠之後，又詠此詩云。

荒村桃李猶應愛，何況瓊林華苑春。

橘廣相九歲昇殿詩，暮春云云。童名文人云云。

低翅沙鷗潮落晚，亂絲野馬草深春。菅家。

此詩題云：「蘭氣入輕風之詩也。」「鶴間雲」三字，有古集云云。元稹詩有「那將薤上露，擬待鶴邊雲」云云〔一〕。又有他古集中「鶴間雲」三字。

一條露白庭間草，三尺煙青瓦上松。以言。栖霞寺云題詩。

「庭間草」三字已非詩詞，甚以凡鄙之由。儀同三司被命云：「以言雖詩匠，都無古集詩。」是則此詩心歟。

朝隱山雲緗帙卷，暮過林雀臣文加。秋雁數行書。以言。

此詩當座人云：「半難半答。明衡不詩，豈遠空詩退過林雀哉？」

碧玉裝箏斜立柱，青苔色紙數行書。菅三品。

題《天浄識宿鴻》胸句也。統理平疑之見唐韻經，不出三史、十三經之中云云。

都府樓纔看瓦色，觀音寺只聽鐘聲。菅家。

此詩於《鎮府不出門》胸句也。其時儒者評云：「此詩，文集『香爐峰雪撥簾看』之句ヨリハ猶勝被作云云。」

書窗有卷相收拾，詔紙無文未奉行。保胤。

〔一〕擬待：底本脱，據《白氏長慶集》卷二十七補。

收拾八唱和集ニソムク，不叶此處義。

桃李不言春幾暮，煙霞無跡昔誰栖。文時。

「桃李不言」「煙霞無跡」乃爲對句，在淳茂願文句也。古人必同事不避之歟？

三巴峽月雲收白，七里灘波葉落紅。藤爲時。

此詩，田家秋詩也。以言見此詩云：「白字可習置處云云。」

酈縣村閭皆潤屋，陶家兒子不垂堂。菊散一叢金，善相公。

善相公初作「酈縣村閭皆富貨」云云，心存可有褒譽之由，而菅家只美紀納言「廉士路裹」句，不被感此詩。宴罷退出時，相公不散欝結，於建春門見尋菅家，仰云：「『富貨』字恨不作『潤屋』。」相公乃改作云云。

佳辰令月歡無極，萬歲千秋樂未央。謝任雜言詩。

此詩蹈哥詩也。古塔瓦銘有「萬歲千秋樂未央」字。今案件文見唐《神州三寶感通録》上。件録云：「仁壽二年正月，復分布舍利五十三州，至四月八日，同午時下〔一〕，其州如左云云。」其中，梨州塔地下瓦文「千秋樂」云云。件録，唐麟德元年終南山釋氏所撰也。

〔一〕午：底本訛作「年」，據《集神州三寶感通録》卷上改。

青山有雪諳松性，碧落無雲稱鶴心。許渾，寄殷堯藩。

許渾詩多一體也。詩後文時謂之許渾作。但至此句□。

一樽酒盡青山暮，千里書迴碧樹秋。許渾，郡園秋日寄洛。

此句，許渾集在兩三所，《寄洛中友人》，又《送元書上人皈蘇州》。

漁舟火影寒燒浪，驛路鈴聲夜過山。杜荀鶴〔一〕，宿臨江驛詩。

古人語云：忠文民部卿爲大將軍下向之時，宿駿河國清見關。軍監清原滋藤夜詠此句，將軍拭淚之。

三千仙人誰得聽，含元殿角管絃聲。章孝標。

此詩意人難得，及第日報破東平詩也。

蛇驚劍影便逃死，馬惡衣香欲嚙人。都良香，代渤海寄上左親源中將。

魏文帝時，朱建平相馬事也。

北斗星前橫旅雁，南樓月下搗寒衣。劉元淑《妾薄命》〔二〕。

〔一〕荀：底本訛作「苟」，據《唐風集》卷二改。

〔二〕劉：底本訛作「劉」，據《文苑英華》卷二百七改。妾薄命：底本訛作「薄命論」，據《文苑英華》卷二百七改。

此詩劉元淑詩也〔一〕。《朗詠集》中云「白」。

雖愁夕霧埋人枕，猶愛朝雲出馬鞍山名也。青山馬鞍雲，後江相公。

怨是老閑生也得，擬將何事奈余何。元放言。

黄壤誰知我，白頭猶憶君。五言。白。

此詩題《元小尹詩》。二首同引。六十，又五十一。

若非宋玉妝重下，疑是襄王夢不長。花落鳳臺春，江相公。

吹亂綺窗風色脆，灑來珠砌雨聲香〔二〕。

故老曰：相公常稱此句之美也。

和風曉扇恐吹盡，清景夜明須靜香。知房

又被命云：「去春月老惜梅花之作，前美州知房被贈一句，此句如何？」僕答云：「若『夜惜衰紅把燭看』之詩樣歟？」〔三〕被答云：「近近。」此詩，天仁三年事也。

〔一〕劉：底本訛作「劉」，據《文苑英華》卷二百七改。
〔二〕聲：底本訛作「色」，據《校本江談抄とその研究・上》改。
〔三〕惜：底本脱，《白氏長慶集》卷十四《惜牡丹花二首》其一有「夜惜衰紅把火看」，據補。

遊子三年塵土面，長安萬里月花西。季仲

僕問云：「去年，前帥季仲自常州被送詩畢，此句如何？『遊子』者其義無由，加之『面』字如何？文集云『遊子塵土顔』，若摸此句歟如何？白氏文集云『萬卷圖書天禄上，一條風景月華西』，是則呈集賢閣之一句也。天禄者，閣名。月華者，門名。彼閣在件月華之西歟，非桂月之西。此詩甚以奇異也。」又江都督被笑云云。

古渡南横迷遠水，秋山西繞似屏風。江佐國。

又被命云：「一昨日，江都督被申云『江佐國淳和院眺望詩，上句無其謂』，予所案得『寒樹東横應障日』，此句今案如何云云。」「但『東』字下字未思，障子者，本障日也。然則其對可謂叶。」美州聞之，被談曰：「橘孝親作《内秘菩薩行》詩云『潔清丹地珠長琢，十四秋天月暫陰』之句，上七字不似下七字。明衡云試求之，未得云云。而先年都督被案云『上句何無此哉云云』，仍問其句，被答云『清凉夏水蓮猶嬾』，此句如何云云？」僕申云：「然則似齊名詩歟？件詩云『眼蓮豈養清凉水，西月長留十五天』之句，彼詩若爲避此句强求上句歟？」仍有甘心之氣歟。

江談抄第五

詩事

文集中他人詩作入事

被命云：「文集中ニ他人詩作入事，被知乎？」答云：「不知何作乎？」被命云：「第六帙中李紳作詩也〔一〕。」「其詩如何？」被命云：「『長談鴻寶集，無離小乘經』云云。」「鴻寶集卜云ハ大乘經云也。因茲文集ヲハ。古人モ大乘經之次、小乘經之上トソ云ヶル。故橘孝親ハ常信之，敢以不忽諸。凡反古ナトニモ。敢鼻カマヌ人也云云。」

文集無同詩哉事

又被命云：「文集無同詩ヤ？」僕答曰：「『苑花如雪隨行輦，宮月似眉伴直廬。』此詩在天寶樂

〔一〕紳：底本訛作「仲」，據《校本江談抄とその研究・中》改。

叟長韻詩，又在四韻詩。」又云：「『一以老年淚，泣灑故人文。』又哭晦叔，『唯將兩眼淚，一灑秋風襟』云云。」僕問：「許渾集，『一樽酒盡青山暮，千里書迴碧樹秋』之句，在三ケ處。」帥被答云：「然也。」僕問云：「文集『放放龍龍在牛角，雷擊競來牛狂死』，其義如何？」帥被答云：「件事見《旌異記》。不具記。」

文集常所作炙手事

又問云：「文集常所作炙手，其義如何？」被答云：「《淮南子》事。不具記。」

齊名不點元稹集事

又被命云：「一條院以元稹集下卷齊名可點進之，由被仰之。雖然，辭遁云云。」

王勃元稹集事

又被命云：「注王勃集，注杜工部集等，所尋取也。元稹集度度雖誂唐人，不求得云云。」

絲類字出元積集事〔一〕

予談云：「菅家御作者類元積集之由，先日有仰，其言誠而有驗。」「《菅家御草》云『低翅沙鷗潮落曉，亂絲野馬草深春』，元積詩『遮天野馬春無曉〔二〕，拍水沙鷗濕翅低』，此兩句實以相類焉。」予又云：「善家柳詩有『絲類』字，元積詩云『春柳黄類』，是亦出自彼集。」被答云：「兩家甚以有興云云。」又善家内宴《何處春光到》詩：「柳眼新結絲類出，梅房欲拆玉瑕成。」

白行簡作賦事

予問云：「白行簡作賦中，以何可勝乎？」被答云：「《望夫化爲石賦》第一也。」「抑白行簡被知乎？何流乎云云。」答曰：「不知。」被命云：「居易之弟也。サテ賦ハ行簡勝云云。」答云：「然者何世人以行簡集强不規模乎云云？」被命云：「詩者尚居易勝也，行簡不可敵。兄弟四人也，其中有敏仲云云。」

〔一〕類：底本訛作「額」，據《校本江談抄とその研究・中》改。下二處「類」同。　元積：當作「白居易」，下二處「元積」同。

〔二〕遮天野馬春無曉：當作「擺塵野鶴春毛暖」，見《全唐詩》卷四百四十六《答微之見寄》。

古集體或有對或不對事〔一〕

「古集體，或有對，或有不對，如何？」被命云：「是方干者，缺唇者也；盧照鄰者，惡疾人也；李白者，謫仙也。」或人問云：「以李白號謫仙人之由見文集。是謂文章之體譬謫仙歟？又實以金骨之類歟？」被答云：「實謫仙也。」

古集并本朝諸家集等事

問云：「古集并本朝諸家集等之中，稱人之處，如稱十一、十二之類，其義如何？」帥答云：「件事見以言集雜筆之中。以言對唐人問此事，答云：『立人子孫之處。譬有一人，件人有子三人，始自嫡子次第稱一二三〔二〕。次嫡子有子五人，自嫡孫次第稱四五六七八。次二男有子四人，自其嫡子次第稱九十十一十二。次三男有子三人，自其嫡子次第稱十三十四十五。次嫡孫有子二人，稱十六十七，次稱庶子之子。如此次第稱之，限以卅九，不及五十。又或説，只以嫡男稱十一，以

〔一〕「或不對」之「或」：底本脱，據《校本江談抄とその研究・中》補。
〔二〕嫡子：底本脱，據《校本江談抄とその研究・中》補。

二男稱十二。至于十字者，只以加之云云。』然則於廿卅其義如何〔一〕，此説頗無所據。以言集可引見之。」

王勃八歲秀句事

又被命云：「王勃八歲所作秀句アリ云云。」不覺。

「燒秋林葉火還寒」句事

又「燒秋林葉火還寒」云句，准的「華光焰焰火燒春」之句也。問云：「『當簾楊柳兩家春』之句也。」

菅家御文章事

被命云：「菅家御作之中，尚匡房不知事多云云。」被答云：「尤理也。匡房不知事記副紙。然者，御所學之才智，令習給文氣，天ニ令受給也，不可申左右。居易ヲモ樂府採詩官斷作損也，有失錯之由被仰ケリト云云。令知其甲乙給，尤希夷也。然者居易ノ樂府上下作，爲諷諭詩官之事

〔一〕廿：底本脱，據《校本江談抄とその研究·中》補。

也，然作損如何？」

六條宮御草事

又被命云，《秋聲多在山》詩，六條宮御作。「鹿鳴猿叫」之句，有雄張之御氣色。而覽以言「衆籟曉興」之句，大令嘆息妒忌給。件詩胸句更以神妙，一首之秀句也。

菅家《觀九日群臣賜菊花御詩》讀樣事

「菅家《觀九日群臣賜菊花御作》云『術中彭祖九重門』，其讀樣如何？」帥被答云：「古今件句有讀樣云云。術ノ中彭祖ナリ九重ノ門ト可讀云云。」問：「次句『鷄雛不老仙人曙』，『曙』字如何？云若『署』字歟？」帥云：「官署之義也，仙宮義也。」「『鷄雛不老』如何？件事雖側見慥不覺。」被答云：「以菊合藥如棋子服之。若不信者，與鷄雛令食之，至老不死。見《菊花方》云云。」帥被命云：「件詩次句『非祖五柳曉雲孫』，此事非心之所及。」予答云：「禁圍之仙菊繁美，勝昔時五柳東籬之閑寂之心歟。」又被命云：「祖字讀如何？」「未覺事云云。」又被命云：「件詩落句如何？」予答云：「件落句蓐收讀樣ハ如何？」「件事見《文選・舞賦》歟如何？」不被答。

菅家御作爲元積之詩體事

又被命云：「菅家御作者，元積之詩體也。古人云如此。」帥：「菅家御作者非心之攸及。」

菅家御草事

又被命云：「菅三品云：『菅家御草者，如削龜甲其上加彩鏤，非心力之所及；紀家作者，如削檜木加磨瑩〔一〕，何物可用之〔二〕，尤可庶幾云云。』然則況於區區之末學，其自豈樂云云。」問：「菅家御作者眼不及，文集者眼及。是何故哉？寄其時代，寄其文章，此等庶幾歟？」帥云：「依人也。紀家者〔三〕，同時也，然而不似耳。若是殊有幽玄道歟。」

菅家御草事

又被命云：「菅家云，温庭筠詩體優長也。」

〔一〕檜：底本訛作「拾」，據《校本江談抄とその研究·中》改。
〔二〕何：底本訛作「沙」，據《校本江談抄とその研究·中》改。
〔三〕者：底本訛作「君」，據《校本江談抄とその研究·中》改。

後中書王《以酒爲家》御作事

「後中書王《以酒爲家》御作云『杜康昔搆容人息』，下三字讀如何？」帥被答云：「人息ヲ入ト可讀云云。」未詳覺出何書乎云云。

世尊《大恩詩》讀樣事

又世尊《大恩詩》作「重重千雲嵩嶺重，深深納日海潮ヨリモ深」，如此讀云云。近代人不知其説。

《天浄識賓雁》詩事

「《天浄識賓雁》詩，『頻寒著』三字不被讀，何等書文哉？凡如此類尤多。」僕貢士答云：「《千載佳句》詩云『雁著行』之『著』字，雁義頗近之歟。」被命：「此義者公謂叶，彼詩者不叶云云。此事前濃州知房同不審之云云〔一〕。」

〔一〕不：底本脱，據《校本江談抄とその研究·中》補。

資忠簞爲《夏施》詩事

又云，菅資忠簞爲《夏施》詩〔一〕，以言記之，紀用平聲，與《禮記》説相違云。

文章博士實範《長樂寺》詩事

又被命云：「故文章博士實範《長樂寺》『松柏山寒枝不長』句之詩序詩云『白駒』，『白駒』可尋注書，云『見盧照鄰集，主人被感云云』，序云『盧照鄰集，往年所一見也』。件集有泥人事如何？」帥被答云：「若旱天用之事歟〔二〕？」僕曰：「不，冡墓詩也〔三〕。」詳不被答。

《月明水簡》詩腰句事

又被命云，予近曾於右金吾亭作《月明水簡》詩，腰句「陸張池白兩家秋」ト云句，「白」字，江都督被命云「可改『冷』字歟云云」。藤原爲時詩云「三巴峽月雲收白」之句，以言云「『白』字可習置

〔一〕施：底本訛作「絶」，據《校本江談抄とその研究・中》改。
〔二〕用：底本訛作「田」，據《校本江談抄とその研究・中》改。
〔三〕冡：底本訛作「家」，據改。

處。此句『白』字甚以優也云云。」又以言詩「桂花秋白」之句，「白」字亦得其體焉〔一〕。此然可學之，但餘事也云云。

《日本紀》撰者事

被談云：「《日本紀》被見哉？」答云：「少少見之，未及廣。抑《日本紀》誰人所撰哉？」被答云：「《日本紀》者，舍人親王撰也。又《續日本紀》者，左大弁菅野道真撰也〔二〕。依其功給免田卅町。《日本後紀》者，左大臣藤原緒嗣撰也。《續日本後紀》者，忠仁公也。《文德天皇實録》者，昭宣公撰也。《三代實録》者，左大臣時平所撰也。」

《扶桑集》被撰年紀事

又云，《扶桑集》，長德年中所撰也云云。時歷九代歟，今上之時也。

《本朝麗藻》《文選少帖》《東宫切韻》撰者事

又云，《本朝麗藻》者，高積善所撰之。橘贈納言，《文選少帖》所抄也云云。又《東宫切韻》者，

〔一〕亦：底本作「宜」，據《校本江談抄とその研究中》改

〔二〕道真：底本錯作「真道」。按，菅野道真撰《續日本紀》。據改。

菅家主刑部尚書，集十三家切韻爲一家之作者。著述之日，聖廟執筆，令滯綴云云。

新撰《本朝詞林》詩事

爲憲所撰《本朝詞林》在故二條關白殿，以件書合諸家集爲憲撰給也〔一〕。世間流布披露本，甚以省略也。保胤、正通等集詩三百餘首，今所書入也。有國集，故廣綱所集不幾云云。

《粟田障子》《坤元録》詩撰者事

又被申者，《粟田障子》詩，輔正卿撰之。《坤元録》詩，維時卿撰〔二〕。然則作者與判者，各互有長短隨其巧也〔三〕。《粟田》詩，以言以帥殿方人不被入之，怨言云：「雖《坤元録》，絶句一首者何不罷入哉云云。」故文章博士實範，後傳聞此事不被許此書云云。

《扶桑集》順作多事

又云：「《扶桑集》中順作尤多，時人難云云。」問：「順《序》多自紀家《序》，如何？」帥答云：

〔一〕合：底本訛作「令」，據《校本江談抄とその研究・中》改。
〔二〕撰：底本脱，據《校本江談抄とその研究・中》補。
〔三〕巧：底本訛作「功」，據改。

「『花光浮水上』序，順《序》也，專不可入也。而齊名以其爲祖師多入之由，時人難云云。」

《朗詠集》相如作多入事

又四條大納言者，高相如之弟子也。仍撰《朗詠集》之時，多入相如作。所謂「蜀茶漸忘浮光味」并「樵蘇往反」之句，有何秀發乎？

四韻法不用同字，長韻詩不避事

又云：四韻法不用同字，長韻之詩强不避之？江以言《圓成寺當座》詩，第二上句云「鄉國迢遰令雲隔」，第五下句云「初逢雲洞薜蘿僧」，是「雲」字二所；第二下句云「林草凋殘被雪凌」，又第七上句云「泉户草殘寒雪壓」草字兩所〔一〕；又第三上句云「風凋寒時掛緑桂」，又第六上句云「風情忽發冷猶苦」，「風」字兩所。如風月字之類必避之，然以言用之，此詩已在《本朝麗藻》云云。

匡衡詩用「波浪濤」，是置同義字例事

又匡衡朝臣所列省試詩，置句用「波浪濤」，是置同義字之例也。又保胤者，「四五朵」對「風煙

〔一〕又第七上句云「泉户草殘寒雪壓」草字兩所：底本脱，據《校本江談抄とその研究・中》補。

行」；江以言者，「蓬萊洞」對「十二樓」，皆詩人之秀句也。

以兩音字用平聲作之詩憚哉事

予又問云：「以兩音字用平聲作之詩，猶可憚作哉？」被命云：「不可憚。天神御作『鶴飛千里未離地』之句，『坐在爐邊手不龜』之句，『離』字、『龜』字，《毛詩》《莊子》之文，兩字他聲也，尚不憚被用平聲。又朝綱登省詩，以兩音字用平聲之時，評定諸儒於仗座欲落第爾，朝綱傍爾立詠云『鶴飛千里未離地卜音頌ケリ』，諸儒尚不聞入之處。朝綱云：『菅丞相ノ被仰之事モ聞テ侍也ト云ケルヲ。延喜聖主聞食テ，彼ハ有謂，可及第也ト被仰下也。』然者不可憚歟。」

兩音字通用事

僕又問云：「明衡詩『車漸惟裳』，『漸』字如何？漸臺，同霑義也〔一〕，而用他聲如何？」被答云：「漸臺之義，猶以平聲也，然則明衡失也。但兩音字有通用之例，文章之所許也，隨時可斟酌歟。菅家御作云『鶴飛千里未離地』，『離』字用平聲，此其例也。又『坐在爐邊手不龜』，此詩用『脂之』韻。如《莊子》者，此無『真臻』韻，又用平聲也。」僕問云：「用『脂之』韻由，《東宮切韻》、諸家釋

〔一〕同霑：底本訛作「月露」，據《校本江談抄とその研究・中》改。

中有一説歟？」被答：「然也。」僕問云：「古賢之所尚，雖仰取信，《世説》一卷私記者，紀家、善家相共被釋累代難義之書也。」

隨音變訓字事

又或人云，隨音變訓之字，不勞其音用之事，文章之一體，古人之所傳也。

𣏕𣏕字和名事

被命云：「延喜御時，渤海國使二人來朝，其牒狀爾。此兩字，各爲使二人姓名。紀家見之，雖未知文字，呼云：『𣏕，木ノツフリ丸；𣏕，石ノマフリ丸。參レト喚。』各應會參云云。異國作字也，以當時會釋讀之，可謂神妙者也。異國人聞而感之云云。」

篇字近代人詩不作件字事

又云：篇字，近代人詩ニ不作云云。明衡并範綱作此字，件人以後，强以不作云云。或人秘抄中有之。

忤字事

予問云："忤字如何？"被答云："件字塚古文字也。□，二萬六千六百十日砥讀云云。以算位令讀歟〔一〕，時博士讀之云云。人之壽命日數云云。"

杣字事

又問云："杣字誠本朝作字歟？如何？"被命云："杣字，本朝山田福吉所作也，榊字又見《日本紀》云云。"

美材書文章御屏風事

又云：小野美材，内裏文章御屏風書了，奥書"大原居易古詩聖，小野美材今草神"云云。

四條大納言《野行幸屏風》詩事

近曾謁美乃前司知房之次被談云，四條大納言《野行幸屏風》詩"德照飛沈雲夢月"之句〔二〕，

〔一〕算：底本訛作"官"，據《校本談抄とその研究・中》改。
〔二〕沈：底本訛作"沅"，據《校本江談抄とその研究・中》改。

下三字本者靈囿月ト被作タリ，後被改「雲夢月」。

鷹司殿屏風詩事

又被命云：「鷹司殿屏風詩，齊信卿被撰之。齊信頗多被入資業詩。《花塘宴》詩『色絲』句撰入之，義忠聞之申宇治殿云云。『絲』字他聲，非平聲，可謂僻事。」「詩者〔一〕，俊達保昌之所作也。資業依當任受領，其詩被多入云云。户部納言聞此事，勘文集詩，被獻云：『聲聲麗句敲寒玉〔二〕，句句妍詞綴色絲』云云。宇治殿聞食此事被勘仰義忠，義忠蟄居，及明年三月不被免之，則付女房獻和歌云云。アヲヤキノイロノイトニテムスヒテシヨレハホトケテハルソクレヌル。依此和歌被免云云。

鷹司殿屏風齊信端午詩事

鷹司殿屏風詩，齊信端午詩「片月鳴絃士卒喧」之句〔三〕，道濟在筑前國傳聞之〔四〕：「此句者勝

〔一〕者：底本訛作「云」，據《校本江談抄とその研究・中》改。
〔二〕敲：底本訛作「敷」，據改。
〔三〕鳴絃：底本錯作「絃鳴」，據《校本江談抄とその研究・中》改。
〔四〕前：底本訛作「後」，據改。

『德照飛沈』之句〔一〕。件句者，雖秀句村濃ク絲ノ綟違タル樣也云云。」又帥被示云：「雲夢之字平聲歟，《文選》有兩音歟。」

清行才菅家嘲給事

善相公者，巨事文雄弟子也。文雄薦清行狀云：「清行才名超越於時輩云云。」菅家令嘲此事，則改「超越」爲「愚魯」字。又被問廣相云：「不詳不詳云云。」菅家令怨之：「爲先君是善也門人，於事無芳意云云。」

齊信常庶幾帥殿公任嘆中務宮事

又被命云，齊信常庶幾帥殿公任，又感嘆中務宮，齊信常被稱云：「帥殿以文章被許云云。」其年齒以等輩也，以彼人許給爲面目，豈不甚哉？

輔伊舉直一雙者也事

又被命云：「輔伊、舉直，一雙者也。匡衡送書於行成大納言，許云，爲憲、爲時、孝道、敦信、舉

〔一〕沈：底本訛作「沅」，據改。

直、輔尹，此六人者，越於凡位者也，故共甘貧云云。」統理平、高五常，工詩者也云云。」又云：「□紀家深被感五常，又先年見菅三品自筆被書統理平集，所好事不嫌善惡歟，將優先達歟[一]？」

順、在列、保胤、以言等勝劣事

問：「順、在列勝負如何？」帥答云：「順勝。」問：「順、保胤勝劣如何？」帥答云：「保胤勝。」問：「順、以言如何？」帥答曰：「以言勝歟。但故人孝親朝臣或以順爲勝，予偷不甘心耳。《夜闌不弁色》題，以言作云『爲深爲淺風聲暗』，滿座相感云。文集態毛志技留波云云[二]。」

時綱、長國勝劣事

問云：「時綱與長國如何？」帥答云：「長國勝歟。明衡談云，長國ニ被仰ハ不可爲恨云云。」

[一] 優：底本訛作「又」，據《校本江談抄とその研究・中》改。

[二] 態：底本脱，據《校本江談抄とその研究・中》補。 毛志技留波：底本竄入正文，據改。 「波」後，底本衍「斗」字，據刪。

本朝詩可習文時之體事

本朝集中ニハ，於詩者可習文時之體也云云。文時モ文章好マム者可見我草云云。此草以往雖賢才迴風情，尚以荒强也云云。又六條宮、保胤ニ詩ハ伊加加可作ト阿利介留毛。文芥集ヲ保胤ニ令問給ヘトソ云ケル，於筆者不然歟。

父子共相傳文章事〔一〕

問云：「古今父子共相傳文章者希歟〔二〕?」師答云：「良香子在中、菅家御子淳茂、文時子輔昭、村上御子六條宮，此外無之云云。」

維時中納言夢才學事

維時中納言日記中書云：「菅家夢中令告云『汝才學漸勝朝綱』之由所詫云云。」雖然，於文章非敵歟。

〔一〕共：底本訛作「無」，據《校本江談抄とその研究・中》改。
〔二〕共：底本脱，據補。

夢爲憲文章事

橘孝親父名可尋求可爲師匠之者，祈請其先祖建學館院之者名可尋夢中告云：「文章者可習爲憲者。」爲憲聞之稱雄云云。

成忠卿高才人也事

又云，成忠者高才人也。儀同三司御亭、鬪文集二帙詩與六帙詩之日〔一〕，二帙詩最初出《天宮閣早春》之詩，成忠難之云云。天宮閣者，寺也〔二〕，何最初出此詩？成忠卿有相論之詞，以其日事量〔三〕，彼人才智者也云云〔四〕。

〔一〕帙，底本作「貼」，據《校本江談抄とその研究·中》改。
〔二〕寺：底本訛作「與」，據改。
〔三〕日、量：底本訛作「同」「是」，據改。
〔四〕彼：底本訛作「後」，據改。

齊名者正通弟子事

問云：「齊名者，誰人弟子哉？」帥云：「橘正通之弟子也。正通者，順之弟子。」問：「以何知之？」帥云：「爲憲集云『順以家集不付一弟子正通，付我』者，以之知之云云。」

道濟爲以言弟子事

道濟者，以言弟子也。昔請詩於以言，以言於稠人之中稱之曰：「後風情日進。」時人以爲一雙云云。

以言者蔦茂弟子也事

問：「以言者，誰人弟子哉？」答云：「蔦茂之弟子也。」

文章諍論和漢共有事

雖賢人君子，文道之諍論，和漢共有事也。宋明帝與鮑明遠争文章之間，明帝其性甚以凶惡也，仍鮑明遠煞モソスルトテ，故作損ス。時人曰文衰タリト云。隋煬帝與薛道衡争文章之間，薛道衡遂被煞了云云。

村上御製與文時三位勝負事

又被談云：「村上御時《宮鶯囀曉光》題詩ニ，召文時三位被講之。其間物語被知乎？如何？」答云：「不知。」被語云：「尤有興事也。件日，村上與文時相互爾相論日也，件製云『露濃緩語園花底，月落高歌御柳陰』ト令作給，文時『西樓月落花間曲，中殿燈殘竹裏音〔一〕』ト作タリケレハ。主上聞食天『我コソ此題ハ作拔ツタレト思爾，文時詩又以神妙也ト被仰天』，召文時近於御前，『無偏頗我カ，詩事無憚申難有無ト被仰レハ』。文時申云：『御製神妙侍，但下七字ハ文時ニモマサラセタマヒタリ。「御柳陰」ナレハ宮ト思ヒ候ニ，上句ハイツコニ宮ノ心ハ令作御ニカ候ラム。園ハ宮ニソアヤハ可作ト申ニ。』『村上被仰樣ハ足下ハ不知ヌカ其園ハ我カ園ソカシト被仰爾。』文時申云：『然コソ侍ナン，上林苑ノ心ニコソ侍ナレ。雖然イカヽ侍ヘカテムト申爾。尤有謂ト被仰ニ。』一問答云：『又有興仰事アリト云テ。』サコソハ侍ナントト申テ退座ニ，主上又被仰樣：『然者我カ詩ト足下ノ詩ト，勝劣如何？慥可差申ト被仰ニ？』文時申云：『御製ハ令勝給，尤神妙也ト申爾。主上被仰之樣。ヨモ不然。慥尚可申也ト被仰テ。』『召藏人頭テ被仰之樣，若文時不申此詩勝劣，依實不令申者，自今以後文時申事，不可奏達我ト被仰ヲ聞テ。』文時

〔一〕音：底本訛作「看」，據《校本江談抄とその研究・中》改。

申云：『實ニ八御製與文時詩對座ニ御座卜申ニ，實可立誓言卜被仰ニ。』又申云：『實ニ八文時詩今一膝居上テ侍卜申ヌ逃去了。』主上令感嘆給啼泣給云云。」

齊信文章帥殿被許事

又云：「齊信如何？」被答云：「小松雄君者，若齊信歟云。齊信自稱云『帥殿以文章被許云云』。儀同三司者是論其年齒，齊信之後進等輩也。而以彼人被許爲面目，豈不甚乎？」

公任、齊信爲詩敵事

又帥殿常示云：「公任、齊信可謂詩敵。若譬相撲者，公任雖善擲，不可打齊信云云。」

爲憲孝道秀句事

爲憲文章劣於爲時孝道云云。就之言之，孝道秀句只三也，「巫陽有月猿三叫，衡嶺無雲雁一行」之句，「明妃有淚」之句，「樹應子熟」之句等也。爲憲者有其員。

勘解由相公誹謗保胤事

堪解由相公常誹謗保胤。保胤《守庚申序》云「夫庚申者，古人守之，今人守之」，堪解由相公嘲之云：「古之人守、今之人守卜可讀卜云云。」又以書籍不審事問保胤，保胤常稱「有有」，仍堪解由相公爲試保胤，作虛本文問之，又稱「有有」，仍嘲號「有有主」。保胤傳聞之，作長句云：「藏人所，粥燒唇，平雜色之恨難忘；金吾殿，杖碎骨，藤勾當之恩難報云云。」此事者皆有由緒，彼人瑕瑾云云。古人皆以如此。保胤雖仕佛人，人情被輕慢者，其情不堪者歟云云。

匡衡、以言、齊名文體各異事

予又問云：「匡衡、以言、齊名三人文體各異，而共得其佳境。」被答云：「齊名偏持古集於其心腹，敢無新意。文文句句皆採摭古詞，故其有體有風騷之體。至其意不得之日，亦不驚目，無新意之故也。」予申云：「齊名作非詩，雜筆ㄜ猶採古集潤色之誠而有驗，《千載佳句》詩云『江郡謳謠誇杜母，洛城歡會憶車公』，齊名採此句，《餞序》云『海沂〔一〕之政，類王祥而縱康；洛城之遊，憶車公而豈忘』，此其有驗也。」又被命云：「以言文體與之相違，所作之詩任意恣詞，都無轡策，其體實新，其興彌多。至于不得之日者，非後學之可法，則一代之尤物也。『汗收赤騮溝』之句，不可及者也，『源起周年後幾霜』之句是也。以言於弟子習其體，增其風心者也。」

〔一〕沂：底本訛作「浙」，據《晋書》卷三十三改。

廣相七日中見《一切經》凡書籍皆橫見事

又云：「廣相獻策之時，七日之中見《一切經》，凡書籍皆橫見之。雖如此拔萃之性，尚有備忘卻之事。故何者？」「先年見唐年號寄韻之書，是廣相之所抄也云云。件書注付年號難等，所謂大象者，涉大人象之義；隆紀者，似死之體。或人問云：『大象者，後周年號。隆紀者，北齊年號。件年號，北齊被滅周歟？』又魏時有正始年號。或人云，正字者，一止也，詳不覺所出書。又唐高宗時有乾道年號，反音不吉也，仍改之，此事見《唐書》。」

廣相任左衛門尉是善卿不被許事

又云：廣相任左衛門尉，是善卿不被許此事云云。菅家獻策之時來省門，彼時強不籠小屋，只徘徊省門。廣相著毛沓到此處，微事之，處處相共被堪之。有一事不通，廣相策馬到嵯峨之隱君子之許，問之云云。

隱君子事

問云：「隱君子名如何？」被答云：「淳歟？嵯峨源氏之類歟？策科判問諸儒論，尤可見物也，是善與音人相論事尤有興云云。」亦云：「良香者文章之道可謂受之天。□可尋謂學之。

又慈父宜傳受子，此句尤珍重也云云。」

匡衡獻策之時一日告題事

又帥殿被命云：匡衡獻策之時，文時前一日被告題。匡衡參文時亭，期日今明也。題如何ト問之處，文時：「足下爲被好婚姻，自所好壽考也云云。」即歸了。當日早旦，被告微事云：「太公望之逢周文，渭濱之波疊面。」菅三品見之云：「『面疊渭濱之波，眉低商山之月』ト可作ト被直云云。」此事又叶區區短慮，有興有興。

源英明作，文時卿難事

又被命云：源英明「池冷水無三伏夏」之句，文時聞云：「『水冷池無三伏夏，風高松又一聲秋』ト可作云云。」

源爲憲作，文時卿難事

又源爲憲「鶴閑翅刷」之句，文時卿難云：「『翅閑鶴刷千年雪，眉老僧垂八字霜』ト可作云云。」

以言難齊名詩事

又被命云：齋名作「行色花飛岐路月」之句，語以言云：「月夜見花哉如何？」

左府與土御門右府詩事

問：「左府與土御門右府詩如何？」帥被答云：「源右府勝歟。」予云：「於才學者然也，非同年之論。詩者，左府御作者有古人之流，頗非凡流。」問：「源右府秀句何句哉？」帥殿被答云：「『樓臺美麗』并『奩匣鏡明』之句也。」予云：「左府者，『曲水霞落』句非凡流，『人間此會應希有，花前主客備三台』云云，頗被服膺之氣也。」

源中將師時亭文會篤昌事

被命云：「文場何等事侍哉？」答云：「指事不候。一日コソ源中將師時亭文會候シカ。」被答云：「昨日進士篤昌所來談也，人人詩大略聞之，貴下詩，篤昌頗不受歟。」答云：「尤理也。又篤昌詩，希有也。坐人人被申候，如何？」被命云：「然也。不足言者歟。事外ニ英雄之詞ヲコソ稱シ侍シカ。文場氣色如何？」答云：「傍若無人也。奇怪第一事不可過之。奴袴事，可有制止事也。」被命云：「立英雄，尤理也。賓志野馬臺讖『天命在三公。百王流畢竭，猿犬稱英雄』ト見タリ。王法衰微，憲章不被行之徵也。」予答云：「件讖何事起乎？」被命云：「未被知歟。如何？」答云：「不知候。」被命云：「件讖者是我朝衰相ヲ寄テ候也，依之將來號讖書也，仍爲之日本國云野馬臺也。又渡本朝有由緒事也。」

秀才國成來談敦信亭事

敦信爲山城前司之時，秀才國成時來彼亭談文事。國成皈之後，敦信常言云：「秀才ハ與幾者加奈。耆藥加加加良麻志加波砥云。」稱耆藥，明衡是也。

都督自讚事

被命云：「倩案情，云官爵，云福禄，皆以文道之德所經也，何况才藝名譽殆過於中古之人所思給也。雖似自讚，又非無謂。於壽命者及七十事，近代之難有之事也。非短壽之難，顔回至德僅三十歟。仍世間事全無所思，只所遺恨ハ不歷藏人頭ト。子孫カ和呂クテヤミヌルトナリ。足下ナトノ樣ナル子孫アテマシカハ。何事テカ思侍ラマシ。家之文書，道之秘事，皆以欲湮滅也。就中史書全經秘説，徒ニラ欲滅也。無委授之人，貴下ニ少少欲語申如何？」答云：「生中之慶何以如之乎？」被答云：「《史記》爛脱ハ只三卷也本紀第一、第四、第五傳也，《後漢書》ニハ廿八將論也，共有注，有別紙。」被談云：「菅三品所被作，老閑行能被心得，如何？」答云：「未得心，但粗依先父之談説：『纔置文字之様所承知也。自晝夜各一字，可至數十廿之字歟云云。』」被談云：「然也。譬如扇本末也。件行ハ文時乃三ケ年之間，時而不懈所案作也。草之後先令見順許之處，順見之一夜中令和答，送文時許云云。文時大令歡樂給，不覺人之由，時人又以嘆之傾之。其故ハ不體凡只無念也。又無其憚，一一遺恨也。」其又被談云：「文時モ頗順ヲハ不受ケル歟。但賦體ニハアラス，自中間之奥ハ已非賦之文章。ナニワサシタルソト被云テル。サテ此賦都我見トナ順ニナ不令聞トソ被云ケル。」

都督自讚事

都督又云：「取身自讚有十餘，其中四歲讀書，八歲通《史記》，十六歲作《秋日閑居賦》，其一云『李廣漢室之飛將也，卜宅於隴山；范蠡越國之賢相也，避禄於湖水云云』，明衡朝臣深以感之。又《落葉埋泉石》詩『羊子碑文嵐裏隱，淮南葉色浪中深云云』，安樂寺御廟院序一句曰『堯女廟荒，春竹染一掬之淚；徐君墓古，秋松懸三尺之霜。雖垂易代之名，皆非同日之論云云』。」又云：「《自高麗中醫師返牒》云『雙魚難達鳳池之月，扁鵲何入鷄林之雲』，是則承曆四年事也。其後赴鎮西之日，宋朝賈人云『宋天子有鍾愛賞翫之句，以百金換一篇』之句也。」

江談抄第六

長句事

曉入梁王之苑，雪滿群山；夜登庾公之樓，月明千里。白賦　買嵩

撿《秋賦》「登」字作「歸」字，「雪滿群山」是《文選》文也。

樵蘇往反，杖穿朱買臣之衣；隱逸優遊，履踏葛稚川之藥。長和寺落葉山中路序。高相如

以紅葉爲藥例。紅，宮。「履」字或作「屐」，《文選》之意也。

新豐酒色，清冷於鸚鵡盃之中；長樂歌聲，幽咽於鳳凰管之裏。送友人歸大梁

非送友人歸大梁，其意見於賦中。

菓則上林苑之所，獻含自消；酒是下若村之所，傳傾甚美。情添草樹色

含消梨，是梨名也。

泰山不讓土壤，故能成其高；河海不厭細流，故能成其深。漢書

《文選》「高」作「大」，「厭」作「擇」，下「成」字闕文。

佳人盡餝於晨妝，魏宮鐘動；遊子猶行於殘月，函谷鷄鳴。

以言朝臣稱云：「函谷鷄鳴」四字可謂絶妙。

春過夏闌，袁司徒之家雪應路達；旦南暮北，鄭大尉之溪風被人知。右大臣一條殿新任職第三表。

菅三品

時人稱云：「恨不奉見於先朝。」申天曆

隴山雲暗，李將軍之在家；潁水浪閑，祭征虜之未仕〔一〕。清慎公辭大將狀。文時

或人夢，行役神依此句，不弘於文時家云云。

王子晉之昇仙，後人立祠於緱嶺之月〔二〕；羊大傅之早世，行客墜淚於峴山之雲〔三〕。相規

件句後人於安樂寺月夜竊見之，有直衣人被詠云云。若天神令感給歟云云。

昇殿者是象外之選也，俗骨不可以踏蓬萊之雲；尚書者亦天下之望也，庸才不可以攀臺閣之月。

〔一〕祭：底本訛作「蔡」，據《後漢書》卷五十《祭遵傳》改。

〔二〕緱：底本訛作「維」，據《太平寰宇記》卷五引《列仙傳》改。

〔三〕峴：底本訛作「現」，據《晉書》卷三十四《羊祜傳》改。

直幹請任民部少輔申文。件申文，天曆帝令置御書机給云云。

前途程遠，馳思於雁山之暮雲；後會期遥，霑纓於鴻臚之曉淚。於鴻臚館餞北客詩序。後江相公

此句渤海之人流淚叩胸。後經數年，問此朝人曰：「江朝綱至三公位乎？」答云：「未也。」渤海人云：「知日本國非用賢才之國云云。」

楊岐路滑，我之送人多年；李門波高，人之送我何日。別路花飛色詩序

前中書王見此句，被稱云：「以言平同也云云。」自此才名初聽。

谷水洗花汲下流，而得上壽者三十餘家；地血和味餐日精，而駐年規者五百箇歲。群臣賜菊花序。紀納言

高五常序有似此序之作。古人傳云：「五常作後，以言被稱『自餘頗催此序，可到佳境』，以仍此序云云。」

瑩日瑩風，高低千顆萬顆之玉；染枝染根，表裏一入再入之紅。花光浮水上詩序。三品

此序冷泉院花宴也。序遲無極，主上欲還御，而依聞序首留給。萬葉仙宮、百花一洞也云云。

昔忉利天之安居九十日，刻赤栴檀而摸尊容；今跋提河之滅度二千年，瑩紫磨金而禮兩足。匡衡

此句仁康上人入唐之時，爲母於六波羅密寺供養佛經之願文也。講筵參會，貴賤濟濟焉。講

畢，集會人皆悉令散之間，保胤入道猶留到俗客座，叩匡衡背云：「弼殿筆リケリ云云。」于時，匡衡彈正弼也，在此講席之故也。又入道陳云：「依如是不出文場也。見此句作『骨心有攀緣，且爲菩提之妨』云云。」

願迴翔於蓬嶋，霞袂未遇矣；思控御於茅山，霜毛徒老焉。藤雅才

依此句俄補藏人云云。

聚丹螢而積功，雖仰堯日之南明；問青鳥而記事，恨暗漢雲之子細。

依此句擬補藏人。雖然，入道殿，并殿上人不承引之，故不補。

虛弓難避，未抛疑於上弦之月懸；奔箭易迷，猶成誤於下流之水急。

「懸」「急」字不可有由。文時心中思之，卅年後案得可有由，稱云：「我滅於朝綱卅年云云。」

漢皓避秦之朝，望礙孤峰之月；陶朱辭越之暮，眼混五湖之煙。視雲知隱賦。以言

後中書王稱云：件賦，以言爲物上手，以《望夫化爲石賦》爲規摸所作歟。至于體者，不知云云。

蕭會稽之過古廟，託締異代之交；張僕射之重新才，推爲忘年之友。香亂難識詩序。後江相公

蕭允過吴札廟，張纘結江揔交〔一〕。竝見《陳書》。

漢高三尺之劍，居制諸侯；張良一卷之書，立登師傅。

件句雅材册文也。「調和歌舞」非《後漢書》句。

仁流秋津洲之外，惠茂筑波山之陰。古今序。淑望

日本國體如『秋津蟲臀呫』也云云。

梁元昔遊，春王之月漸落；周穆新會，西母之雲欲歸。鳥聲韻管絃序。文時作

後中書王被難云：「既而下無小句，有此句，文時之怱忙也。」又故源右府命云：「梁元者雖不吉之帝，作之取一端也。春王，臺也，梁元所作也。」

花明上苑，輕軒馳九陌之塵；猿叫空山，斜月瑩千巖之路。閑賦。張贊

「輕軒馳」與「閑」義異，可深案云云。或人云：有閑人聞奔車也云云。

榮路遥兮頭已斑，生涯暮兮跡將隱。侍大王萬歲之風月，向後未必可知。橘正通。梅近夜香多

此句七條宮宴序，自慊句也。滿座人無不拭淚。其後長去不知所之。或人云，復高麗國得仙

〔一〕纘：底本訛作「鑽」，據《陳書》卷二十七《江總傳》改。

云云。

晝夜八十之火，假唱於鶴林之煙；東方五百之塵，長懸於鷲峰之月。以言

「此句月ニ懸リト可讀歟，月ヲ懸リト可讀歟。」答：「詳不被示。此句非優美，惟恐人也。」

漢四皓雖出，應曜獨留於淮陽之雲；堯三徵不來，許由長棲於潁水之月。後入道殿御表。匡衡

應曜栖淮陽之句，齊名疑之。此事見唐呴注，不出三史、十三經云云。

秦皇泰山之風雨，消黃雀之跡；周穆長阪之雲汗，收赤騮之溝。松聲當夏寒

以言作也。

唐人感《兔裘賦》事

一物集ハ渡唐書也。唐人見《兔裘賦》云：「此賦ハ此國ニモ往代人ノ作タリセハ，《文選》ニハ入ナマシト云云。」尤神妙事歟。

順序王朗八葉之孫句事

問云：「順序『王朗八葉之孫』，誰事？」「不詳覺云云。」次談話及古事。

菅家御序秀勝事

帥於序者，每讀無不斷腸。「構柏梁兮擬蘭亭〔一〕，同華林兮種拱木」之句，并《秋水何處見序》「風月同天，閑忙異他」之句，并《花時天似醉序》「思魏文而翫風流」之句，《催妝序》「内則綺羅脂粉」又「風月學花」之句等，染心肝者也。又被談云：「菅家御作見『自餘時輩事鴻儒』之句天，善相公ハ清行候モノヲ，伊加仁加久波被仰仁加砥天卜云云。」僕又云：「『宮人□夜殿上舉燈者例也』之句，神也，又妙歟。」

在昌萬八千年之聲塵事

「在昌《序》云『萬八千年之聲塵』，其心如何？」答云：「分明不覺。」「下句『七十二代之軌躅』者，封泰山之者，七十二君歟。」其次云：「在昌《坤元録屏風詩》，愁難之間，既以病惱死去云云。」

菅三品《尚齒會序》事

又云，菅三品《尚齒會序》「猶已衰齡」之句，無力而有餘情，如美女之病也。

〔一〕構：底本訛作「稱」，據《菅家文草》卷第六改。

匡衡《菊花映宫殿序》事

瑶池賦詩，遥往來於春霄之月；汾水奏樂，漫遊吟於秋風之波。

「匡衡《序》云『瑶池賦詩，往來於春霄之月』，『春霄』事有所見哉？」被答云：「可見《穆天子傳》，件書六卷書也。立四時，然則『春』字有所據歟云云。」

齊名序事

又被示云：齊名「僕夫待巷，鷄籠之山欲曉」之句，「僕夫」是《前書·儒林傳》文云云。

以言序破題無秀句事

又被命云：「匡衡常談云『以言序破題句無秀句云云』，此事誠以然焉？」「匡衡《序》者，破題多秀句。『少班婕妤團雪之扇，代岸風長忘』之句，并『醉鄉氏之國〔一〕，四時獨誇温和之天』之句等也。」

〔一〕鄉：底本訛作「卿」，據《江吏部集》卷中改。

齊名《勸學會序》事

齊名《勸學會序》「非獨東山勸學會，終爲記風煙泉石之地」之句，爲憲云「不可有此句云云」，然者此序彌以優美歟云云。

齊名《攝念山林序》秀逸事

齊名《攝念山林序》，秀逸者也。保胤聚沙爲佛塔，不可敵之。以言數度《勸學會序》，又以不敵。

以言《古廟春方暮序》事

以言《古廟春方暮序》終句「一生只樂道腴〔一〕，萬事皆任廟意」之句，爲憲云：「不可有此句。」又云：「以言《古廟序》『廟』字甚多之由，時人難之。」件序有「廟」字七八ケ所云云。

〔一〕腴：底本訛作「瞍」，據《本朝麗藻》卷下改。

高積善於式部卿宫作序自謙事

又云，高積善於式部卿宫敦慶作序，自謙句云「海西自弟之秋，猶爲非家風夜之遺老」，時人嘲弄其爲外戚云云。

江都督安樂寺序間事

又問云：「江都督於西府安樂寺令作《内宴序》之時，御殿户鳴之由風聞。件事實否未决，如何？」被答云：「件事都督被談云：『内宴作序之時，御邊如有人詠，其中句府官等所見聞也。』然而件夜依屬，終有事疑。」「后日曲水宴序披講之時，御殿户有聲，滿座府官僚下不遺一人，皆以聞之，僕又聞之，件聲何許哉？」被答云：「如雷無事疑。」「又書件序之時，夢中有人告云『此序中有失誤可直』。夜夢忽驚，反覆見件序，有『柳中之景已暮，花前之飲欲止』之句。柳，中秋事也，非春時，則覺悟直云云。」

都督表事

又都督被命云：「表今兩三度欲作，作草猶多，而年已老矣，病焉，露命欲消云云。」問云：「所作儲句何等句哉？」被答云：「『在朝又在野，霖雨入殷丁之夢；釣人不釣魚，七十遇文王之畋。』此句未出，遺恨云云。」

匡衡天台返牒事

臨白首而始知，恨陽面於鼇波萬里之外；仰玄蹤而遥契，願促膝於龍華三會之朝。天台座主覺慶遣唐返牒

匡衡《天台返牒》終句「願促膝於龍華三會之曉」句，爲憲云「不可有此句」者。以言謂之：「爲憲，能知文章者歟。但空也，聖人甚見苦物也，非誅是之傳也。口遊亦有二失，一者以朔望弦晦爲廿四氣，一者晋朝七賢加山簡是也。」

聖廟西府祭文上天事

聖廟昔於西府造無罪之祭文，於山山名可尋訴，祭文漸漸飛上天云云。

《田村麻吕卿傳》事

又云，《田村麻吕卿傳》者，弘仁御製也。其一句云「張將軍之武略，當案轡前驅；蕭相國之奇謀，宜執鞭後乘云云」，神之神妙也。

左府《和歌序》事

「左府竹《題和哥序》可謂優美，但改黄帝、帝堯爲炎帝、帝魁者，跡善歟？」「是《文選》成文也。」予云：「黄帝、帝堯者，少許和哥序ト覺候歟？」帥被命云：「尚下句ニ赤人人丸ト我始テ作ラム日ハ尚片方ハ健可作也。」

匡衡願文中秀句事

又被命云：以言問匡衡云「尊下願文中秀句何句哉」，匡衡則詠「古劍在窗，撫秋水而拭淚」之句。以言再三以詠，不陳感否云云。

仁和寺五大堂願文事

又被命云：「院仁和寺五大堂之御願文，是則老耄之身所思得之句，須臾忘却，仍思得之時，且以所進覽也云云。其願文云『自伏羲四十萬年，訪之漢朝未有；自神武七十二代，問之我朝未聞』，是則奉譽後三條院之句也云云。『伏羲四十萬年』，《莊子》文也云云。」次及近代願文事，江都督曰：「故中宮御願文云『惠質秋馨，笑瓊芝於西晋之風』，此句尤爲珍。」「『瓊芝』者，楊皇后字歟？」答云：「然，楊駿之女。」又問云：「同願文云『闇野之石，斜谷之鈴』，此義如何？」答云：「『闇野之石』者，漢帝戀李夫人，刻闇野之石，彼形石答云『我有毒，不可令近』云云。『斜谷之鈴』者，玄宗幸蜀之時聽斜谷鈴聲，思貴妃，夜雨聽猿腸斷聲，猿字可改鈴字，件事昔所披見也云云。」僕問：「然者文集僻事歟？ 又傳寫之誤歟？」「詳不答。所見書可尋記，忘却畢。」又問云：「《昭陽殿翫花》之序，『芳塵凝兮不拂』，此句所銘肝葉也？」被答云：「實以神妙之句也，況吟有自不堪之氣。」又被命云：「故女御殿願文云『昭陽殿美人就香煙兮，再見去都館之疲馬』，其意如何？」被答云：「有仙人呈詩於件館云云。件詩中有『山下鬼』『瘦馬羅中玉』等之義，詩不覺，可尋記。『山下鬼』者，嵬字，是嵬也。『羅中』者，貴妃以羅巾自縊。花『玉』者，環，是貴妃少名也。所見書忘却，可尋云云。」是江都督所被談也。

寬平法皇受《周易》於愛成事

被命云：「《周易》被見哉？ 如何？」答云：「少少所一見也。《周易》，上古人以誰説被用哉？」被命云：「善淵愛成能讀之云云，永貞弟也。寬平法皇者受《周易》於愛成給云云，竟宴之日叙位云云。」

《周易》讀樣事

又云：「《周易》云『參天雨地，一陰一陽，履捉足滅趾』，此讀秘事也云云。料[illegible][illegible]神又云『筆執論有百廿樣云云』。

（缺文）

《抱朴子》文云：「文章與榮耀，如十尺與一丈事云云。」又云：「學積成聖，水積及淵云云。」又云：「王昭君有子，號知才師，匈奴子也云云。」又云：「雖云書籍盈腹之士，難追文章從手之生。」

《三史》《文選》師説漸絶事

「《三史》《文選》師説漸絶，詞華翰藻人以不重」之句，菅宣義見之云：「文道宗匠，足下一人歟？宣義力無ラム之時，可被書之句也ト云。」匡衡答云：「足下達令坐レ八巨曾〔一〕，漸ト八書ト云云。」

《文選・三都賦》事

又問云：「《文選・三都賦序》云『揚雄賦《甘泉》，陳玉樹青葱云云』，則所無實也；而《坤元録》云『甘泉宮有玉樹』，揚雄所賦是也，其義如何？」被答云：「此書籍相違事耳。但『玉樹』者，何乎？」僕答云：「不知。」被命云：「玉樹者，槐也。江家私記也。」

〔一〕坐：底本訛作「生」，據《校本江談抄とその研究・中》改。

《文選》所言「麝食柏而馨」，李善爲難義事

「《文選》所言『麝食柏而馨』，李善以爲難義，而件書引《集注・本草》文，明件事。以之謂之，兩家博覽殆勝李善歟？而件書中有號『太傅越』之處，雖區區末學，明所見得也。」被答云：「應聲對之，是東海王越歟？」僕答云：「然也。」倩案此事可謂神速之至。其次被命云：「善家有被不審事，《春秋後語》文，予見得此事云云。」

高祖母劉媪「媪」字事

都督被命云：《史記》并《漢書》，高祖母劉媪，「媪」非「媪」字，是「温」字也。其事有證驗。昔有王生者讀《前書》，難高祖云「起自布衣，提三尺劍取天下。雖其賢，不改其母名『温』字，可謂愚」，是則「温」字訓與「媪」通之故也。其後夢中見高祖，高祖忽率數人責王生云「汝不見泗水亭碑哉？『温』字是僻事也。『温』字也，汝讀僻字書，猥誹謗先王，其罪甚多」，則命從者縛王生父，太公贖之。既頃之，夢覺，汗浹背。

和帝、景帝、元武紀等有讀消處事

《後漢書・和帝紀》讀消處有一行，《史記・景帝紀》「太上皇后崩」五字讀消，又《後漢書・光

武紀》「代祖光武皇帝」「代」字可讀世音之云云。予案之尤有理，而俗人無讀此音之者。雖普通事，不知之歟？

張車子富可見《文選・思玄賦》事

予問，云：丹波殿御作詩中「司馬遷才雖漸長，張車子富未平均」，「張車子」事見集注《文選・思玄賦》之中，第一有興事也。漢土有無術貧人不注其名歟，清貧之中無比之者也。司命司祿之神見之成憐之樣：「此人之貧，前生之果報也。雖欲與，無其種子。然者只車子卜云人ハ未生者也，其福巨多也，先以件車子福暫借卜云テ。」司命、司祿以夢想令告天云：「汝無福種子，仍以未生車子卜云人福暫令借與也。過今何年車子可生，其時必可返與福也卜云テ。」令與之間，俄不慮之外，一天之人令與財物，已成富人。過件年限之間，此カ思樣：「此福主可生之年，今年也，取モソ被返ルトテ。」運財物偷去其土，移異國，恐思之間，常只恐爾。從者之中一人姙者アリテ，於旅行之共生產。此者如此之物中ニヤ生タルトテ，件從者等之中，子產者ヤアルト問ニ。候卜云問云：「名何名ソト問ニ，昨日產テ候ヘハ，幾程ニ可名乎卜云，サテモイカテ名ハナカルヘキソト云ニ。」母云：「如此令旅立，然者無宅テ，令積財物給車ノ轅ノ中ニテ生也，仍欲名『車子』也卜云ニ。」財主出來卜云，俄逃去畢云云。

（缺文）

《類聚・國史》五十四：安康天皇三年，爲眉輪王殺。大泊瀨天皇，坂合黑彦皇子深恐所疑，竊語眉輪王。遂共得間，出逃入圓大臣宅。天皇使使乞之，大臣以使報曰：「蓋聞人臣有事逃入王室，未見君王隱匿臣舍。方今坂合黑彦皇子與眉輪王深恃臣心，來臣之舍，誰忍送歟？」由是天皇復益興兵，圍大臣宅。大臣出，立於庭，索腳帶，大臣妻持來腳帶，愴矣傷懷而歌曰：「オミノコハタヘノハカマヲナ、ヘヲシニハニタタシテアユ比ナタスモ。」大臣裝束已畢，進軍門，跪拜曰：「臣雖被戮，莫敢聽命。古人有云『匹夫之志難可奪』，方屬乎臣？伏願大王奉獻臣女韓媛與葛城宅七區，請以贖罪。」天皇不許，縱火燔宅，於是大臣與黑彦皇子、眉輪王俱被燔死。推古天皇卅四年夏五月戊子朔，大臣薨，仍葬于桃原墓。大臣則稻目宿禰之子也，性有武略，亦有弁才，以恭敬三寶，家於飛鳥川之傍，乃庭中開小池，仍興小島於池中，故時人曰「島大臣」。

師平燒新國史事

新國史失事闕文。

遊子爲黄帝子事

遊子有二説，一者，黄帝子也。黄帝子有四十人，其最末子好旅行之遊，敢以不留宮中，於旅遊之路死去云云。其欲死之時誓云：「我常好旅行之遊，若如我有好旅行之者，必成守護神，擁護

其身ト誓。」成道祖神令護旅行之人，此事見集注《文選》祖席之所也。餞送之起，此之緣也。予又問云：「此事尤有興。『祖餞』兩字訓讀如何？」被命云：「兩字共ムク也。旅行之人爾令酌酒テ令饗爾。以其上分道祖神爾ムケラ令祈付旅行也。仍號祖席云云。」予又問云：「其今一説如何？」被命云：「件一人遊子ハ只遊子トラサルモノアル歟。ソレモ見事侍也。不詳。」

首陽二子事

先年木工助敦隆カ來タリシニ，言談之次，首陽ノ二子何カ廉ナル事勝タルト問シニ。答フル様：「伯夷、叔齊ハ孤竹ノ二子也トソ知テ候。其廉勝劣不知云云。未見其廉歟如何，伯夷勝歟？天爲試其廉，白鹿ニ令與之。叔齊不堪飢，心中欲食此鹿之處，鹿知其心，俄去了也云云。」

稱雲直又夢澤號楚雲事

又云，雲夢者，稱雲直或夢澤，號楚雲云云。瑶池在周，故爲周瑶。柏梁在漢，故呼漢柏。松江在吴，故稱吴松。雲夢在楚，故作楚雲也。

華騮者爲赤馬事

故土御門右府御亭作文，紅葉詩席作云「嵐似華騮周坂曉」。注：「書云，騂騮者，赤馬也，見

《穆天子傳》云云。」右府御覽其注，被借召件書云云。

駱賓王事

又云，駱賓王爲徐敬業作檄云「一抔之上未乾，六尺之孤何在」，則天皇后云：「不舉如此人，宰相之誤也。」又被命云：「駱賓王以《帝宮篇》爲第一秀句，其句云，不覺。」

豐山鐘事

予問云：「『風聞達及霜鐘動』，其意如何？」被答云：「霜鐘者，豐鐘也，焉山相聞也。」

三遲因緣事

三遲酒式云：「一遲不得通，二遲須間架均，三遲不得悠悠，犯者罰一盃云云。」

又打酒格歸田抄事

鼠尾其——酒盡故成鼠尾事。

連珠・・—・—・シ其酒差多故連珠。注也。

瀝滴・・・・○ラ餘澤未斷，故命瀝滴。注也。

又云，平索者清云云。假令應滴顧唱曰平聲，把盞曰「索」。後待順手之，和右手把盞者，即左傍人宜曰「著」。飲畢無酒，亦曰「清」云云。

波母山事

又：「都督於西府所作詩序，『波母之山』，其義如何？事雖側見，慥不覺云云。」被答云：「波母山，謂日出國也トソ。都督ハ被談レシト被答，見《淮南子》云云。件書常所披露，卷無之。」

護塔鳥事

僕又問云：「護塔鳥如何？」被答云：「見《內傳》，要具不記。」

擬作起事

又被談云，擬作之起，天神始被作儲，可有之由也。

連句七言

尾拂樹間黃牛背，手打門前白雁聲。

五言

二藍經一夏菅，朽葉幾迴秋紀。

泡垂觀藥口泰能，貧負泰能肩齊名。

芸閣二貞序公任卿，蘭臺八座賢惟貞。

何能才子何人齊信卿，明法生爲親稱何能也。

朝器非朝器秀才，茂才是茂才。

深草人爲器匡衡，小松僧沸湯。

負牛一屋具，乘馬二分人。

千六百年鶴時棟，二三兩月鶯明衡。

□，扇亦貢士腰。

人曰山城介孝言，世稱水驛官佐國。

家家懸孔子，處處呼彭侯。

文武兩家姓隆兼，江平一士名。

貫月查浮海時棟，宣風坊在京明衡。

［以慶長本（校語注イ）大槻氏藏本（校語注オ）加一校了］

作文大體

藤原宗忠

《作文大體》一卷，藤原宗忠（一〇六二—一一四一）撰。據《群書類從》本校。

按：藤原宗忠（ふじわら の むねただ FUJIWARA NO MUNETADA），平安時代後期公卿。藤原北家中御門流權大納言藤原宗俊之長男。歷任辨官，於康和元年（一〇九九）任參議。保延二年，右大臣。保延四年，從一品，被稱爲「中御門右大臣」。别名中御門宗忠。以其攝關家藤原忠實之近侍。經歷後三條天皇、白河天皇、堀河天皇、鳥羽天皇、崇德天皇。以及自「攝關政治」向「院政」過渡期之公卿身份，書寫日記以録當時之時代動向與身邊之事，以及同重要人物之接觸，自身之意見與評價等，特别是其對於攝關家之内紛及院政（注：太上皇主政，垂簾聽政）之批判與批評，爲後世留有其所在時代源氏之内紛、平家之抬頭等貴重史料。康平五年生，永治元年四月二十日殁，享年八十歲。

其著作有：世存《中右記》（日記），名稱來自「中御門右大臣日記」。具音樂之才，善管絃與笙。另長於催馬樂。傳其有音律之著書《韻花集》《白律韻》，然已不存。和歌入於《續古今和歌集》《玉葉和歌集》。

序

夫學問之道，作文爲先。若只誦經書，不習詩賦，則所謂「書厨子」，而如無益矣。辨四聲，詳其義，嘲風月，味其理，莫不起自此焉。備絶句，聯平聲，總廿八韻，號曰《倭注切韻》。

于時天慶二年仲春五日也。

第一、按題

凡作詩之道，先安題目，然後染翰焉。詩有長短，題有虚實。出於經籍奥理者，謂之實題。懸於風月浮花者，謂之虚題。或有雙關之題，一題之中，二物相雙也，上下分作，謂之雙關也。

第二、五言詩

凡五言詩者，上句五字，下句五字，合十字成一章之名也。《天寶集》曰「二四不同，二九對避之，又避下三連病」云云。

萬里人南去，三春雁北飛。不知何歲月，得與汝同歸。

第三、七言詩

凡七言詩者，上句七字，下句七字，合十四字成一篇之名。《白氏文集》云「二四不同，二六對避之，又是避下三連病」云云。

柳無氣力條先動，池有波紋冰盡開。今日不知誰計會，春風春水一時來。

第四、句名

凡句者不論五言七言。其首一韻謂之發句，其次一韻謂之胸句，其次一韻謂之腰句，其尾一韻謂之落句。首尾胸腰謂之四韻，或謂之長句。若只有首尾二韻，謂之一絶，或謂之絶句矣。然今暫舉五言七言之絶句，顯四韻長韻之心耳。

第五、詩病

凡詩有八病，其尤可避者，平頭、上尾、蜂腰、鶴膝此四病也。平頭病者近來不去之，上句第一二字與下句第一二字，同平上去入是也，但第一字同平聲不爲病也。上尾病者近來尤避之，五言詩第五字與第十字，又七言詩第七字與第十四字，同平上去入是也。隨四聲詩分别之，但發句連韻不爲病矣。蜂腰病者近來尤避之，五言七言共每句第二字與第四字，同平上去入是也謂之「二四不同」矣。平聲不爲病，但上句云云。鶴膝病者，五言上句第二字與下句第九字，不同平上去入是也謂之「二九對」矣；七言上句之中第二字與第六字，不同平上去入是也謂之「二六對」矣。然則他聲詩用他聲之韻者可避平聲，如絶句詩四韻長韻，可准知之耳。下三連病者，五言七言共每句終三字連同聲是也。念二病者近來不去之，一首之中有同字同心是也。越韻病者是尤可去，謬用相似之韻也，所謂「清」韻用「青」字等也。越調病者可去之，文字之數或有餘句，或有不足之句也。

第六、字對

凡詩有八對，其中常可用者，色對、數對、聲對是也。色對者上句用「丹青」，下句用「黑白」之類等是也。數對者上句用「三千」，下句用「一萬」之類等是也。聲對者上句用「仙」字，下句用「萬」字之類等是也。夫「仙」字聲涉「千」，故與「萬」字爲對耳。其外風雲草木、魚蟲禽獸、年月日時、天地明暗、貴賤上下，以其名爲對者也。又色對之中，以「烏」代「黑」、以「雪」代「白」。數對之中以「雙」准「二」、以「孤」准「一」等類是也。發句、落句强不求對，啻可盡理，是絶句體也。四韻之胸句、腰句必可求對字，長韻可准知之。今按諸集絶句之中，或發句或落句有對字者，是邂逅也。

第七、調聲

凡調聲者，能調平他聲之義也。平聲之外，上、去、入總謂之他聲。隨四聲，詩避聲調韻，謂之調聲也，故《略頌》有之。

五言絶句

《略頌》曰：「發自他聲，平聲可准知之。」

他他平平他，平平他他平。已上發句韻。

平平平他他，他他他平平。已上落句韻。

五言絶句連韻

《略頌》云：「發自平聲，他聲可准知之。」

平平他他平連韻，平他他平平韻。已上發句。

平他平平他，他平他他平韻。已上落句。

七言絶句

《略頌》云：「起自平聲，他聲可准知之。」

平平他他平平他，他他平平他他平韻。已上發句。

他他平平平他他，平平他他他平平韻。已上落句。

七言絶句連韻

《略頌》曰：「起自平聲，他聲可准知之。」

平平他他他平平連韻，他他平平他他平韻。已上發句。

他他平平平他他，平平他他他平平韻。已上落句。

五言四韻

《略頌》曰：「起自平聲，他聲可准知之。」

題目：平平平他他，他他他平平韻。已上發句。

破題：他他平平他，平平他他平韻。已上胸句。

比興：平平平他他，他他他平平韻。已上腰句。

述懷：他他平平他，平平他他平韻。已上落句。

五言四韻連韻

《略頌》云：「發自他聲，平聲可准知之。」

他他他平平連韻，平平他他平韻。已上發句。

平平平他他，他他他平平韻。已上胸句。

他他平平他，平平他他平韻。已上腰句。

平平平他他，他他他平平韻。已上落句。

七言四韻

《略頌》云：「發自他聲，平聲可准知之。」

他他平平他他，平平他他他平平韻。已上發句。

平平他他平平他，他他平平他他平韻。已上胸句。

他他平平平他他，平平他他他平平韻。已上腰句。

平平他他平平他，他他平平他他平韻。已上落句。

七言四韻連韻

《略頌》曰：「起自平聲，他聲可准知之。」

平平他他平平連韻，他他平平他他平韻。已上發句。

平平他他平平他〔一〕，他平平他他平平韻。已上胸句。

平平他他平平他，他他平平他他平韻。已上腰句。

平他他平平他他，他平平他他平平韻。已上落句。

第八、翻音

凡文字必有反音，反音必有二字，故《略頌》云：「平上去入依下字，輕重清濁依上字。」所謂平聲之輕者，東也；重者，同也。入聲之輕者，德也；重者，得也。皆依翻音。上、去字得其輕重清濁之義也。爰只舉平入二聲者，上聲重者涉於去聲，去聲輕者涉於上聲，遞難分別之故也。亦有入聲被用平聲矣。

〔一〕失粘。當有訛字。

第九、用韻

凡詩之韻者多用平聲，不論五言七言。其下句之終必用同韻是也，故絶句詩二韻。一首詩四韻等也，多韻詩可准知之。若謬用其鄰次相似之韻，即云「越韻病」，俗以爲嘲。假令「清」韻之中用「青」字、「肴」韻用「豪」字是也。

第十、俗説

凡俗説者，世俗所傳之説也。其説云：「作詩之時，唯非按題避病，兼可勞其破文調聲云。」何者？則破文難讀，詞遭義疑。調聲不勞有妨詠吟，或執忌諱爲人所笑。「朱門赤烏發，枝柯感無端」之類是也。或人賦花之詩用「發枝柯」三字，至於同音朗詠，似驗僧之咒放。又或人賦花之詩用「感無端」三字，至於讀其破文，似貧家之稱無紙端。如此類，宜避俗忌也。

已上朝綱撰。曰後江相公也。

五言連韻

《略頌》曰：「發自平聲，二四不同，二九對，可避之。」

平平他他平連韻，他他他平平韻。發句。
他他平平他，平平他他平韻。胸句。
平平平他他，他他他平平韻。腰句。
他他平平他，平平他他平韻。落句。

七言連韻

《略頌》云：「發自平聲，二四不同，二六對，可避之。」
平平他他他平平連韻，他他平平他他平韻。發句。
他他平平平他他，平平他他他平平韻。胸句。
平平他他平平他，他他平平他他平韻。腰句。
他他平平平他他，平平他他他平平韻。落句。

五言詩

資父事君，真臻韻　　菅三品文時卿作
懷忠偏得仁，至孝自成人。題目
拔白何輕死，含丹在頭親。破題

王生猶有母，曾子豈非臣？　譬喻
若向公庭論，應知兩取身。　述懷

七言詩

草樹暗迎春　　紀納言長谷雄作
春生無跡漸從東，草甍相迎暗至中。　題目
向暖因緣唯媚景，尋陽媒介足柔風。　破題
庭增氣色晴沙緑，林變容輝宿雪紅。　譬喻
芳艷不知何處契，誰教計會一時通。　述懷

詩六義者，風、賦、比、興、雅、頌也。
一風者，鑽仰賢聖、詠述遺風是也。
二賦者，賦言鋪也，直鋪陳令之改善惡也。
三比者，不直言時政之失，取比類而言，或云比物也。

四興者，不直言時政之義〔一〕，取善喻之也。
五雅者，正也，言今之正道可爲後代之法也。
六頌者，誦也，令德改，美盛德之形容是也。

字對體每字有對

蒼鷹低望雉，白鷺下看魚。
旌懸白雲外，騎列紅塵中。
霜霑草頭白，風吹荷面黄。
雲埋九州地，山藏八極天。
似葉隨風落，如萍逐水流。
山遠疑無樹，河遥似不流。
巖花落雲上，洲鳥宿窗前。
南國美人至，西林槐莖來。
步兵南國詠，都尉北方歌。

〔一〕不：底本脱，據上文補。

隱士蒼山北，仙人碧海東。
拂草看離扇，開箱見別衣。
野外長風起，山邊短日趁。
月低疑扇落，日綴誤珠連〔一〕。
天無兩分日，春唯一種風。
傍路竹堪垂，樹蒼熊可居。
涸鱗常思水，飛鳥每羨林。
澗底參差樹，華間飄颻涔。
野外風蕭索，雲表月玲瓏。
紛紜葉下暗，颺颸青柯振。
野外蹉跎雁，嶺上嵯峨山。
山人恒放曠，隱士止逍遥。
泛泛花浮酒，飄飄風哢琴。
望帆帆去遠，聽鼓鼓聲懸。

〔一〕日：疑「星」之訛。

野風寒肅肅，枯葉亂紛紛。
溟濛塞雲起，蕭瑟野風寒。

秋雁數行書以「斜」爲韻

連韻詩曰：

秋雁隨陽來幾賒，數行書點暮天斜。
篇章不定迷言葉，批閲有疑拭眼花。
朝隱山雲緗帙卷，暮過林崔注文加。
老儒漸耄雖疲業，宿癖相侵望句遮。

文章有十二對詩賦雜筆等同用之

一色對，二物對，三同對，四異對，五數對，六叠對，七聯綿對，八正對，九音對，十傍對，十一義對，十二雙對。

第一、色對

青黄、赤白、雲煙、雨露、霞霧、冰雪、砂塵、長短、方圓、光景、明暗、高下、淺深、遠近等之類。

句云：「黄河波闊含風色，蒼嶺雲寒帶雨音。」

第二、物對

有情非情等也。

所謂「鷺魚浮水面，飛蝶上花心」。

句云：「亂華漸欲迷人眼，淺草纔能没馬蹄〔一〕。」

第三、同對

山岳、海潮、水流、巖峰、谷洞、林叢、瓦石、塔寺、佛經、内外、表裏等也。

所謂「朝見一時雲，夜成千里雨」。

句云：「山上采薇雲不厭，洞中栽樹鶴先知。」

第四、異對

水火、人物、春秋、夏冬、東西、南北、子午、卯酉、巽艮、乾坤、上下、天地、定散、大小、勝負、甲

〔一〕淺：底本訛作「殘」，據《白香山詩集》卷二十五改。能：底本訛作「態」，據改。没：底本訛作「認」，據改。

乙、遠近、開閉、閑鬧、河海、輕重、魚雁、砧杵、二更、風雨。

所謂「山色映芳水，鳥聲語麗人」。

句云：「嵩山表裏千里雪，洛水高低兩顆珠。」

「千峰鳥路含梅雨，五月蟬聲送麥秋。」

第五、數對

一二、萬億、雙兩、多群、衆洪、孤集。

所謂「百川水一片，五夜月千里」。

句云：「千峰石筆千株玉，萬樹松蘿萬朵銀。」

「孤檜學寒雨，雙桐鳴暮嵐。」

第六、疊對

悠悠、眇眇、迢迢、濟濟、斑斑、瑟瑟、纖纖、焰焰、皓皓、時時、尅尅、年年、歲歲、門門、家家、往往、行行、散散、段段、穆穆、楚楚、溶溶、湛湛、巍巍、蕩蕩、泛泛、沉沉、綿綿、連連、耿耿、明明、孫孫、岱岱、喧喧、杳杳。

所謂「泛泛花浮酒〔一〕，飄飄風哢琴」。

句云：「池色溶溶藍染水，花光焰焰火燒香。」

第七、聯綿對

一句之中有同字，上下不同，離讀之。

所謂「看山山遠眇眇，思水水深清清」等也。

句云：「雪深深谷愁旅疑，雲遠遠峰訪客稀。」

第八、正對

高低、去來、男女、一萬、山水、鳥螢、蒹葭、楊柳。

句云：「蒹葭水暗螢知夜，楊柳風高雁送秋。」

蒹與葭是句之中對也，楊與柳是句之中對也。

〔一〕浮：底本訛作「泛」，據上文「字體對」引同詩句改。

第九、音對

一二三對先專朽，謂「先」字「千」音也，「專」字又「千」音也，「朽」亦「九」聲也，故謂之。又「午」字「五」音也，「質」字「七」音等也。

句云：「二藍經幾夏，朽葉送殘秋。」

「九」與「朽」同音，故以「朽」對「二」也。

第十、傍對

春對西，春是東故。秋對東，秋是西故。金對冬，金是西故。木對西，木是東故。陰對南，陽對北。子對南，午對北。水對陽，陽是火故。火對陰，陰是水故也。

句云：「南陽日暖看寒菊，子夜霜深翫火爐。」

「子」，北也。「夜」，陰也。

「侏儒飽笑東方朔，薏苡纔憂馬伏波。」

「馬」，南，故對東。傍對之體可知而已。

第十一、義對

白對烏，雪對紅，明對黑，月對景等也。

所謂「林静藏烏，雲連渡嵐」，「烏」西「嵐」東故。

句云：「三千里裏頭梳雪，四五年前淚拭紅。」

第十二、雙對

隔衆字用同叠字是也。

句云：「花色遠依花色映，鳥音深和鳥音歌。」

賦　體

委橘在列記之，追可尋之。

謂賦者，雖云「古詩之流」，皆有雜律字調，文句有異讀。其文章感有殊態，動見賢愚。古調詩雖云用易，感見賢愚，已如奴僕；偏避瑕瑾，未識毀譽矣。

五言絶句詩

與兒孫詩，用「歌」韻自平聲起，付第二字平聲定之　紀納言長谷雄作六旬餘日少，三途苦時多。
不義非吾富，兒孫莫奈何。

秋夜待月詩，用「清」韻　菅三品文時

病容近秋思，愁人送夜情。
莫言偏待月，多是睡難成。

五言四韻詩

賦聚砂爲佛塔，用「東」韻　慶保胤

題目：聚砂爲佛塔，此事出兒童。
破題：應失秋霜底，欲傾夜雨中。
譬喻：人唯看作戲，佛不舍其功。
述懷：彼已得成道，菩提遂不空。

賦月詩，用「歌」韻自他聲起　紀納言

皎皎孤懸月，清光萬里過。
映軒添粉壁，臨水起金波。
魏鵲飛無止，吴牛喘幾多。

落耀留不得，惆悵仰纖河。

五言詩、絶句詩、律詩，同去聲對字可對，一四不同，二九對。

七言絶句詩

第一第三字，不去聲付初句，第二字平他聲起事，可知之。

遊浄土寺詩，用「侵」韻　　慶保胤

一來浄界脱塵衾連韻，華影水文淺亦深。
非水非花非筆硯，爲思極樂苦相尋。

賦法華序品詩，用「支」韻　　後中書王

四十餘年深秘法，時來欲使衆生知。
先呈六瑞無人覺，唯有文殊説舊儀。

餞奝然上人赴唐詩，用「庚、耕、清」韻　　慶保胤

遥尋異域出皇城，相贈有言莫自輕。
撫我半頭秋雪冷，思君萬里暮雲行。
難期此土重相見，已契西方共往生。
久在後生非勢利，菩提應赴舊交情。

五言詩、七言詩同有發句、落句二韻，云絶句也。有發句、胸句、腰句、落句四韻，云律詩也。雜體詩、回文詩、絶句詩、律詩，可作也。

假令：「春風是解凍，夜月只敷霜。」「陽、唐」韻

居員如例詩，但倒讀，其詞相合也。所謂「霜敷只月夜，凍解是風春」，是逆讀之。觀夫初句之始字居「真、臻」韻字，以知第三等第五等句始字，可居同韻字。第二句終字居「陽、唐」韻字，以知第四第六等句終字，可居同韻字。既始字終字共用平聲韻，若調他聲之時，以之可准知也。

字訓詩

「里魚穿浪鯉，江鳥送秋鴻。」上「里魚」者「鯉」也，下「江鳥」者「鴻」也。每句如此，可准知也。

越調詩八病之隨一也

「庚、耕、清」韻，假令：「燈前談話吟詠幾，與我染毫欲曉更。花錦縟柳絲經□，翫來終夜動心情。」越調詩者，至第三句具無七字，但上三字下三字相對也，是句中對云也。

離合詩

「侵」韻，假令：「烟霞望曉好，因我忽光臨。磴際青苔滿，石危自動心。」下句「因」字，上句「烟」

字，片作奪。下句「石」字，上句「磴」字，片作奪。四韻尚可准知也。

出題事

唐家詩隨物言志，曾無句題。我朝又貞觀以往多以如此，而中古以來好句題。句題者，五言七言詩中取叶時宜句，又出新題也。或取二十句十韻，重句爲一首。或撰八句四韻，名律詩。或定四句二韻，號絶句詩也。

付韻事

以題外字付韻也，或題中字以有付韻之例。所謂「魚上冰」云題，以「魚」爲韻字等也。又云「曉鶯鳴宮樹」云題，以「宮」字爲韻字等也。

題中取韻事

題字中有韻聲，取一字爲韻。或説，平聲字有三字時，取題之一字爲韻，又有二字時准之簡取之也。題目句用韻字，破題句用題字，共以有例事也。暫結句置題字之例在之。《花有淺深》題，菅家御作「蘭爲送秋深紫結，菊依臨水淺黄凝」等也。

勒韻事

無題詩多有勒韻，而句題勒韻之例。

《春淺帶輕寒》題，勒「初餘魚虚」，菅家御作。

采題事

俱不付韻字，只任作者之心可作之也。

便用韻事

謂題終字以即爲韻是也。

連韻事

謂初句終字居韻字是也。雖爲上尾病，爲一質間居之例也，未必爲病也。

發句不必載居題字事

句題詩發句，悉載居題字，是常例也，又不載例有也。

謂《蛩聲入夜催》題，順詩云：「蛩聲切切夜漫漫，欹枕聞忘玉漏闌。」

發句對事

發句多不對字，而《雨來花自綻》題，篤茂詩：「片片雲膚遮漢合，蕭蕭雨脚繞簷飛。」

發句不用題字，用同讀他字事

發句皆作載題字，其字不可替。而《春雨洗花顔》題，源英明詩云以面替顔，是爲例也：「春雨何因細脚頻，爲過花面洗紅塵。」

發句不用題字，用同義他字事

《夜月似秋霜》題，前中書王詩云：「二八秋天望漢河，月如霜色夜更過。」是則不失義，爲避聲也。

發句重用同字事

《水氣先秋冷》題，江以言詩云：「水氣自教冷氣通，先秋忽怪與秋同。」「氣」字、「秋」字已二也，蓋夫一句中犯念二病，而定名詩矣。

發句並胸腰句用同字事

一篇内不作同字麗體也。而《春雨洗花顔》題，源英明詩云：「春雨何因細腳頻，爲過花面洗紅塵。花情若聽吾微誨，莫待妖姿妄折人。」「花」字已有二，以足爲證詩。

餘情幽玄體

《花寒蘭菊照叢》題，菅三品詩云：「蘭蕙苑嵐摧紫後，蓬萊洞月照霜中。」此等誠幽玄體也，作文士熟察此風情而已。

破題體

《宫鶯囀曉光》題，菅三品詩云：「西樓月落花間曲，中殿燈殘竹裏音。」是每字破題也。

似物體

《天浄識賓雁》，菅丞相御作：「碧玉裝筝斜立柱，青苔色紙數行書。」

題意髣髴體

《秋未出詩境》題，紀齊名詩云：「本不置關城終去，縱無歸路欲妨行。」

結句述懷體

《霜葉滿林紅》題，菅三品：「紅林實有重青日，素髮視無更緑春。」

雙關體

《秋聲脆管絃》題，菅三品：「落葉響隨孤竹亂，長松韻逐七絲輕。」

「竹」是「管」也，「絲」是「絃」也，是則「管」與「絃」，上下句別作也，每句如此。

句中對體

《秋夜作》，江以言：「林叢唯住蕭條色，九月才殘二月光。」

「林叢」與「蕭條」，「九月」與「二月」，一句中有對，故云「句中對」也。

聲對體

《香亂花難識》題，江相公：「若非百松籠中透，定是旃檀浪底沉。」

「百」與「旃」，以音對也，「旃」是「千」音，故也。

側對事

《滿月明如鏡》題，平佐幹：「光清不辨青銅冶，影散更疑百練消。」

「青」與「百」對也，「百」「白」作有之，故爲對也。

數對次字强不求對事

《王昭君》詩，江相公：「胡角一聲霜後夢，漢宫萬里月前腸。」

「一」與「萬」對之，「聲」與「里」非對也。

方角對事

《山中述懷》題，江相公：「商山月落秋鬢白，潁水波揚左耳清。」

「秋」，西也，「左」，東也，仍爲對也。

人名對事

橘在列：「陳孔璋詞空愈病，馬相如賦只淩雲。」

凡不限人名對物名之時，未必求對字。世間内典外典、有情無情等，准以如此矣。

人名何公對事

《雨晴對月》題，菅家：「親對偷言玄度友，高登漫疑庾公樓。」以「玄度」對「庾公」，是非對字也。

抑近來詩體，一四不同，二九對，二六對，下三連許去之，委在先達之口傳耳，妄以不可推量。愚案。能能問先達，必可察之而已。

雜筆大體

發句、壯句、緊句、長句、傍句、隔句，此内有六隔句，謂輕句、重句、疎句、密句、平句、雜句已上外二句在之、漫句、送句焉。已上十三句，雜筆之大概也。賦是雜云，古詩體也，其玉章皆納此中，更無別大體。頗以愚意不可推量，必可問先達，定有口傳歟。

雜序、願文、奏狀、解狀、敕詔、敕答、表白已下雜筆悉納此體。

發句 施頭，又有施中，頗如傍句

夫、夫以、夫惟同上、竊以、伏以、倩以、以夫共同、予同、又、況又、方今、如予、蓋聞、惟夫、原夫、觀夫、粤同、云同、爰同、是同、予聞、臣聞、于時、便知、誠知、何況、然則、曰是、加之、然後、還、乃、呼嗟、隨而、意者、汝當知、所以者何、異口同音，寧如此類言，皆名「發句」，或一字二字，或三字四字，無對云云。

壯句 三字，有對，發句之次用之，但賦及序未必用之，隨形可調平他聲，二句爲一句，上三下三壯句云

萬國會他，百工休平。一句

夜苦長平，晝樂短他。一句

春花鮮平，秋月朗他。一句

春風和平，曉月朗他。一句

命筆硯他，調管絃平。一句

雲眇眇他，月蒼蒼平。一句

南枝梅平，東岸柳他。一句

林有鳥他，池有魚平。一句

春朝花平，秋夜月他。一句

緊句四字，有對，或施胸，或施腰，賦多可施胸，可調平他聲，二句爲一句

四海交會他，六府孔修平。一句

夢斷淚續他，老來腰斜平。一句

早春之候他，上旬之天平。一句

林花漸開平，岸柳初嫋他。已上二句爲一句，頗不似例，仍出爲證

東郊馳車平，南山鞭馬他。一句

三月三日他，有鳥有花平。一句

節已移焉平，景已美矣他。已上三句爲一句

長句從五字至九字或十餘字，有對，可調平他聲也。或施頭，或施腰，賦或猶施腰見タリ

五字

石以表其貞平，變以彰其異他。已上一句

三秋之佳期平，九日之慶節他。已上一句

六字

感上仁於孝道他，合中瑞於祥徑平。已上一句

金商七月之候他，銀漢二星之期平。已上一句

七字

因依而上下相遇他，修分而貞剛夫全平。已上一句

本雖孕他之異勢平，猶未加人之潤色他。已上一句

八字

秋月澄澄而遠近明平，夜風颯颯而東西冷他。一句

今屬泉聲之傳萬歲他，始動風情之備六義平。一句

九字

笑我者謂量力之徒耳他，見我者難成功之遥遠平。一句

尋林花而入東山之麓他，望漢月而泛南池之波平。一句

十字

織忍辱以爲薜衣之領袖平，搆止觀以爲桑門之樞鍵他。一句

梵唄播聲於遍法界之風平；幡蓋飄影於盡虚空之峰他。一句

十一字

排月窗以仰天人師於其際他，卷風幌以屈龍象衆於其前平。一句

十四字

紫宸殿之皇居，七回畫賢聖之障子他；大嘗會之竇祚，兩度牘畫圖之屏風平。一句

抑古賢何必以此句定長句哉？皇居之字、竇祚之字，爲上句終字。若又七回字、兩度字，雖爲上句之終，已是去聲，頗可爲雜隔句。縱雖不得去聲，輕重疎密平雜隔句，尚未必去聲，何況今爲足去聲？須謂雜隔句之異名，仍所定非無不審矣。

傍句相似發句

粤、云、爰、既以、已以、已而、于時、加之、就中、何況、爰以、是則、是以、以知、然而、然後、其後、可知、誠知、當知、仍、不如、終而、由是、隨而、便知等類也。

隔句

有六種體，謂輕、重、疎、密、平、雜也。輕重爲最，疎密爲次，平雜又爲次。六體同調平他聲也。

輕隔句上四下六

器壯道志他，五色發以成文平；仁盡歡心平，百獸舞以調曲他。已上一句

隴山雲暗他，李將軍之在家平；潁水波閑平，祭征虜之未仕他〔一〕。已上一句

瓢簞屢空平，草滋顔淵之巷他；藜藿深鎖他，雨濕原憲之樞平。已上一句

重隔句上六下四

化輕裙於五色他，猶認羅衣平；變織手於一拳平〔二〕，以迷紈質他。已上一句

東岸西岸之柳他，遲速不同平；南枝北枝之梅平，開落已異他。已上一句

淵變作瀨之聲平，寂寂閉口他；砂長爲巖之頌平，洋洋滿耳他。已上一句

疎隔句上三下一，多少不定，去平他聲，又未必去之

酒之光平，必資於麴蘖他；室之用他，終在於户牖平。已上一句

山復山平，何工削成青巖之形平？ 水復水他，誰家染出碧潭之色他。已上一句

密隔句上五已上，下六已上，多少不定，下三有對

徵老聃之説平，柔弱勝於剛强平；驗夫子之文平，積善由乎馴致他。一句

南樓雲晴曉他，秋月明平；上林風扇時平，春花綻他。一句

山桃復野桃平，日曝紅錦之幅他；門柳復岸柳他，風宛麴塵之絲平。一句

〔一〕祭：底本訛作「蔡」。按《後漢書》卷二十，祭遵建武二年春拜征虜將軍。據改。

〔二〕織：疑「纎」之訛。

菓則上林苑之所獻他，含自消平；酒是下若村之所傳平，傾甚美他。一句

平隔句上下或四或五或六，去聲又不去

小山桂樹他，權奇可同平；上林桃花平，顏色相似他。一句

寸進而尺退他，常一以貫之平；日往而月來平，則就甚深矣他。一句

燕姬之袖暫收平，猜繚亂于舊柏他；周郎之簪頻動他，顧間關於新花平。一句

羅綺之爲重衣平，妒無情於機婦他；管絃之在長曲他，怒不關於伶人平。一句

雜隔句上四下五或七八，或下四上七八，去聲或不去，又上九十下七八，或上四下九、十、十一二三也，或上七下六，或上六下五

悔不可還平，空勞于駟馬他；行而無跡他，豈繫於九衢平。一句

孤煙不散他，若籠香爐峰之前平；圓月斜臨平，似對鏡廬山之上他。一句

布政之庭，風流未必彰於崐岡，兼之者此地也；好文之代，德化未必光于黄炎，兼之者我君也。

漫句不對合，不調平他聲，或四五字，或十餘字也，或施頭，或施尾，或代送句，不可調平他聲

我聖之有國，一句甚哉言之出口。一句

此地之爲體也，一句夫春之爲氣也。

本朝詩序　菅三品

冷泉院者萬葉之仙宮平，百花之一洞他。

順河原院賦　代送句用例

何唯凉風坊中一河原院哉。

送句施尾，一二三，無對

者也、而已、者歟、如是、云爾、如爾、如此、如件、以何、畢之、者乎、如斯、焉、矣、耳、乎、哉、也。此等類皆名送句一字二字三字，無對也。或云詩有對，雜筆無對。

句終焉矣字置事

爲避聲足字置之，或用贈句也。「焉」字平聲也，「矣」字他聲也，所謂「一二年來能事畢矣」。是爲足員，又爲送句也。

忘風起性海焉平，漸動流輕之浪他。罪塵積心地矣他，屢成惑障之山平。以焉矣去聲

雜序賦願文等有二病

一長短病，二上尾病。長短病者，片方句長，片方句短也。上尾病者，少異詩病，謂詩必他平他平去也。

雜筆壯句、緊句、長句、上下句，終不用同聲也。隔句，他平平他一句、平他他平一句也。故云「隔句」也。

榮啓期之歌三樂他，未到常樂之門平。皇甫謐之叙百王平，猶暗法王之道他。他平平他如此，平他他平，以之可准知。

返讀字

須、宜、曷、當、令、將、教、遣、猶、使、未、縱等也，同訓兩音字云。

平他同訓云：

夢忘望看聽過凍勝傳風。

訓改音擾字云，異訓兩音字：

更更幾相强離中長長令任行衣吹吹思分浪當傳傍。

平他同訓字云，同訓兩音字：

能美，標末，窮極，難叵，堪耐，裏中，鳴唳，家宅，華蕊，長永，回繞，遥迴，依寄，昌盛，方正，行往，還反，刀劍，參詣，開發，超越，峰嶺，楊柳，朝旦，黿鼈，談話，宵夜，禽鳥，消滅，筵席，溪谷，眸眼，攸所，垣墉，纖細，窗牖，簾箔，嬌媚，嫺靜，箱筥，光耀，青翠，清浄，言語，年歲，雙比，邊畔，浮泛，敢肯，陽日，筠竹，芳馥，涯崖，波浪，燈燭，鄉里，歡悦，初始，逢遇，云謂，成作，看見，邦國，無莫，非不，山岳，遐遠，吾我，心意，懷思，真賓,加又,否不,霁露,朋友,陳述,琢磨,猶最,應可,催促,玄黑,慵懶,頭首,憐憫,兒子,丹赤,零落,箋紙,杯盃,間際,斯是,村邑,隨從,岐巷,似如,籬架,知識,陰景,追逐,珠玉,取執,庭場。

雜序體

先當時節候,花月日時,景氣之好體矣。
次就會合有心之人,稱美今日之主人,嘆數輩同心之蘭友同企此會之趣。
次當所爲勝形名區之意矣。
次置傍字,即觀夫、于時、方今等之類也。
次題目之詞,或以緊句,或以長句等是也。
次破題之意,以隔句具陳題目之心是也。
次譬喻之語,課節物置景氣等是也。
其始必先可施傍句矣。
次述懷之趣,今日遊宴之遂畢事言之,課花鳥風月,可題其志矣。
其始同可置傍字,然則爰以等類也。
次自謙句,先置我名二字,置如予者,但隨所書之。
次我可云不足其器也,傍題目之趣,書之爲佳。長短字句可任意也,是尚述懷之句中也。

次謹序此詞，是今家事也，云爾、以爾、如斯等類也云云。

句體事

此有五種謂

一若鳥登天之句，是自句之終字讀初，至句之首字讀留也。所謂「不須生疑，不可不信，不可不慎」等也。

二老鳥成下之句，是自句之中間讀初，至句之終讀留也。所謂「觀身岸額離根草，論命江頭不繫船」是也。

三師子奮迅之句，是句之首置一字，自第二第三讀初，句終至初讀留也。所謂「盡諸有結，無復煩惱」「慈十方於平等，悲法界於一子」是也。

四蝦蟆超亂之句，是自句之首讀初，越字至句之終，而越字讀留也。所謂「蛇無足登白雲，虹無水鑿黃泉」是等也。

五菩提妙德之句，是次第自句之首讀下，不超不返也。所謂「槿花朝開夕萎，蜉蝣早生速死」是等也。

雜筆大體終。

疎隔句 玉筆

可習者彩紙，含毫詩賦道。

可交者詩人，才子花月筵。

口云詩，菅家江家二流在之，是則本朝兩家也。菅家，菅原氏御事也；江家，江氏之事也，云大江氏是也。吾朝儒家明哲此等也。

四言頌十韻大師《三教指歸》下卷在入聲職德韻

一、他他他平，平平平他。

二、他他平平，他平平他。

三、平他他平，他平平他。

四、他平他平，平他平他。

五、他平平平，他平平他。

六、他他他平，平平平他。

七、他他平平，平平他他。

八、他他平平，平他平他。

九、他他平平，平平他他。

十、他他他平，平平平他。

平聲用韻也。

一仄聲、側聲：去聲、上聲、入聲，本云。

此抄記菅江兩流之家説，非其家者，輒勿及披露云云。然懇望重疊，依難被固辭。以隱秘之儀蒙許容，聊爾不可及披見。隱納秘府，不可出門外。穴賢穴賢。

右《作文大體》，以屋代弘賢本校合。

濟北詩話

虎關師鍊

《濟北詩話》一卷，虎關師錬（一二七八—一三四六）撰。據文會堂《日本詩話叢書》（大政九年至十一年出齊。以下不再注明年代）本校。

按：虎關師錬（こかんしれん KOKAN SHIREN，青空文庫注「こさいしれん?」），鎌倉時代末期至南北朝時代臨濟宗之學僧。京都（今屬京都府）人，名師錬，號虎關，俗姓藤原。自幼喜讀書，人稱「文殊童子」。十歲時落髮爲禪僧。十七歲隨儒官菅原在輔習《文選》，且從源有房學《易》。正安元年（一二九九），本欲渡元（中國），遇母制止而罷，遂赴鎌倉，爲來自南宋之禪僧一山一寧（一二四七—一三一七）所傾倒，德治二年（一三〇七）入其門，學習「外學」（佛教以外之學問）。正和二年（一三一三）返京都，翌年於白川北岸建寺院濟北庵。因受後醍醐天皇與光明天皇恩寵，住持南禪寺，晚年退隱東福寺之海藏院。因其詩文才華優秀，被尊爲「五山文學之祖」。弘安元年四月十六日生，正平元年（北朝，貞和二年）七月二十四日殁，享年六十九歲。

其著作有：《元亨釋書》三十卷、《佛語心論》八卷、《十禪支録》三卷、《禪餘或問》二卷、《禪儀外文》二卷、《正修論》一卷、《禪戒規》一卷、《聚文韻略》五卷、《濟北集》二十卷。

或曰：「古者言周公惟作《鴟鴞》《七月》二詩，孔子不作詩，只删《詩》而已。漢魏以降，人情浮嬌，多作詩矣爾諸？」予曰：不然。周公二詩者，見于《詩》者耳，竟周公世，豈唯二篇而已乎？孔子詩雖不見，我知其爲詩人矣。何者？以其删手也。方今世人不能作詩者，焉能得删詩乎？若又不作詩之者，假有删，其編寧足行世乎？今見《三百篇》爲萬代詩法，是知仲尼爲詩人也，只其詩不傳世者，恐秦火耶？周公單二，亦秦火也耳，不則何啻二篇而止乎？世實有浮嬌而作詩者矣，然漢魏以來，詩人何必例浮嬌耶？學道憂世、匡君救民之志，皆形于緒言矣，傳記又可考焉。浮嬌之言，吾不取矣。

趙宋人評詩，貴朴古平淡、賤奇工豪麗者，爲不盡耳矣。夫詩之爲言也，不必古淡，不必奇工，適理而已。大率上世淳質，言近朴古；中世以降，情僞見焉，言近奇工。達人君子，隨時諷喻，使復性情，豈朴淡奇工之所拘乎？唯理之適而已。古人朴而不達之者有矣，今人達而不朴之者有矣，何例而以朴工爲升降哉？周公之言朴也，孔子之言工也，二子共聖人也，寧以言之工朴而論聖乎哉？《書》之文朴也，《易》之文工也，寧以文之工朴而論經乎哉？聖人順時立言，應事垂文，豈朴工云乎？然則詩人之評不合于理乎？

詩貴熟語，賤生語。而上才之者，時或用生語，句意豪奇。下才慣之，冗陋甚。

詩賦以格律高大爲上，漢唐諸子皆是也。俗子不知，只以誇大句語爲佳，寔可笑也。若務句語之人，不顧格律，則大言詩之比也。大言詩者，昔楚王與宋玉輩戲爲此體。爾來相承，或當優場之歡嬉，蓋詩文一戲也耳。豈風雅之實語，與優場之戲嘲泣按耶？近代吾黨偈頌中，此弊多矣。學者不可不辨矣。

古語，後人或誤用風俗沿襲而不可改之者多矣。《晉書·謝安傳》曰：「公若不起，如蒼生何？」「蒼生」猶言「黔黎」，故唐李商隱詩曰「可憐夜半虛前席，不問蒼生問鬼神」，意與前同。凡唐宋詩人使「蒼生」者皆是也。予按《虞書》曰：「禹曰：『俞哉！帝光天之下，至海隅蒼生。』」孔氏傳曰：『蒼蒼然生草木。』」夫「蒼生」之言，先是未聞，然後賢戾《經》何乎？若又後賢棄安國而別有旨耶？

或問：「陶淵明爲詩人之宗，實諸？」曰：「爾。」「盡善盡美乎？」曰：「未也。」「其事若何？」曰：詩格萬端，陶氏只長沖澹而已，豈盡美哉？蓋文辭施于野旅窮寒者易，敷于官閣富盛者難。元亮者，衰晉之介士也，故其詩清淡朴質，只爲長一格也，不可言全才矣。又元亮之行，吾猶有議焉。爲彭澤令，纔數十日而去，是爲傲吏，豈大賢之舉乎？何也？東晉之末，朝政顛覆，况僻縣乎？其官吏可測矣，元亮寧不先識哉？不受印已，受則令彭澤民見仁風於已絶，聞德教於久亡，豈不偉乎哉？夫一縣清而一郡學焉，一郡學而一國易教焉，何知天下四海不漸于化乎？不思此，而挾其傲狹，區區較人品之崇庳，競年齒之多寡，俄爾而去，其胸懷可見矣。後世聞道者鮮矣，卻以俄去爲元亮之高，不充一莞矣。若言小縣不足爲政者，非也。宓子之在單父也，託五絃而致和焉；滕文公之行仁也，來陳相於楚矣。七國之時，滕爲小國；魯國之内，單父爲僻縣。然而大賢之爲政也，不言小矣。況孔子爲委吏矣，爲乘田矣，會計當而已，牛羊遂而已。潛也何不復邪？潛之衰也，爲政者易矣。蓋渴人易爲飲也，我恐元亮善於斯，自一彭澤推而上于朝者，寧有卯金之篡乎？夫守潔於身者易矣，行和於邦者難矣。潛也可謂介潔沖朴之士，非大賢矣。其詩如其人。先輩之稱潛也，於行貴介，於詩貴淡。後學不委，隨語而轉以爲全才也。故我詳考行事，合于詩云。

《玉屑集》句豪畔理者，以石敏若「冰柱懸簷一千丈」，與李白「白髮三千丈」之句竝按，予謂不然。李詩曰「白髮三千丈，緣愁若箇長」，蓋白髮生愁裏，人有愁也，天地不能容之者有矣，若許緣愁，三千丈猶爲短焉。翰林措意極其妙也，豈比敏若之無當玉巵乎？

李白《送賀賓客》詩云「山陰道士如相見，應寫黄庭換白鵝」，又《王右軍》云「掃素寫道經，筆精妙入神。書罷籠鵝去，何曾别主人」。按《右軍傳》，寫《道德經》換鵝，不寫《黄庭經》也。白雖能記事，先時偶忘邪？雪竇《送文政》偈云「因笑仲尼温伯雪，傾蓋同途不同轍」，仲尼、伯雪目擊道存，仲尼、程子傾蓋而語，明覺之「傾蓋」者，謫仙之「黄庭」乎？

杜詩「吴楚東南坼，乾坤日夜浮」，注者云「洞庭在乾坤之内，其水日夜浮也」。予謂此箋非也。蓋言洞庭湖之闊，好浮乾坤也。如注意，此句不活。客曰：「萬境皆天地内物也。洞庭湖若浮天地，湖在何處？」曰：「不然。詩人造語，此類不鮮。王維漢江詩曰『江流天地外，山色有無中』，如子言，漢江出天地外，流何所邪？」客不對。

杜詩《題已上人茅齋》者，注者曰「歐陽修云『僧齊已也』」。古本系開元二十九年，新本系天寶十二載」，皆非也。夫齋己者，唐末人，爲鄭谷詩友，謂禪月齊己也。二人共參遊仰山、石霜會下，禪書中往往而見焉。去老杜殆百歲。況諸家詩中不言齊己長壽乎？注者假言于六一也。六一高才，恐非出其口矣。茅齋己上人，上字決不齊耳。

老杜《別贊上人》詩「楊枝晨在手，豆子雨已熟」，諸注皆非，只「希曰」引《梵網經》注上句「楊枝」〔一〕，不及下句「豆子」。蓋此豆非青豆也，澡豆也，《梵網》十八種中一也。蓋此二句褒贊公精頭陀，諸氏以青豆解之，可笑。而「希曰」偶引《梵網》至上句不及下句〔二〕，詩思精麤可見。繇此言之，千家之人，上杜壇者鮮乎。

老杜《夔府詠懷》云「身許雙峰寺，門求七祖禪」。注者以七佛爲七祖，可笑也。儒人不見佛書，間有見不精，故有斯惑。凡注解之家，雖便本書，至有違錯，不啻惑後學，卻蠹先賢，可不慎哉？蓋吾門有七祖事者，出北宗也，神秀之嗣有普寂，居嵩山，煽化於長安、洛都二宗，士庶多歸焉，因是立神秀爲六祖，自稱七祖。曹溪門人荷澤神會禪師白官辨之，爾後北宗祖號不立焉，所謂神會曾磨普寂碑也。開元、天寶之間，卿大夫之欽艶普寂者多矣，工部生此時，順時所趨，疑見普寂門人乎？又貞元中，荷澤受七祖謚，此事工部死而久矣。今詳詩義，雖定曹溪宗趣，猶旁聞嵩

〔一〕曰：底本訛作「白」，據《補注杜詩》卷六改。
〔二〕曰：底本訛作「白」，據《補注杜詩》卷六改。

山旨，是亦工部遍參之意也。

唐初盛唐之詩人，有贈答，只和意而已，不和韻矣。和意者賈至《早朝大明宫》詩，杜甫、王維、岑參皆有和，至落句云「共沐恩波鳳池裏，朝朝染翰侍君王」，甫落句云「欲知世掌絲綸美，池上于今有鳳毛」，維落句云「朝罷須裁五色詔，佩聲歸到鳳池頭」，岑落句云「獨有鳳皇池上客，陽春一曲和皆難」。蓋至之父曾，開元間掌制誥，肅宗拜至起居舍人，起居舍人掌制誥，故至句有「染翰侍君王」之語。甫之「世掌絲綸美」者，曾、至父子玄、肅兩朝盛典之謂矣，維之「五色詔」又同，四詩皆有「鳳池」者，舍人局前有鳳皇池也。落句者，寓意之所，四人句同者，和意之謂也。和韻者，詩話曰始于元白。方今元白之集，和韻多焉，晚唐詩人多效之。至趙宋天下雷同，凡有贈寄，無不和韻矣。予考古集，元白之前，有和韻者，李端《病中寄盧綸》詩云：「青青麥壟白雲陰，古寺無人春草深。乳燕拾泥依古井，鳴鳩拂羽歷花林。千年駁蘚明山履，萬尺垂藤入水心。一卧漳濱今欲老，誰知才子忽相尋。」綸和云：「野寺昏鐘山正陰，亂藤高竹水聲深。田夫就餉還依草，野雉驚飛不過林。齋沐暫思同静室，清羸已覺助禪心。寂寞日長誰問疾，料君惟取古方尋。」是和之押韻者也，李盧先元白者遠矣。蓋端、綸代宗朝有詩名，世號「大曆十才子」，所謂吉中孚、韓翃、錢起、司空曙、苗發、崔峒、耿湋〔一〕、夏侯審及端、綸也。端落句「才子」者，此之謂矣。元白詩名在惠宗之元

〔一〕湋：底本訛作「諱」，據《新唐書》卷六十改。

和、穆宗之長慶間，大曆去元和殆五十年，因此而言，和韻不始元白。予熟思之，盛唐詩人已有和韻，至元白而益繁耳矣。

唐玄宗世稱賢主，予謂只是豪奢之君也，兼暗于知人矣。其所厚者婦女戲樂，其所薄者文才官職也。開元之間，東宮官僚清冷，薛令之爲右庶子，題詩于壁曰：「朝日上團團，照見先生盤。盤中何所有，苜蓿長闌干。飯澀匙難綰，羹稀筯易寬〔一〕。無以謀朝夕，何由保歲寒？」明皇行東宮見之，書其傍曰：「啄木觜距長，鳳皇毛羽短。若嫌松桂寒，任逐桑榆暖。」依此令之謝病歸。唐史云，開元時米斗五錢，國家富贍，然東宮官僚何冷至此邪？有思司不暇恤乎？明皇若或聞之，須大驚督譴，儻自見，盍斥有司勵僚屬，而徒賦閑詩聽謝歸乎？又王維侍金鑾殿，孟浩然潛往商較風雅。玄宗忽幸維所，浩然錯愕伏牀下。維不敢隱，明皇欣然曰：「素聞其人。」因得召見，詔念詩「北闕休上書，南山歸舊閭。不才明主棄，多病故人疏」。明皇憮然曰：「朕未曾棄人，自是卿不求進，奈何有此作？」因命歸終南山。因此而言，玄宗非啻不愛才，又不知詩矣。蓋「不才明主棄」者，自責之句也。夫士之負才也，不待進而承詔者有之，待進而承詔者有之。不待進而承詔者，上才也；待進而承詔者，中才也。浩然以中才望上才，故託句而自責。言上才者，不待進而有詔，浩然未奉詔，是爲明主所棄也。明皇少詩思，卻咎浩然，可笑！然玄宗自言「素聞其人」，其才可測。

〔一〕筯：底本訛作「節」，據《唐摭言》卷十五改。

不細思詩句卻疏之，何乎？又李白進《清平調》三詩，眷遇尤渥。而高力士以靴怨，譖妃子，依之見黜。嗟乎！玄宗之不養才者多矣，昏于知人乎？建沈香亭賞妃子，營梨花園縱淫樂，鬬鷄舞馬之費，其侈靡不可言矣，何厚彼而薄此乎？只其開元之盛也，姚宋之功也。及李林甫爲相，敗國蠹賢，無所不至。晚年語高力士曰：「海内無事，朕將吐納導引，以天下事付林甫。」迷而不反者乎？

韋蘇州集有《雪中聞李儋過門不訪》詩云：「度門能不訪，冒雪屢西東。已想人如玉，遥憐馬似驄。乍迷金谷路，稍變上陽宫。還比相思意，紛紛正滿空。」夫常人賦詩也，著意於頷、頸二聯，而緩初、後，以故讀至終篇少味矣。今此落句，借雪態度而寄心焉，句法妙麗，意思高大，可爲百世之範模也。

予愛退之聯句，句意雄奇，而至「遥岑出寸碧，遠目增雙明」，以爲後句不及前句。後見謝逸詩「忽逢隔水一山碧，不覺舉頭雙眼明」，始知韓聯圓美渾醇。凡詩人取前輩兩句並用者皆無韻，然此謝聯不覺醜，豈其奪胎乎？

唐宋代立邊功，多因嬖幸不才之臣也。蓋才者及第得官，不才者雖嬖幸無由官，故立邊功取封侯。唐曹松詩云「憑君莫話封侯事，一將功成萬骨枯」，宋劉貢父詩云「自古邊功緣底事，多因嬖幸欲封侯。不如直與黄金印，惜取沙場萬髑髏」。今時禪家據大刹者，以邊鄙小院茅屋三五間者，申官爲定額，黨援假名之徒差爲住持。或居一夏，或半歲，急迴本山，銜長老西堂之號位，賓主相欺，宗風墜地。不謂唐宋弊政，移在我門中乎！彼假名練若徒，在邊刹掠虚説話，狂妄伎倆，勾引浄信，陷没邪途，此輩盈寰宇，吾末之如何。詩人所嘆者身命而已，我所怕者性命而已，彼亡一世，此亡曠劫。嗚呼！立邊功者，非嬖幸之罪也，唐宋帝王之罪矣。立邊號者，非啞羊之罪也，大刹住持之罪矣。詩話《玉局文》詠雪八首，聲、色、氣、味、富、貴、勢、力也，尤爲新奇。然其《貴詠》曰「海風吹浪去無邊，倏忽凝爲萬頃田。五月京塵渴人肺，不知價直幾多錢」，頗爲小疵。夫貴之義二焉，一品種，二價直。蓋富貴之貴曰品種，非價直也。今此章曰價直，似相乖矣。詩人之被語牽者，往往而在焉，前篇恐亦爾與？戲補正曰：「來時正見自雲霄，知是渠儂出處高。至潔形容無點汙，想應天胤補仙曹。」

王梵志詩曰：「城外土饅頭，豏草在城裏。每人喫一箇，莫嫌没滋味。」黄山谷見之曰：「已且爲土饅頭，當使誰食之？」東坡易後二句曰：「預先著酒澆，使教有滋味。」圓悟禪師曰：「東坡未盡餘興。」足成四韻曰：「城外土饅頭，豏草在城裏。著群哭相送，入在土皮裏。次第作豏草，相送無窮已。以兹警世人，莫開眼瞌睡。」予曰：甚矣哉，風雅之難能乎！三大老皆未到于極矣，蓋梵志者意到句不到，東坡放而不警矣，圓悟警而不精矣，只涪翁之論亦佳矣，然無句，何哉？取梵志之到者，效蘇公之改曰：「無常鬼饕餮，箇箇好滋味。」又梵志只解警世人而已，吾輩豈受嘲調乎？作一頌曰：「林下鐵饅頭，豏皮堅叵毁。無常鬼齒摧，故號金剛體。」此蓋餘興云爾。

杭州靈隱山玄順菴主，姓錢氏，嗣福州支提悟禪師。始入雁蕩山卓菴，復止杭州靈隱山。其離雁山有頌云：「浪宕閑吟下翠微，更無一法可思惟。有人問我出山意，藜杖頭挑破衲衣。」歸天竺山有偈云：「事事無能一不前，喜歸天竺過殘年。饑餐困睡無餘事，休説壺中別有天。」又有臨終偈數句，《廣燈》載之備矣。而《雲卧記談》云，熙寧間，有僧清順往來靈隱天竺，以偈句陶寫閑中趣味曰云云，前偈。凡《雲卧》所談，多正古傳之謬，皆如有據。然此二偈已收《廣燈》中，校瑩所談一字無差。豈瑩之所聞之玄順與清未皎如乎？又前偈離雁山作，後偈歸天竺作，《紀談》所載似一時之什，若雲卧以二偈置天聖前，猶或恕焉，况熙寧間乎？反復二事，李撰得之。以此見之《雲卧》所談之諸書，恐有未然之處。

咸平間，林和靖卧孤山，有梅花八詠。歐陽文忠公稱賞其「疎影横斜水清淺，暗香浮動月黄昏」之句。山谷云：「『雪後園林纔半樹，水邊籬落忽横枝』，似勝前句。不知文忠公何緣棄此而賞彼？文章大概亦如女色，好惡繫於人。」予謂二聯美則美矣，不能無疵。客云：「何也？」曰：「横斜之疎影，實清水之所寫也；浮動之暗香，寧昏月之所關乎？又雪後半樹者，形似也；水邊横枝者，實事也。二聯上下二句皆不純矣。」客云：「諸家詩多如此，何責之者深耶？」曰：「諸家皆放過一著者也。二公採林詩爲絶唱，我只以其『盡美矣未盡善矣』言之耳。《古今詩話》曰：『梅聖俞愛王維詩有云「柳塘春水慢，花塢夕陽遲」，善矣，夕陽遲則繫花，而春水慢不繫柳也。如杜甫詩云「深山催短景，喬木易高風」，此了無瑕纇。』如是詩評，爲盡美盡善也。」客曰：「雪後半樹，亦可爲實事。」曰：「爾形似句好，實事句卑，讀者詳之。」

古人作詩，非風則懷，離此二，不苟出口矣。舒王《雨過偶書》落句云「誰識浮雲知進退，纔成霖雨便歸山」，是懷也。王相神宗解印之後，高卧鍾山，醉心内典，晚捐宅爲寺，半山智度寺是也。知進退之言，不爲忝矣耳。詩之品藻甚難矣，昔王荆公謂山谷曰：「古云『鳥鳴山更幽』，我謂不若不鳴山更幽。」故《鍾山即事》落句云「茅檐相對坐終日，一鳥不鳴山更幽」。苕溪胡氏云：「王文海云『鳥鳴山更幽』，荆公云『一鳥不鳴山更幽』，反其意而用之，蓋不言沿襲之耳。」予曰：荆公不及文海者遠矣。大凡物相兼而成奇，其奇多矣；不相兼而奇，其奇鮮矣。文海之句即動而静也，荆公之句唯静而已，其奇鮮矣哉。苕溪爲説，其惑甚矣，只反其意而用之者可也，不言沿襲者非也。寧未有前句而得後句乎？若有之者，不爲佳句矣。故云詩之品藻甚難矣。

王荆公詩「披香殿上留朱輦，太液池邊送玉杯」者，取柳詞「大液波翻，披香簾捲」也。又「北欲通南澗水，南山正繞北山雲」者〔一〕，取樂天「東澗水流西澗水〔二〕，南山雲起北山雲」也。又「肘上柳生渾不管，眼前花發即欣然」者，取白氏「花發眼中猶足怪，柳生肘上亦須休」也。此等類往往在焉。夫詩人剽竊者常也，然有三竊：竊勢爲上，竊意爲中，竊詞爲下。其竊詞者，一詩中一句之一兩字耳，猶爲下也。一連雙偶竝取，寧非下下邪？或曰：「一連雙偶實非也，恐荆公暗合耳。」予曰：他人或恕焉，荆公不赦矣。王氏平居衒記覽百家，「百家衣詩」自荆公始。柳詞白句，常人之所

〔一〕北：底本訛作「此」，據《臨川文集》卷三十二改。
〔二〕西：底本脱，據《白香山詩集》卷三十九補。

口占也，王氏豈不記乎？只是荆公非狐白手之所致乎？

《遯齋閒覽》云：「凡詠梅多詠白，而荆公詩獨云『鬚撚黄金危欲墮，蒂團紅蠟巧能裝』，不惟造語巧麗，可謂能道人不到處矣。」荆公此詩麗則麗矣，能道人不到處者，非也。和靖詩云「蒂團紅蠟綴初乾」，荆公豈不見此句耶？遯齋過稱，可笑矣。

《靈苑集・天竺寺月中桂子詩序》云「上嗣統之六祀，天聖紀號，龍集丁卯秋，七八兩月，望舒之夕，寺殿堂左右，天降靈實，其繁如雨，其大如豆，其圓如珠，其色白者、黄者、黑文者，時有帶殼者，殼味辛。識者曰『此月中桂子也』云云」，詩曰：「丹桂生瑶實，千年會一時。偏從天竺落，秖恐月宫知。」落句云「林間僧共拾，猶誦樂天詩」。予按《起世經》，閻浮樹影寫月中也，月中無桂樹，外書不知，漫造語耳。慈雲，台宗偉匠，當辨明之。同俗書作詩文記之，何哉？其後明教大師作《行業記》載此事云「靈山秋霽，嘗天雨桂子」，法師乃作桂子種桂之詩。雖嵩公信之筆之，不能無疑矣。

楊誠齋曰：「大抵詩之作也，興上也，賦次也，賡和不得已也。我初無意於作是詩，而是物是事適然觸于我，我之意亦適然感乎是物是事，觸先焉，感隨焉，而是詩出焉，我何與哉？天也。斯之謂興。或屬意一花，或分題一山，指某物課一詠，立其題徵一篇，是已非天矣，然猶專乎我也，斯之謂賦。至於賡和，則孰觸之孰感之孰題之哉？人而已矣。出乎天猶懼戕乎天，專乎我猶懼强乎我，今牽乎人而已矣，尚冀其有一銖之天一黍之我乎？蓋我未嘗覩是物，而逆追彼之覩；我不欲用是韻，而抑從彼之用。雖李杜能之乎？而李杜不爲也。是故李杜之集無牽率之句，而元白有和韻之作。詩至和韻，而詩始大壞矣。故韓子蒼以和韻爲詩之大戒。」此書佳矣，然不必皆然矣。夫詩者，志之所之也，性情也，雅正也。若其形言也，或性情也，或雅正也者，雖賦和，上也。或不性情也，不雅正也，雖興，次也。今夫有人端居無事，忽焉思念出焉。其思念有正焉，有邪焉。君子之者去其邪取其正，豈以其無事忽焉之思念爲天，而不分邪正隨之哉？物事之觸我也，我之感也又有邪正，豈以其觸感之者爲天，而不辨邪正而隨之哉？况詩人之者，元有性情之權，雅正之衡。不質於此，只任觸感之興，恐陷僻邪之坑。昔者仲尼以風雅之權衡，刪三千首，裁《三百篇》也。後人若無雅正之權衡，不可言詩矣。又李杜無和韻，元白有和韻，而詩大壞者，非也。夫人有上才焉，有下才焉。李杜者上才也，李杜若有和韻，其詩又必善矣。李杜世無和韻，故賡和之美惡不見矣。元白下才也，始作和韻。不必和韻而詩壞矣，只其下才之所爲也。故其集中雖興感之作，皆不及李杜，何特至賡和責之乎？夫上才之者必有自得處，以其得處寓于興也賦也和也，無往而不自得焉。其自得之處，揚子所謂天也者也。其天也者，何特興而已乎？賦也，和也，皆天也。下才之者，少自得處，只是沿襲剽掠牽合而已，是揚子之所謂大壞者也。只其下才之所爲也，寧賡和之罪哉？多金之家作瓶盤釵釧也，瓶盤釵釧雖異，皆一金也，故其器皆美矣。寡金之家作器也，其用不足焉，雜鍮銀鉛鑞而成焉，故其器不美矣。揚子不辨上下才，謾言賦和者過矣。子蒼以和韻爲詩之大戒者，激學者而警剽掠牽合耳，恐非揚子之所言之者矣。

夫物不必相待而爲配，異世同調，蓋天偶也，廬山芝菴主偈云「千峰頂上一間屋，老僧半間雲半間。昨夜雲隨風雨去，到頭不似老僧閑」，楊誠齋《明發瀧頭》詩云「黑甜偏至五更濃，强起侵曉敢小慵。輸與山雲能樣懶〔一〕，日高猶宿夜來峰」。二什清奇，可以季孟之間而待矣。

世所傳《唐宋千家詩選》後村先生編集者，恐非也。予見後村集六十卷，絶無其事，只跋宋氏絶句詩云「余選唐人及本朝七言絶句，各得百篇，五言絶句亦如之」，又云「元白絶句最多，白止取三二首〔二〕，元止取五言一首」，又云「夫合兩朝六七百年間，冥搜精擇，儘四百首，信矣絶句之難工也」。以是而言，劉氏之詩選其法尤嚴。今之《千家詩》，其選體繁冗舛錯，豈出于後村手者邪？疑俚儒託名於劉氏手，其間詩多錯作者名，或四韻詩截四句收爲絶句。凡絶句、四韻，體裁各别，若分四韻作絶句，不協詩法。後生見其不協者，只信後村選，以爲法格，敗詩道者不鮮矣。又朱淑真詩，其格律軟陋而多收，何哉？《雪》詩押兼字者，不成文理。我反覆詳之，劉氏欲選詩，先博採諸家，未遑精擇而没，後人以其創之，漫加名氏耶？

客問：「一詩兩字，病諸？」曰：「爾。」曰：「古人何有之乎？」曰：「達人不妨。」曰：「見賢思齊。」曰：初學容恕，不得琢句。先輩有之者，達懶也。凡詩文拘聲韻複字，不得佳句者，皆庸流也。作

〔一〕樣：底本訛作「㩼」，據《誠齋集》卷十七《明發瀧頭》改。
〔二〕二首：底本訛脱作「百」，據《後村集》卷三十一改。

者無之。七通八達，若有聲韻礙，可知未入作者域。然古人犯聲韻複字者，達懶也，非不能矣。

予有數童，狂游戲謔，不好誦習。予鞭笞誨誘，使其賦詩。童曰：「不知聲律。」予曰：「不用聲律，只排五七。」童嗔愁怨懟，予不恕焉。童不得已而呈句，雖蹇澀朴拙，而或不成文理，其中往往有自得醇全之趣，予常愛怪。又令學書，童曰：「不知法格。」予曰：「不用法格，只爲臨摸。」童之嗔懟，予之不恕如先。不得已而呈一二紙，雖屈蚓亂鴉，而或不成字形，其中往往有醇全之畫，予又愛怪。則喟嘆曰：「世之學詩書者，傷於工奇，而不至作者之域者，皆是計較之過也。今夫童孩之者，愚騃無知而有醇全之氣者，朴質之爲也。」故曰：學詩者不知童子之醇意，不可言詩矣；學書者不知童子之醇畫，不可言書矣。不特詩書焉，道豈異於斯乎？學者先立醇全之意，輔以修練之功，爲易至耳。

文章達德綱領

藤原惺窩

《文章達德綱領》六卷，藤原惺窩（一五六一——一六一九）撰。明正天皇寬永十六年（一六一九）刊行。據日本國家圖書館藏刻本，節選其中五卷有關詩話校勘。

按：藤原惺窩（ふじわらせいか FUJIWARA SEIKA），江户時代初期儒者。名肅，字斂夫，號惺窩，藤原定家之十二世孫，生於播磨（今屬兵庫縣）三木郡細川村，初爲僧時改名蕣，號妙壽院，於京都相國寺修佛學，遂轉向儒學。慶長元年（一五九六）渡明（中國）未果，返回京都後，轉向專研「朱子學」，成爲日本「宋學之祖」。由於爲德川家康講授經史而名聲大噪，諸侯公卿邀聘者無數，不仕，隱棲於洛北市原野（今屬京都府），號北肉山人。善詩文，長於和歌。門人衆多，其中林羅山、松永尺五、堀杏庵、那波活所最爲優秀，被稱爲「藤門四天王」。永禄四年生，元和五年九月十五日歿，享年五十九歲。其墓在京都（上京區今出川通烏丸東入）相國寺東門前林光寺墓地。

其著作有：《惺窩先生文集》十八卷、《惺窩文集》八卷、《文章達德録綱領》十卷、《文章達德録》一百卷、《假名性理》一卷、《經書和字訓解》、《四書大全頭書》二十二卷、《寸鐵録》二卷、《逐鹿評》二卷、《本朝四家絶句》六卷。

文章達德綱領敘

廣牌窩滕斂夫，日東人也。嘗聞日東四大姓，藤爲之長，又嘗見宋太史景濂《日東曲》有曰「聯城甲第競豪華」者是也。自曠世攝國政，以至道長公。公五世孫五條長秋監俊成，及京極戶部尚書定家，及中院亞相爲家，並以道德文章震曜古今。華胄遙遙，不絕統緒。十世孫三品相公爲純，是斂夫之皇考也。斂夫以王綱不振，亂賊横恣，自幼隱居，以道自樂。余之落日東者三年，得斂夫於王京，與之遊者數月，始知其爲人而叩其爲學，益信其爲人焉。其爲人也，韜晦不求聞達，人可聞而不可見，可見而不可知也。見善若驚，疾惡如風。道所不合，雖王公大人有所不顧也。簞瓢陋巷，處之裕如。義所不可，雖千駟萬鍾有所不屑也。其爲學也，不局小道，不困師傅，因千載之遺經，繹千載之絕緒，深造獨詣，旁搜遠紹。自結繩所替，龍馬所載，孔壁所藏，迄濂洛關閩，紫陽金谿，北許南吳，敬軒敬齋，白沙陽明等性理諸書，靡不貫穿馳騁，洞念曉折。一切以擴天理、收放心爲學問根本。其爲文如菽粟布帛之不可一日離，而自然有奇絕處。日東學者，闔國唯知有記誦詞章之學，未知有聖賢性理存養省察知行合一之學。故赤松源公廣通，慨然囑斂夫以四書六經及性理諸書，新以國字加訓釋，惠日東後學。今又學者不知作文几格之故，摭前賢議論，間以己見，群分類聚，爲《文章達德綱領》。所謂「達」者，孔子之所謂「辭達而已矣」者也。所謂「德」者，孔子之所謂「有德者必有言」者也。此一編之綱領，而作文之根柢也。千回萬變，萬狀千態，備録而無餘。使歐曾王蘇之饒筆舌善評論者復生於來世，而不得減一辭加一辭。使來世之求翰墨畦徑者，如入正門尋坦道。則其所得可謂盛矣，所志可謂勤矣。嗚呼！斂夫之生，豈偶然哉。其亦不幸而不生於中華名儒之列，與之上下其議論；而生於絕海之遐遠，而沈冥百世之豪傑。其亦幸而不生於中華名儒之列，與之上下其議論；而生於絕海之遐遠，而振發一方之盲聾。雖然，若使日東之人卒莫知有斂夫，莫知尊信此編也，則斂夫之志嗟已矣，夫其謂之不幸也亦宜。雖然，若使日東之人賴斂夫得以開悟，賴此編得以傳解，而老師宿儒、文雄巨擘接跡於當世，皆知所以據於德而達於辭，則豈惟斂夫一身之幸哉，抑日東一邦之大幸也。其謂之幸也亦宜。雖然，斂夫何以幸不幸哉，爲所當爲而已，又何言幸不幸焉矣。古之爲書者，皆所爲不行於今而行於後者也。今斂夫不務行乎今而務行乎後，豈斂夫之厚於後而薄於今耶？抑今之所不可也耶？余於斂夫之此編，始喜之而卒有感焉。萬曆己亥三月一日，朝鮮國刑部員外郎菁川姜沆敬敘。

文章達德綱領序

《文章達德》者，吉田素菴受予師惺窩先生之命，而所輯録之書也。先生開經濟之學于本朝，然而不遇於世，退講六經，旁採歷代之詩文參互考訂，而因其體製，摽其品題，分門析類，爲百有餘卷，以便討閲。又爲令知古文近詩之警策，前人後輩之手段，集《綱領》六卷，以冠於其首。猶有滄海遺珠之嘆，而遍掇明朝之衆作，加入諸家之注解，增廣賢哲之議論。草藁再易，未及成全書，不幸而先生早沒。素菴亦下世，其子玄紀每恐墜先人之志，謂予曰：「欲讎校《綱領》，鏤梓以廣其傳。」予喜曰：「有是哉。玄紀之用心也。夫大孝養志，況繼先志乎，況欲以先生之手澤行于世邪？」蓋《達德》之爲名，菁川姜沆既言之矣，予亦不容不言。孟子敘君子之所以教者，有成德者、有達材者、有答問者、有私淑艾者，是所以名「達德」者乎？先生之門，成德、達材、答問不乏其人矣，先生沒而二十年于茲矣，其道大行。先生之徒而私淑艾者，依歸此書，而開導誘掖，提撕警悟，以益其所不能，以新其所日進，則材可達而德可成，是先生之心而素菴之功也。然而本集簡帙重大，卒難搜索。得見《綱領》，則先賢之文章也，詩賦也，意氣精神，骨骼脈絡，瞭然在目矣。學者以意爲主、以氣爲輔、以理解之者，不欲奇而自奇，不期工而自工。則跨李杜香象，凌萬頃之波濤；乘韓柳德驥，陟千里之崔嵬。言其妙用，則取蜩之專、解牛之神，自存其人矣。然則此舉不啻繼先志而已，育華夷之英才，好民彝之懿德，抑亦非孝於先人而已，有補於天下後世者也。於是乎序。寬永十六年己卯九月重陽日，儒學教授兼醫官法眼杏菴正意書。

文章達德綱領目録

卷之一入式内録

讀書

窮理

存養

卷之二入式外録

抱題

布置鋪敘、排布、分問、間架、起結、過接、轉换

篇法

章法

句法

字法

卷之三入式雜録

敘事

議論

取喻

用事

形容

含蓄

地步

關鍵

開合

抑揚

起伏

響應

錯綜

鼓舞

頓挫
繁簡
伸縮
陳新
華實
雅俗
工拙
大小
逆順
常變
死活
方圓
險易
撐拄
步驟
瑕疵

卷之四辨體内録

辭命論告、詔、璽書、批答、冊（符命）、制、誥、勑。附：

典、謨、訓、誓、命、教、令、宣

議論諫、奏疏、議、表、策、彈文、檄、露布、書、戒、論、

辨、説、解、原、證、題跋、問對、七體

敘事序（題辭）、記、傳、行狀、謚法、謚議、碑、墓碑、墓

碣、墓表、墓志、誄、哀辭、祭文

詩賦詩、頌

賦騷、辭、文

箴

銘

贊

雜著

題跋

卷之五

駢儷連珠、判、律賦

律詩排律、絶句、雜體詩、聯句詩

近代詞曲
歷代

卷之六辨體雜録
諸家

卷之一　入式内録

讀　書

文之體莫善於《書》《詩》。

若後世詩詞一類，則自虞夏「賡歌」而下，備見於《三百篇》之風雅頌，舍是之外，亦未見有能易是者。

山谷曰：辭氣或不逮，初造意時，此病只是讀書未精博耳。長袖善舞、多錢善賈，不虛語也。

辨體

羅大經云：東山先生楊伯子嘗爲余言：「某爲宗正丞，真西山以直院兼玉牒宮，嘗至某位中，見案上有近時人詩文一編。西山一見擲之曰：『宗丞何用看此？』某悚然問故。西山曰：『此人大非端士，筆頭雖寫得數句詩〔一〕，所謂本心不正，脈理皆邪。讀之將恐染神亂志，非徒無益。』某佩服其言，再三謝之。因言近世如夏英公、丁晉公、王岐公、吕惠卿、林子中、蔡持正輩，亦非無文章，然

〔一〕詩：底本訛作「行」，據《鶴林玉露》卷十改。

而君子不道者，皆以是也。」鶴林玉露

（薛敬軒）又曰：《敕天之歌》，正大小《雅》之權輿也。《五子之歌》，《變風》《變雅》之權輿也。

又曰：《敕天之歌》，喜、起、熙爲韻。皋陶《賡歌》，明、良、康爲韻，脞、惰、墮爲韻。先儒謂此乃《三百篇》之權輿，良是。

薛敬軒曰：詩人氣不暴戾而詞語和平，雖其一己有涵養之功，是亦先王德澤入人之深也。後世之詩有俳薄淺露者，雖其人無涵養之功，亦可以觀世變矣。

又曰：「君子偕老」，其辭含蓄微婉，略無激發不平之氣，可見詩人之忠厚，而學者玩此，亦可以進德矣。

《詩》惟《生民》一篇如廬山瀑布泉，一氣輸瀉直下，略無回顧。自「厥初生民」至「以迄於今」，只是一意。蘇黄門謂《大雅·綿》九章，初頌太王遷邠，至八章乃及昆夷，九章復及虞芮，事不接而文屬，如連山斷嶺，相去絶遠而氣象聯絡，觀者知其脉理之爲一也。

羅大經曰：張文潛云：「《詩三百篇》雖云婦人女子小夫賤隸所爲，要之，非深於文章者不能作。『七月』以下皆不道破，至十月方言『蟋蟀』，非深於文章者能爲之耶？」然是詩乃周公作，其超妙宜矣。

薛敬軒曰：晦庵先生詩，則《三百篇》後一人而已。

晦庵先生詩，音節從陶韋柳中來，而理趣過之，所以卓然不可及。

又曰：許魯齊詩曰：「萬般補養皆虚僞，只有操心是要規。」惟心得而實踐者，乃知其言之有味。

窮　理

魯齊許氏曰：或論凡人爲詩文，出於何而能若是？出於性。詩文只是《禮部韻》中字已，能排得成章，蓋心之明德使然也。不獨詩文，凡事排得著次第，大而君臣夫子，小而鹽米細事，總謂之文，以其合宜，又謂之義，以其可以日月常行，又謂之道。文也、義也、道也，只是一般。性理

存　養

（薛敬軒）又曰：凡詩文出於真情則工，昔人所謂出於肺腑者是也。如《三百篇》、《楚辭》、武侯《出師表》、李令伯《陳情表》、陶靖節詩、韓文公《祭兄子老成文》、歐陽公《瀧崗阡表》，皆所謂出於肺腑者也。故皆不求工而自工。故凡作詩文皆以真情爲主。讀書録

樂毅《答燕惠王書》、諸葛孔明《出師表》，不必言忠，而讀之者可想見其忠。李令伯《陳情表》不必言孝，而讀之者可想見其孝。杜子美詩之忠、黄山谷詩之孝，亦然也。精義

龜山楊氏曰：爲文要有温柔敦厚之氣，對人主語言及章疏文字，温柔敦厚尤不可無。如子瞻詩多所譏玩，殊無惻怛愛君之意，荆公在朝論事多不循理，惟是争氣而已，何以事君？性理

卷之二 入式外録

抱題

命辭固以明理爲本。然自濂洛關閩諸子闡明理學之後，凡性命道德之言，雖孔門弟子所未聞者，後世學士皆得誦習。若不顧文辭題意，概以場屋經訓性理之説，施諸詩賦及贈送雜作之中，是豈謂之善學也哉。辨體

尊題法。書生作文務强此弱彼，謂之尊題。至於品藻高下，亦略存公論可也。白樂天在江州聞商婦琵琶，則曰：「豈無山歌與村笛，嘔啞嘲哳難爲聽。今夜聞君琵琶語，如聽仙樂耳暫明。」在巴峽聞琵琶云：「絃凈撥剌語錚錚，背卻殘燈就月明。賴是無心惆悵事，不然争奈子絃聲。」至其後作《霓裳羽衣歌》，乃曰「湓浦但聽山魈語，巴峽唯聽杜鵑哭」，乍賢乍佞，何至如此之甚乎？韓退之美石鼓之篆，有「羲之俗書趁嫵媚」之語，亦强此弱彼之過也。葛常之《韻語陽秋》

布置

山谷嘗曰：「文章必謹布置。」每見後學，多告以《原道》命意曲折，後以此概求古人法度，如老杜《贈韋見素詩》，布置最得正體，如官府甲第，廳堂房室各有定處，不可亂也。韓文公《原道》與《書》之《堯典》蓋如此。

句法

《詩·七月》曰：「七月在野，八月在宇。九月在户，十月蟋蟀入我床下。」羅大經曰：張文潛云，《詩三百篇》雖云婦人女子小夫賤隸爲，要之，非深於文章者不能作。「七月」以下皆不道破，至十月方言「蟋蟀」，非深於文章者，能爲之耶？然是詩乃周公作，其超妙宜矣。一貫玉露

莊子曰：「砉然嚮然，奏刀騞然。」林希逸云：「砉然、嚮然、騞然，皆其用刀之聲，卻以『奏刀』兩字安在中間，文法也。如《七月》詩以『蟋蟀』字安在中間。」

羅大經云：文章有反言之者。《左氏傳》曰：「室於怒，市於色。」魯南豐曰：「室於議，塗於嘆。」

杜詩曰：「久拚野鶴如雙鬢。」若正言之，當云「雙鬢如野鶴」也。

又曰：「黄鵠高於五尺童，化爲白鳧似老翁。」若正言之，當云「五尺童時似黄鵠，化爲老翁似白

梟」。

又曰：「紅豆啄殘鸚鵡粒，碧梧棲老鳳凰枝。」皆如此類。

隱語

又曰：「有美玉於斯，求善賈而沽諸。」孟子曰：「城門之軌，兩馬之力。」《小雅·鶴鳴》《古樂府·藁砧》全篇隱語，《老莊》尤多。

問答語

《詩》曰：「鷄既鳴矣，朝既盈矣。匪鷄則鳴，蒼蠅之聲。」《論語》曰：「吾何執？執御乎，執射乎？」《孟子》曰：「王何必曰利，亦有仁義而已。」《公羊》、《穀梁》尤極其法。

文以傳道，古聖人不得已而爲之，謂欲句之難道、義之難曉，必不然矣。《詩三百篇》皆可以播管絃、薦宗廟。《書》者，二帝三王之世之文，之文之古無出於此，則曰「惠迪吉，從逆凶」，又曰「德日新，萬邦懷；志自滿，九族乃離。」在《禮》，儒行夫子之文也，則曰「衣冠中動作慎〔一〕」。在《易》則曰「乾道成男，坤道成女。日月運行，一寒一暑」。夫豈句之難道、義之難曉耶？今爲文而舍《六

〔一〕慎：底本訛作「謹」，據《禮記注疏》卷五十九改。

經》，又何法哉？若弟取《書》之「弔由靈」、《易》之「朋合簪」者法其語〔一〕，而謂之古，是豈所謂之古文哉？小畜文集辨體

詩文待訓明者，亦本風土所宜。「王室如燬齊人以火爲燬。」使齊人讀之，則「燬」爲常語。「六日不詹楚人以至爲詹。」使楚人讀之，則「詹」爲常語。

字法

文出於己作之固難，語借於古用亦不易。觀歷代雕蟲小技之士，借古語以成篇章者紛紛藉藉，試陳一二以鑒後來。張茂先《勵志詩》曰「德輶如羽」，又曰「熠熠宵流」，雖變二字以協音韻，而不知詩人言行有緩飛之意，言毛有輕之喻。應吉甫《華林集詩》曰「文武之道，厥猷未墜」，既言「之道」，復綴「厥猷」，此所謂屋下架屋者歟？

詩詞用助辭，多韻協在其上：

也辭　「何其處也，必有與也。」處、與爲韻。

〔一〕朋：底本訛作「明」，據《周易注疏》卷四改。

而辭　「俟我於著乎而，充耳以素乎而。」著、素爲韻。

矣辭　「陟彼砠矣，我馬瘏矣。」砠、瘏爲韻。

忌辭　「抑磬控忌，抑縱送忌。」控、送爲韻。

兮辭　「其實七兮，迨其吉兮。」七、吉爲韻。

之辭　「知子之順之，雜佩以問之。」順、問爲韻。

且辭　「椒聊且，遠條且。」聊、條爲韻。

止辭　「既曰庸止，曷又從止。」庸、從爲韻。止即只，《鄘・柏舟》詩亦用「只」爲辭。《離騷》有《大招》用「只」辭，蓋法乎此。

羅大經曰：詩用助語，字貴妥帖。

杜少陵云：「古人稱逝矣，吾道卜終焉。」

又云：「去矣英雄事，苦哉割據心。」

山谷云：「且然聊爾耳，得也自知之。」

韓子蒼云：「曲檻以南青嶂合，高堂其上白雲深。」

王才臣云：「並舍者誰清可喜，各家之竹翠相交。」

曾幼度云：「不可以風霜後葉，何傷於月雨餘雲。」

卷之三　入式雜録

取　喻

《易》之有象，以盡其意。《詩》之有比，以達其情。

用　事

黄魯直句句要用事，此其所以不能長江大河也。

《詩》《書》而降，傳記籍籍，援引之言，不可具載。且左氏采諸國之事以爲經傳，戴氏集諸儒之篇以成禮志，援引《詩》《書》，莫不有法。推而論之，蓋有二端，一以斷行事，二以證立言，二者又各分三體，略條于後：

凡伯刺厲之詩而曰：「先民有言。」

《板》三章曰：「先民有言，詢于蒭蕘。」鄭康成云，此古賢者有言也。

吉甫美宣之詩而曰：「人亦有言。」

《烝民》五章曰：「人亦有言，柔則茹之，剛則吐之。」此亦謂前人有言如此。

響應

朱子曰：東坡之《歐陽公文集叙》只恁地，文意儘好。但要説道理，便看不得，首尾皆不相應。起頭甚麽樣大，末後卻説詩賦似李白，論事似司馬遷。性理

繁簡

羅大經云：洪容齋曰：「文貴於達而已，繁與簡各有當也。」……余謂詩亦有如此者。古《採蓮曲》云：「魚戲荷葉東，魚戲荷葉西。」杜子美《杜鵑行》云：「西川有杜鵑，東川無杜鵑。涪南無杜鵑〔一〕，雲安有杜鵑。」若以省文之法論之，似可裁減，然只如此説，亦樸贍有古意。

工拙

朱子曰：歐陽永叔、王介甫、曾子固文章如此好，至黄魯直一向求巧，反累正氣。性理

〔一〕涪：底本訛作「涪」，據《杜詩詳注》卷四改。

步驟

六經之道既曰同歸，六經之文，容無異體。故《易》文似《詩》，《詩》文似《書》，《書》文似《禮》。《中孚》九二曰：「鳴鶴在陰，其子和之。我有好爵，吾與爾靡之。」使入《詩・雅》，孰別爻辭？《抑》二章曰：「其在于今，興迷亂于政。顛覆厥德，荒湛于酒。女雖湛樂從，弗念厥紹。罔敷求先王，克共明刑。」使入《書・誥》，孰別《雅》語？

或曰「六經創意皆不相師」，試探精緻，足明詭説。《洪範》曰：「恭作肅，從作乂，明作哲，聰作謀，睿作聖。」《小旻》五章曰：「國雖靡止，或聖或否，民雖靡膴，或哲或謀，或肅或艾。」此《詩》創意師於《書》也。鄭康成箋曰：詩人之意，欲王敬用王事以明天道。

大抵經傳之文有相類者，非固出於蹈襲，實理之所在，不約而同也。略條于後，則可推矣？

《詩》曰：「禮義不愆，何恤於人言。」此逸詩，荀子引兮云，禮義之不愆兮，何恤人之言兮。

《左氏傳》載士蔿稱諺曰「心苟無瑕，何恤乎無家」。

《詩》曰：「謂予不信，有如皦日。」

《左氏傳》載公子重耳曰：「所不與舅氏同心者，有如白水。」凡指物爲誓，語多類如此。

《詩》曰：「不愸遺一老，俾守我王。」

《左氏傳》魯哀公誄孔丘曰：「不憖遺一老，俾屏予一人以在位。」此不約而同一也。

《詩・雲漢》有「耗斁下土，寧丁我躬」之句，退之、永叔《禱雨文》遂各衍作一篇，其寔皆自《雲漢》來，不逮遠矣。

朱子曰：柳學人處便絶似，《平淮西雅》之類甚似《詩》，詩學陶者便似陶。韓亦不必如此，自有好處，如《平淮西碑》好。性理

盧仝《月蝕》詩膾炙人口，其寔《詩・大東》后二章。

永叔《山中樂》三章贈惠勤，望其出佛而歸儒，持論甚正，從退之《送文暢序》來。

《醉翁亭記》結云：「太守謂誰？廬陵歐陽修也。」是學《詩・采蘋》篇「誰其尸之？有齊季女」二句。

永叔《畫錦堂記》全用韓稚珪《畫錦堂》詩意。

羅大經云：太史公《伯夷傳》、蘇東坡《赤壁賦》，文章絶唱也，其機軸略同。《伯夷傳》以「求仁得仁，又何怨」之語設問，謂夫子稱其不怨，而《采薇》之詩猶若未免怨，何也？蓋天道無親，常與善人，而達觀古今，操行不軌者多富樂，公正發憤者每遇禍，是以不免於怨也。雖然，富貴何足求，節操爲可尚，其重在此，其輕在彼。況君子疾没世而名不稱，伯夷、顔子得夫子而名益彰，則所得亦已多矣，又何怨之有！《赤壁賦》因客吹簫而有怨慕之聲，以此設問，謂舉酒相屬，淩萬頃之茫

然，可謂至樂，而簫聲乃若哀怨，何也？蓋此乃周郎破曹公之地，以曹公之雄豪，亦終歸於安在？況吾與子寄蜉蝣於天地，哀吾生之須臾，宜其托遺響而悲也。雖然，自其變者而觀之，雖天地曾不能一瞬，自其不變者而觀之，則物與我無盡，此天下之至樂，於是洗盞更酌，而向之感慨風休冰釋矣。東坡步驟太史公者也。玉露

撐拄 斡旋

羅大經云：要健字撐拄，要活字斡旋，如「紅入桃花嫩，青歸柳葉新」「弟子貧原憲，諸生老伏虔」。「入」與「歸」字、「貧」與「老」字，乃撐拄也。「生理何顔面，憂端且歲時」「名豈文章著，官應老病休」，「何」與「且」字、「豈」與「應」字，乃斡旋也。撐拄如屋之有柱，斡旋如車之有軸，文亦然。詩以字，文以句。

瑕疵

司馬相如叙上林曰：丹水、紫淵、灞、滻、涇、渭分流，相背而異態，灝溔潢漾，東注太湖。李善注：「太湖，所謂震澤。」按八水皆入大河，如何得東注震澤？又白樂天《長恨歌》「峨嵋山下少人行」，峨嵋在嘉州，與幸蜀路全無交涉。杜子《柏》詩云：「霜皮溜雨四十圍，黛色參天二千尺。」無乃

爲大細長耶？防風氏身横九畝，長三丈。姬室畝廣六尺，九畝乃五丈四尺[一]，如此則防風之身，一餅餤耳。此亦文章之病也。志林

[一] 底本脱「丈。姬室畝廣六尺，九畝乃」，據《夢溪筆談》卷二十三補。

卷之四　辨體内録

體格明則規矩正。古文矜式

辭命之文　貴婉切。

議論之文　貴精到。

叙事之文　貴簡實。

詩賦之文　貴婉麗。

右入境之法也。

詩　賦 詩賦騷文、辭、箴、銘、賛、頌

西山真氏曰：「按詩賦之文，自虞《賡歌》、夏《五子之歌》始，而備於孔子所定《三百五篇》，若《楚辭》則又《詩》之變而賦之祖也。」朱文公嘗言：「古今之詩，凡有三變。蓋自書傳所記，虞夏以來，下及漢魏自爲一等。自晋宋間顔謝以後，下及唐初，自爲一等。自沈、宋以後，定著律詩，下及今日，又爲一等。然自唐初以前，其爲詩者固有高下，而法猶未變；至律詩出，而後詩之古法始皆大變矣。」故嘗欲抄取經史諸書所載韻語，下及《文選》、古詩，以盡乎郭景純、陶淵明之作，自爲一

編，而附于《三百篇》《楚詞》之後，以爲之根本準則。又於其下二等之中，擇其近於古者各爲一編，以爲之羽翼輿衛。其不合者則悉去之，不使其接於胸次，要使方寸之中無一字世俗語言意思，則其爲詩，不期於高遠而自高遠矣。虞夏二歌與三百五篇外，餘皆以文公之言爲準，若箴、銘、頌、贊、郊廟樂歌、琴操，皆詩之屬。至於辭賦，則有文公《集註》《楚辭後語》。或曰以明義理爲主，後世之詩其有之乎？曰《三百五篇》之詩，其正言義理者蓋無幾，而諷詠之間悠然得其性情之正，即所謂義理也。後世之作雖未可同日而語，然其間興寄高遠，讀之使人忘寵辱、去係吝，翛然有自得之越，而於君親臣子大義，亦時有發焉。其爲性情心術之助，凡有過於他文者，蓋不必顯言性命，而後爲關於義理也。讀者以是求之，斯得之矣。正宗

《詩》

朱子曰：人生而静，天之性也。感於物而動，性之欲也。既有欲矣，則不能無思。既有思矣，則不能無言。既有言矣，則言之所不能盡，而發於咨嗟咏嘆之餘者，必有自然之音響節奏而不能已焉，此詩之所以作也。曰：「然則其所以教者，何也？」曰：詩者，人心之感物而形於言之餘也。心之所感有邪正，故言之所形有是非。惟聖人在上，則其所感者無不正，而其言皆足以爲教。其或感之之雜，而所發不能無可擇者，則上之人必思所以自反，而因有以勸懲之，是亦所以爲教也。

黄氏曰：自有天地有萬物，而詩之理已寓嬰兒之嬉笑、童子之謳吟，皆有詩之情而未動也。桴

以賁，鼓以土，籥以葦，皆有詩之用而未文也。康衢順則之謡、元首股肱之歌，皆詩也。故曰「詩言志」。至於五子述大禹之戒，相與歌詠，傷今而思古，則變風變雅已備矣。

《周禮》：太師教六詩，曰風，曰賦，曰比，曰興，曰雅，曰頌。

朱子曰：《周禮》「大師掌六詩以教國子」，而《大序》謂之「六義」，蓋古今聲詩條理無出此者。風則閭巷風土、男女情思之詞，雅則朝會燕享、公卿大夫之作，頌則鬼神宗廟、祭祀歌舞之樂。其所以分，皆以其篇章節奏之異而别之也。

賦、比、興所以分者，又以其屬詞命意之不同而别之也。

問《風》《雅》與無天子之《風》義〔一〕，曰：鄭漁仲言出於朝廷者爲雅，出於民俗者爲風。文武之時，周、召之作者謂之周、召之《風》；東遷之後，王畿之民作者謂之《王風》。似乎大約是如此，亦不敢爲斷然之説。但古人作詩，體自不同。《雅》自是《雅》之體，《風》自是《風》之體。如今人做詩曲，亦自有體製不同者，自不可亂，不必説《雅》之降爲《風》。今且就詩上理會意義，其不可曉處不必反倒。

詩有是當時朝廷作者，《雅》《頌》是也。若《國風》，乃採詩者採之民間，以見四方民情之美惡，二《南》亦是採民言而被樂章爾。程子必要説周公作以教人，不知是如何，某不敢從。

〔一〕與：底本訛作「興」，據《朱子語類》卷八十改。

廬陵彭氏曰：李賢良云：「詩，古之歌曲，其聲之曲折，氣之高下，作詩之始，或爲《風》，爲《小雅》，爲《大雅》，爲《頌》。《風》之聲不可以入《雅》，《雅》之聲不可以入《頌》，不待太師與孔子而後分也。」風雅頌乃其音，而賦比興乃其體也。

朱子曰：風雅頌，聲樂部分之名。賦比興，則所以製作風雅頌之體也。太師之教國子必使之，以是六者，三經而三緯之。則凡詩之節奏指歸，皆將不待講説，而直可吟詠以得之矣。三經是風雅頌，是做詩底骨子，賦比興卻是裏面横串底，故謂之三緯。

《語録》曰：風雅頌乃是樂中之腔調，如言仲吕調、大吕調、越調之類。

賦者，直陳其事，如《葛覃》《卷耳》之類。《語録》云，直指其名，直叙其事者，賦也。比者，以彼狀此，如《螽斯》《緑衣》之類。《語録》云，引物爲説者比也。興者，托物興詞，如《關雎》《兔罝》之類。《語録》云，本專言其事，而虚用兩句鈎起，因而接續云者，興也。

比是以一物比一物，而所指之事常在言外。興是借彼一物以引起此事，而其事常在下句説出那箇物事來，是興。不説那箇物事，是比。如「南有喬木」，只是説「漢有游女」；「奕奕寢廟，君子作之」，只説箇「他人有心，予忖度之」，皆是興體。比體只是從頭比下來不説破。興、比相近，卻不同。

如「藁砧今何在，何日大刀頭」，此是比體。興之爲言起也，言興物而起意。後來古詩猶有此體，如「青青原上柏，磊磊澗中石。人生天地間，忽如遠行客」，又如「高山有厓，林木有枝。憂來無端，人莫之知」，皆是也。興體不一，或借眼前事説起，或别將一物説起。如唐詩尚有此體，如「青青河畔草」「青青水中蒲」，皆是借彼興起其詞，非必有感有見於此物也。有將物之所無，興起自家之所有；有將物之所有，興起自家之所無。前輩都理會這個不分明，如何説得《詩》本指。

比興之中，《螽斯》專於比而《緑衣》兼於興，《兔罝》專於興而《關雎》兼於比，此其例中又自有不同者，學者亦不可以不考。

比興之中，各有兩例。興有取所興爲義者，則以上句形容下句之情思，下句指言上句之事實。有全不取義者。則但取三字相應而已。要之，上句全虚，下句常實，則同也。比有繼所比而言其事者，有全不言其事者，學者隨文會意可也。

詩之比興，舊來以《關雎》之類爲興，《鶴鳴》之類爲比。嘗爲之説甚詳，大概興詩不甚取義，特以上句引起下句，亦有取義者。比詩則全以彼物譬喻此物，有都不説破者，有下文卻結在所比之事上者，其體蓋不同也。上蔡言學《詩》要先識六義，而諷詠以得之，此學詩之要，若迂迴穿鑿則便不濟事。

慶源輔氏曰：凡詩，聲音之節、製作之體有此六義，而教詩與學詩者，皆當先辨而識之也。緑衣，雖以比妾，又因以興起其詞。雎鳩，雖以起興，又以摯而有别，比後妃之德也。獨舉二者以例其餘耳。

賦而比，《小弁》八章。賦而興，《野有蔓草》、《黍離》、《氓》六章、《溱洧》、《小弁》七章。比而興，《下泉》、《氓》三章、《緑衣》。興而比，《關雎》、《漢廣》、《椒聊》、《巧言》四章。賦以興，《頍弁》。賦其事以起興，《泮水》首三章。

安成劉氏曰：吕氏嘗謂得風之體多者爲風，得雅之體多者爲雅，得頌之體多者爲頌，而朱子亦嘗疑以《七月》詩變其音節，或爲風，或爲雅，或爲頌，則風雅頌之例中亦恐有不同者，不特比興之例爲然也。

風

風者，如物因風之動以有聲，而其聲又足以動物也。

刺美風化，緩而不迫，謂之風。珊瑚辨體

風以動物，貴情直而語婉。矜式

大抵風是民庶所作。

雅

雅者正也，正樂之歌也。本有大小之殊，而先儒説又名有正變之别。

推明政治，正言得失謂之雅。珊瑚變體

雅以詠政，貴鋪張正大。矜式

大抵雅是朝廷之詩。

頌

頌者，美盛德之形容，以其成功告於神明者也。

頌宜典雅和粹。文式

大抵頌是宗廟之詩。

古詩

海虞吴訥曰：按西山真氏輯《文章正宗》，凡古文辭之載于經，聖人所嘗删定者，皆不敢録，獨采書傳所載康衢、擊壤歌謡之類列於古詩之前，且曰出於經者可信，傳記所載者未必當時所作，其好古傳疑之意至矣。今謹遵其意仍以康衢童謡爲首，終于荀卿佹詩以俟考質云。辨體

西山真公《文章正宗》、上虞劉氏《風雅翼》悉本朱子之意，而去取詳略則不同，率以二家爲主，若近代之有合作者亦取焉，律詩雜體具載外録。辨體

蘇李而上，高簡古淡謂之古，沈宋而下，法律精切謂之律，此詩之衆體也。珊瑚

詩之文句長者不踰八言，短者不減二言，二言者，若「肇禋」之類，八言者如「我不敢效我友自逸」之類是也。摯虞云，詩有九言，「洞酌彼行潦挹彼注兹」是也〔一〕。然此當爲二句，其説非也。文則

振振鷺，三言之所起。

〔一〕洞：底本訛作「洞」，據《詩經・洞酌》改。

關關雎鳩，四言之所起。
維以不永懷，五言之所起。
魚麗於罶鲂鱧，六言之所起。
交交黄鳥止於棘，七言之所起。
我不敢效我友自逸，八言之所起。以上源流至論
三言詩，謝晋散騎常侍夏侯湛。
四言詩，前漢楚王傅韋孟諫楚夷王戊詩。
五言詩，漢騎都尉李陵與蘇武。《蔡寬夫詩話》曰：或云，五言詩枚乘，然乘死在蘇李先，若爾則五言未必始蘇李二人也。
六言詩，漢大司農谷永。
七言詩，漢武帝柏梁殿連句。
九言詩，魏高貴鄉公髦。以上山堂考索
海虞吴訥曰：四言古詩。國風雅頌之詩，率以四言成章。若五七言之句則間出而僅有也。《選》詩四言〔一〕，漢有韋孟一篇，魏晋間作者雖衆，然惟陶靖節爲最。後村劉氏謂其《停雲》等作突

〔一〕四：底本訛作「曰」，據《荆川稗編》卷七十三吴訥《文章辨體二十四論》改。

過建安是也。宋齊而降，作者日少，獨唐韓柳《元和聖德詩》《平淮夷雅》，膾炙人口。先儒有云，二詩體製不同，而皆詞嚴氣偉，非後人所及。自時厥後，學詩者日以聲律爲尚，而四言益鮮矣。今取韋孟以下得十餘篇以備一體。若三曹等作見于古樂府者，不復再録。大抵四言之作，拘於模擬者則有蹈襲《風雅》辭意之譏〔一〕，涉于理趣者又有銘贊文體之誚，惟能辭意融化，而一出於性情六義之正者爲得之矣。辨體

海虞吴訥曰：五言古詩載於《昭明文選》者唯漢魏爲盛，若蘇李之天成、曹劉之自得，固爲一時之冠。究其所自，則皆宗乎《國風》與楚人之辭者也。至晉陸士衡兄弟、潘安仁、張茂先、左太沖、郭景純輩，前後繼出，然皆不出曹劉之軌轍。獨陶靖節高風逸韻，直超建安而上之。元嘉以後，三謝、顔鮑又爲之冠，其餘則傷鏤刻，遂乏渾厚之氣。永明而下，抑又甚焉〔二〕。沈休文既拘聲韻，江文通又過摸擬，而詩之變極矣。唐初承陳隋之弊，唯陳伯玉專師漢魏以及淵明，復古之功，於是爲大。迨開元中有杜子美之才贍學優，兼盡衆體，李太白之格調放逸，變化莫羈，繼此則有韋應物、柳子厚，發濃纖於簡古，寄至味於淡泊，有非衆人之所能及也。自是而後，律詩日盛而古學日衰矣。宋初崇尚晚唐之習，歐陽永叔痛矯西崑陋體而變之，並時而起若王介甫、蘇子美、梅聖俞、蘇

〔一〕模：底本訛作「横」，據《荆川稗編》卷七十三吴訥《文章辨體二十四論》改。
〔二〕抑：底本訛作「柳」，據《稗編》卷七十三改。

子瞻、黄山谷之屬，非無可觀，然皆以議論爲主，而六義益晦矣。馴至南渡，遞相循襲，不離故武，獨考亭朱子以豪傑之材，上繼聖賢之學，文辭雖其餘事，然五言古體實宗《風雅》而出入漢魏陶韋之間。至其《齋居感興》之作，則盡發天人之藴，載韻語之中，以垂教萬世，又豈漢晉詩人所能及哉。讀者深味而體驗之，則庶有以得之矣。辨體

海虞吴訥曰：世傳七言古詩起於漢武柏梁臺體。按《古文苑》云，元封三年詔群臣能七言詩者上臺侍坐，武帝賦首句曰：「日月星辰和四時。」梁王襄繼之曰：「參駕駟馬從梁來音黎。」自襄而下作者二十四人，至東方朔而止。每人一句句皆有韻，通二十五句，共出一韻，蓋如後人聯句，而無隻句與不對偶也。後梁昭明輯《文選》載東漢張衡《四愁詩》四首，每首七句，前三句一韻，後四句一韻，此則後人换韻體也。古樂府有七言古辭，曹子建輩擬作者多。馴至唐世，作者日盛，然有歌行，有古詩。歌行則放情長言，古詩則循守法度，故其句語格調亦不能同也。大抵七言古詩貴乎句語渾雄，格調蒼古，若或窮鏤刻以爲巧，務喝喊以爲豪，或流乎萎弱，或過乎纖麗，則失之矣。辨體

海虞吴訥曰：昔人論歌辭有有聲有辭者，若郊廟樂章及《鐃歌》等曲是也。有有辭無聲者，後人之所述作，未必盡被於金石也。夫自周衰，採詩之官廢，漢魏之世，歌詠雜興，故本其命篇之義曰篇，因其立辭之意曰辭，體如行書曰行，述事本末曰引，悲如蛩螿曰吟，委屈盡情曰曲，放情長言曰歌，言通俚俗曰謡，感而發言曰嘆，憤而不怒曰怨。雖其立名弗同，然皆六義之餘也。唐世詩人

公推李杜，太白則多摸擬古體，少陵則即事名篇，無復倚傍。厥後，元微之以後人沿襲古題，倡和重複，深以少陵爲是，故凡擬古者，皆附樂府本題之內。若即事爲題，無所模擬者，則自漢魏以降，迄於近代，取其辭義之弗過於淫傷者。辨體

歌

猗吁抑揚，永言謂之歌。珊瑚辨體

歌宜通暢響亮，讀之使人興起。文式

行

步驟馳騁，斐然成章謂之行。珊瑚辨體

行宜快直詳盡。文式

引

品秩先後，序而推之，謂之引。珊瑚辨體

引宜引而不發。文式

吟

吁嗟慨歌，悲憂深思謂之吟。珊瑚辨體

吟宜沉潛細詠，讀之使人思怨。文式

謠

非鼓非鐘，徒歌謂之謡。珊瑚辨體

謡宜隱蓄近俗。文式

曲

聲音雜比，高下長短謂之曲。珊瑚辨體

曲宜委曲諧音。文式

嘆

感而發言曰嘆。辨體

怨

憤而不怒曰怨。辨體

篇

本其命篇之義曰篇。辨體

詞

感傷事物，托於文章謂之詞。珊瑚辨體

詞以寄情貴深而語緩。矜式

詠

《選》有《五君詠》，唐儲光羲有《群鴟詠》。

唱

魏明帝有《氣出唱》。

弄

古樂府有《江南弄》。

樂

齊武帝有《估家樂》，宋臧質有《石城樂》〔一〕。

别

杜子美有《無家别》《垂老别》《新婚别》。

思

太白有《静夜思》。

樂府

海虞吴訥曰：《易》曰「先王作樂崇德，殷薦之上帝，以配祖考。」成周盛時，大司樂以黄帝堯舜夏商六代之樂報祀天地百神，若宗廟之祭，神既下降，則奏九德之歌、九韶之舞，蓋以六代之樂皆

〔一〕宋：底本訛作「朱」，據《新唐書》卷二十二改。

聖人之徒所制，故悉存之而不廢也。迨秦焚滅典籍，禮樂崩壞。漢興，高帝自制三侯之章，而房中之樂則令唐山夫人造爲歌辭。《史記》云，高帝過沛，詩《三侯之章》令小兒歌之。高祖崩，令沛得以四時歌舞宗廟，孝惠、文景無所增，更於樂府習常肄舊而已。至班固《漢書》則曰，漢興，樂家有制氏，但能紀其鏗鏘，而不能言其義。高祖時，叔孫通制宗廟樂，迎神奏《嘉至》，入廟奏《永至》，乾豆上奏《登歌》再終，下奏《休成》。天子就酒東廂〔一〕，坐定奏《永安》。然徒有其名而亡其辭，所載不過武帝《郊祀》十九章而已。後儒遂以樂府之名起於武帝〔二〕，殊不知孝惠二年已命夏侯寬爲樂府令，豈武帝始爲新聲，不用舊辭也。迨東漢明帝遂分樂爲四品，一曰大予樂，郊廟上陵用之；二曰雅頌樂，辟雍享射用之；三曰黄門鼓吹樂，天子宴群臣用之；四曰短簫鐃歌樂，軍中用之。其説雖載方册，而其制亦復不傳。魏晋以降，世變日下，所作樂歌率皆誇靡虚誕，無復先王之意。下至陳隋，則淫哇鄙褻，舉無足觀矣。自時厥後，唯唐宋享國最久，故其辭亦多純雅。南渡後，夾漈鄭氏著《通志·樂略》，以爲古之達禮有三，一曰燕，二曰享，三曰祀，所謂吉凶軍賓嘉皆主此三者，仲尼所删之詩，凡燕享祀之時，用以歌之。漢樂府之作，以繼三代，因列《鐃歌》與《三侯》以下于篇，亦無其辭。後太原郭茂倩輯樂府百卷，繇漢迄五代，蒐輯無遺。金華吴立夫謂其紛亂哤雜，厭人

〔一〕廂：底本訛作「廟」，據《漢書·禮樂志》改。
〔二〕府：底本訛作「廟」，據《漢書·禮樂志》改。

視聽，雖浮淫鄙俗，不敢芟薙，何哉？近豫章左克明，復編《古樂府》十卷，斷自陳隋而止，中間若後魏《楊白花》等淫鄙之辭，亦復收載，是亦未得盡善也。今考五禮，以郊廟歌辭爲先，愷樂燕饗歌辭次之，蓋以其切於世用，足爲制作家之助。至若古今琴操與夫相和等曲，亦附于後，以俟好古君子之所考證焉。其或有題無辭，或雖存而爲莊人雅士之所厭聞者，玆亦不得録云。辨體

樂府宜喜怒哀樂各極其情而範之以禮，或和或奇或古，隨題體之。文式

郊廟歌辭吉禮

海虞吴訥曰：《樂記》曰，王者功成作樂，治定制禮，考之於古，禮樂之備莫過於周，故《詩序》謂《昊天有成命》，則郊祀天地之樂歌也。《清廟》則祀太廟之樂歌也。《我將》《載芟》《良耜》，則又明堂社稷之歌章焉。千載之下，音樂既亡，而其歌詩尚存者以其辭焉爾。秦漢以降，代有制作，然唯漢唐宋爲盛者，蓋其混一既久，功德在人，雖其道不能比隆成周，然其致治制作之懿，終非秦魏晋隋南北五季之可比也。讀者其尚考焉。辨體

愷樂歌辭軍禮

海虞吴訥曰：《周禮・大司樂》曰「王師大獻則令奏愷樂」。《大司馬》曰「師有功，則愷樂獻于社」。鄭康成云：「兵樂曰愷，獻功之樂也。」是則軍禮之有愷樂，其來尚矣。若夫鼓吹、鐃歌、横吹之名，則起于漢。崔豹《古今注》云：「漢樂有黄門鼓吹，天子所以燕群臣，短簫鐃歌乃鼓吹之一章，亦以賜有功。」是則鐃歌與横吹得通名爲鼓吹曲，但所用異爾。漢有《朱鷺》等二十二曲列於鼓吹，

謂之鐃歌。又有横吹曲二十八解，然辭多不傳。曹魏嘗改漢鐃歌爲十二曲，而辭率嬌誕。厥後柳宗元進唐鐃歌，洪武中，宋濂擬宋鼓吹，雖如魏之曲數，而辭義殆過之矣。今特漢曲之後以爲好古學者之助云。辨體

燕饗歌辭賓禮嘉禮

海虞吴訥曰：《儀禮·燕禮》曰：「工歌《鹿鳴》《四牡》《皇皇者華》，笙入，奏《南陔》《白華》《華黍》。乃間歌《魚麗》，笙《由庚》；歌《南有嘉魚》，笙《崇丘》；歌《南山有台》，笙《由儀》。遂歌鄉樂：《周南》《關雎》《葛覃》《卷耳》；《召南》《鵲巢》《采蘩》《采蘋》。」此則燕饗之有樂也。《王制》曰：「天子食，舉以樂。」《大司樂》「王大食，皆奏鐘鼓。」此食舉之有樂也。漢明帝定樂，二曰雅頌，三曰黄門鼓吹者，皆燕射及宴群臣之所用也。又有殿中御飯食舉七曲，太樂食舉十三曲，然世皆不傳。唯晋荀勖所定歌章具存。唐貞觀初，新定十二和之樂，其曰天子食舉及飲酒奏《休和》，受朝奏《正和》，正至禮會奏《昭和》，皇太子軒懸出入奏《承和》，而史亦亡其辭。迨宋建隆中，始作朝會樂章，載之于史。今録所存晋宋之辭以俟採擇云。辨體

琴曲歌辭

海虞吴訥曰：《白虎通》曰「琴者，禁止於邪，以正人心者也」。故先王以是爲修身理性之具，其長三尺六寸，象歲之三百六十日也。廣六寸，法六合也。前廣後狹，尊卑象也。上圓下方，法天地也。今觀五曲九引十二操率皆後人所爲。若文王《居憂》，孔子《猗蘭》《將歸》等操，怨懟躁激，害

義尤甚，故皆不取，而獨載昌黎所擬諸作于後，先儒謂深得文王之心者是也。西山真氏又云，琴之音以淳古澹泊爲上，今則厭古調之希微，誇新聲之奇變，雖琴亦鄭衛矣〔一〕，此又有志於琴者不可不知也。辨體

相和歌辭

海虞吴訥曰：《宋書·樂志》曰：「相和，漢舊曲也。絲竹更相以和，執節者之歌〔二〕。魏明帝分爲二部。」晋荀勖採舊辭，謂之清商三調歌詩。《唐樂志》云：「平調、清調、瑟調，皆周房中曲之遺聲。漢世謂之三調。」又有楚調，漢房中曲也。與前三調揔謂之相和調。張永《元嘉技録》又有吟嘆四曲，亦列于相和歌云。辨體

清商曲辭

海虞吴訥曰：清商樂，一曰清樂。清樂者，九代之遺聲，其始即相和三調是也。並漢魏已來舊曲，其辭皆古調。晋馬南渡，其音亡散。宋武定關中，收其聲伎。南朝文物斯爲最盛。後魏孝文、宣武相繼南伐，得江左所傳舊曲及江南吴歌、荆楚西聲，總謂之清商。至於殿庭饗宴，則兼奏之。後隋平陳，文帝善其節奏曰：「此華夏正聲也。」乃微更損益，以新定律吕。因於太常置清商署以管

〔一〕琴：底本脱，據《荆川稗編》卷七十三吴訥《文章辨體二十四論》補。
〔二〕以、之：《宋書·樂志》無此二字。

之〔一〕，謂之清樂。隋室喪亂，日益淪缺。唐貞觀中，用十部樂，清亦在焉。至武后長安已後，朝廷不重古曲，工伎廢弛，曲之存者僅有《子夜》《上聲》《歡聞》《前溪》《阿子》《丁都護》《讀曲》《神弦》等曲，俱列於吴聲，而西曲則《石城樂》《烏夜啼》《烏棲曲》《估客》《莫愁》《襄陽》《江陵》《共戲》《壽陽》等曲。或舞曲，或倚歌，則雜出於荆郢樊鄧之間，以其方俗，故謂之西曲。《古今樂録》曰，《上聲》等辭「哀怨不及中和，梁武改之，無復雅句」矣。今時録其辭意稍雅者，以俟考訂云。辨體

〔一〕商：底本訛作「高」，據《隋書》卷十五《音樂志》改。

卷之六　辨體雜録

諸　家總論

議論不本於孔氏，則厭常喜異，不足以垂後世之訓；文章不祖於六經，則誇多鬬靡，不足以該天下之理。夫自杏壇迹蕪，麟筆絶矣。詞人才子，名溢於縹囊；舒文染翰，卷盈乎緗帙。紛紛藉藉，蓋不知其幾。然論本孔氏，文祖六經，庶可登文章之録。否則累篇連牘，特紙上之陳迹耳。蓋詩變爲樂府之後，則作《拘幽操》，作《思歸引》，即或愛或思之詩也。變爲《離騷》之後，則作《吊湘》，作《畔牢愁》，即或怨或哀之詩也。《書》自《誥命》之不傳而爲制爲誥爲表者，皆《書》之宗派也。《書》自《明良之歌》不作，而爲賦爲頌爲箴者，皆《書》之源流也。後之曰紀傳，曰志贊，本《春秋》之遺策也。後之曰序曰記，即《易》與《記》之遺體也。然則學必尊師，而後天下無異説；文必尊經，而後天下無異論。此古今之格言也。諸葛孔明《出師》一表，言辭激烈，對越鬼神，讀之令人雍雍然生敬心。故東坡謂其與《伊訓》《説命》相表裏。杜工部平生詩集摸寫風景，拳拳愛君，讀之令人灑灑然生愛心。故山谷謂有《三百篇》之旨。夫以文而論人，如晁錯之《賢良策》、賈生之《過秦論》、班彪之《王命論》、楊雄之《美新》、王羲之《蘭亭序》、潘元茂之《九錫》，此皆膾炙人口者，而前輩特取孔明之一表。以詩而論人，如蘇李之高妙、陶阮之沖淡、曹劉之豪逸、謝鮑之峻潔、徐庾之華麗，此蓋有聲於詩壇者，而前輩特稱子美之詩，此無他，不以文論文，以經論文也。夫《商盤》《周誥》，特當時小民登于王庭之言，幽深簡古，如登峻坂然。後之博學君子研窮古意，未易通究。《國風》《雅》《頌》亦不過小夫賤隸之辭，渾厚藴藉，如奏黄鐘大吕，後之騷人墨客老於文墨，練辭剪句有不能得有其一二者。噫！作文而不究六經之旨，不愧古之聖賢，寧不愧古之民乎？然嘗觀漢晋而下，惟唐之韓柳，文章機軸，自成一家，當於古人中求之。韓之《南溪始泛三首》，魯直嘆有詩人之句律；韓之《淮西碑》，孫覺喜其叙與銘得《詩》《書》之體；韓之《盤古序》，坡老謂唐無文章，惟此篇而已。則韓之所筆，非唐之文，古之文也。柳之詩，東坡稱其在韋蘇州之上；柳之序，前輩稱《送僧浩然》一篇無六朝風采；柳之碑，東坡稱《曹溪》《南嶽》諸碑妙絶古人。則柳之所著，非唐之文，古之文也。嗚呼！蓋亦溯其源流乎。蓋《詩》葩《易》奇，《盤誥》詰屈，《春秋》謹嚴，韓之所學者在是，則捕龍蛇、搏虎豹，急與之角而不敢暇者宜矣。上而《詩》《易》《春秋》，下而《左氏》《國語》，柳之所學者在是，則軋漢周而凌晋宋，凜然爲一王之法者宜矣。噫！韓柳遠矣，文氣彫喪〔一〕，「三百年來文不振，直從韓柳到孫丁」，吾於我朝諸公見之。夫論制誥之文，非駢儷俳憂之爲美，而以體制謹嚴之爲高。蘇公行吕惠卿之謫辭，衆口稱快；錢穆父之行章子厚謫辭，切中事

〔一〕氣：底本脱，據《古今源流至論前集》卷二補。

情。范純仁之遺表，辭意感切。是文也，非六經簡嚴之體歟？論記述之文，非鋪陳華麗之爲巧，而以規切諷喻之爲工。王元之之記待漏院，怯怯然憂國之心；范文正之記岳陽樓，有對景自警之辭；張伯玉之記六經閣，得尊六經、黜百氏之意。是文也，非六經紀實之古歟？其奏議也，潁濱之言條例司，東坡之論買燈，張方平之諫用兵，鄭介夫之辭除授，筆勢翩翩，炳然仁義之美談，非得《伊訓》《召誥》之意乎？其詩章也，楊公之賦朝京闕，歐公之詠春帖，坡公之風水利，中存諷喻，藹然箴美之遺意，非得《周雅》《商頌》之體乎？進士之文，王曾以賦策動而爲賢相，張庭堅以經義進而爲名臣，則不可以科舉輕視也。序述之文，程伊川自序《易傳》《春秋傳》，游定夫爲孫莘老序《周易傳》，則不可以序體概論也。嗚呼！宣公奏議，前輩論有七篇仁義之談；劉禹錫《三閣》四章，識者謂可以配《黍離》。況我朝諸公以六經爲準的，以孔孟爲宗師，以仁義禮樂爲醞藉，以箴規諷諫爲旨要，則含商嚼羽，戛金切玉，豈非周情孔思之遺乎？嘗謂孔子之學，歷戰國而病，至孟子則復起。孟子之學，歷漢魏而病，至韓柳則復起。韓柳之學，歷五代而病，至我朝諸君子則復起，得非聖經之未墜歟？斯文之未喪歟？六經簡嚴，與天地並傳，而無一日之或息歟？不然，何其抑之未久而復伸，晦之未幾而卒明也？「于今便合教修史，二子文章以六經」，必有續王元之之詩以爲諸公誦。源流至論

《華黍》之補亡，欲繼乎《詩》也，君子不之予。而老杜一集，本以五言爲體，山谷謂有《三百篇》之旨。《湯征》之續闕，欲續乎《書》也，君子不之取。而孔明《出師》一表，本以表而自名，東坡嘆其

與《伊訓》《説命》相表裏。大抵得聖人之意，則自然暗合於道；泥聖人之言，則往往反戾於經。况《國風》《雅》《頌》渾厚醞藉，誦之如奏黄鐘大吕；《商盤》《周誥》幽深簡古，讀之如登九折峻坂。儒生學士無聖人萬分之一，而欲效聖人之所述。噫！亦妄矣。束皙補《詩》，俳優之戲舜耳；居易續《書》，尪巫之步禹耳。此愚切嘆夫後之擬經者皆侮聖人也。且六經何爲而作哉？蓋夫子接三代之後，有典謨訓誥之文，有禮樂法度之善，天地陰陽之藴已露而未顯，三綱五常之道幾墜而未振，於是删《詩》定《書》，制《禮》作《樂》，繫《周易》作《春秋》。聖人蓋爲天地立心，爲生民立極也。彼王通何人哉？既《續詩》矣，而又《續書》；既《元經》矣，而又《易讚》；既《禮論》矣，而又《樂論》。然曹劉沈謝之句，安能合《鹿鳴》《四牡》《大明》《關雎》之旨？七制詔志策議之文，安能合《堯典》《舜典》《禹謨》《伊訓》之義？「達者與幾，守者存義」，果《序卦》《雜卦》之藴乎？「皇始之帝、晋宋之王」，果奬周室尊中國之筆乎？禮之論、樂之論，果能推明先王政化之意乎？侈然以《王氏六經》自名，此特效西子之顰耳。通之意猶未也。《中説》一書，酷類《魯論》。以董常比顔子，以公卿大夫比顔曾門弟，而其心則以夫子自尊。通之意，正如歐陽永叔自擬韓昌黎，而以梅聖俞擬孟郊也。嗚呼！安得後人不以六經奴婢誚之哉？然僭經之罪，不特一王通也。世無君子之論，則蟬噪争鳴，蛙尊自居，皆得侮聖言矣。子雲之《太元》，蓋準《易》之象數也。《易》有象〔一〕，《元》則有首；

〔一〕象：底本訛作「太」，據《古今源流至論别集》卷六改。

《易》有爻,《元》則有贊;《易》之爻有象,而《元》之贊則有測。然《易》以道勝,而《元》以數勝,是雄蔽於名而作也,此後世所以有吴楚僭王之譏焉。嗚呼! 畫前元有《易》,何俟雄之贅哉? 雄且不能逃君子之議,則京房之卦氣、元嵩之《元包》、一行之《大衍》,皆謬也。屈平之《騷經》蓋傚《詩》之比興也,以香草比君子,以龍鳳比忠正,美人以喻時君,惡鳥以況小人。然《詩》之體尚忠厚,《騷》之體類迫切,是原蔽於怨而作也。此或者所以有異經典之誚焉。嗚呼! 删後更無詩,何待原之傚哉? 原且不能逭後世之譏,則王褒《得賢》之頌、宗元《平淮》之雅,皆妄也。《吴越》之春秋、《楚漢》之春秋,非不求合於《春秋》也。然游夏高弟且不能措一辭,况諸公乎? 三國之尚書,記注之尚書,非不求合於《書》也。然秦魯二篇,聖人且不得已繫於帝王之後,况後世乎? 世儒論後之學者僭擬聖經,正如兒曹斂容危坐以效老成、拜伏跪起以效賓主,言氣象大不相類也。雖然,聖經之名固不可擬,而所述之道獨不可學乎? 聖經之體固不可襲,而所寓之意獨不可求乎? 述性命者存乎《易》,讀《易》而得性命之理。雖未必曰《易》,謂之得於《易》可也。詠性情者存乎《詩》,作詩而得性情之旨,雖未必曰《詩》,謂之得於《詩》可也。示直筆者在《春秋》,紀政事者在乎《書》,作史而能成實録、備故事,雖未必曰《書》曰《春秋》,謂之得於《書》《春秋》亦可也。石介之《宋頌》九篇,衆謂《猗那》《清廟》之詩無以加。嗚呼! 劉禹錫《三閣》四章,魯直且以《黍離》配之,《宋頌》之無愧《猗那》也宜矣。尹洙之《皇雅》十篇,人謂堯典舜歌而下所未聞。嗚呼! 韓退之《淮西》之碑,孫覺且嘆其叙如《書》,則《皇雅》之可軋舜歌也亦宜矣。康節先天之學、濂溪太極之圖,雖未嘗規規於方州部家之體，而理數暗合於《易》。噫！《孟子》七篇之書不言《易》，而君子謂其深於《易》者，以其所載者性命也。王元之之《太祖實録》，其事直書；曾子固之《兩朝國史》，必主仁義。雖未嘗屑屑於編年之法，而褒貶實得於《春秋》。噫！子長易編年而爲紀、傳、表、書，君子謂其合於《春秋》者，以其所書者實録也。世之議者且曰：「司馬所著《潛虚》之書，毋乃蹈《太元》之轍乎？」曰：「此未必出公之手也。吾觀傳公之行者，不聞一語及於《潛虚》，其意可見矣。」世之議者又曰：「朱氏所補《大學》致知格物之章，毋乃效補《詩》之尤乎？」曰：「此亦知先生之已説者〔一〕。吾觀《章句》之序，自謂以程氏之説輯之，以俟後之君子。其意亦不敢自專矣。」噫！曾經聖人手議論〔二〕，安得到後之學者妄爲僭經之舉，盍以是自訟云？源流至論

屈原之《離騷》，有長鯨蒼虬不得伸之態，讀之令人激切生忠憤心，奇體也，或者至有露才揚己之譏。靖節之《歸去來》，有閑鷗立海之狀，讀之令人清灑忘名利心，佳製也，或者有以賦爲辭之議。嗚呼！爲文之難如此，而况於論文者乎？夫自六經不作之後，騷人墨客，雄才健筆，馳價於翰墨之場者，不知其幾，固難以一二數，姑即《文選》《文粹》之所去取者而評議之，信矣。夫論文之難也，且擷華掇菁而爲《選》，蕭統之用工多矣。然西漢之文不取仲舒之《三策》，而取揚雄之《美

〔一〕生：底本訛作「王」，據《古今源流至論別集》卷六改。
〔二〕手：底本訛作「乎」，據《古今源流至論別集》卷六改。

新》，何見也？去疵取醇而爲《粹》，姚鉉之著意勞矣。然李唐之文不取昌黎之碑，而取段文昌之碑，何識也？噫！《選》《粹》之失，豈止於此耶？編司馬長卿賦《上林》，而不知謬言盧橘夏熟；編揚子雲賦《甘泉》，而不知妄用玉樹青葱。《羽獵》托諷之詞，《子虚》奏雅之篇，而反雜於《長門》褻慢之語，《選》果足信乎？述王摩詰《老將行》，而不辨指「天幸不敗爲衛青」之誤；述李長吉《雁門行》，而不指「黑雲壓城」續以「甲光向日」之失。道士吴筠之著《游仙》，釋子蘭之作《長城窟》，而亦溷李杜元白之集，《粹》果可取乎？噫！三代之文至漢復起，西漢之文至唐復振。一去一取，且無定見。况江左諸子紛紛之筆歟？嗚呼！有穎士之高識，庶能知李華《吊古戰場文》；無歐陽公之巨眼，而《昌黎文集》終爲頹壁敝篋之物。信矣！夫論文之難也。天開我宋，鉅工彬彬，一洗萬古，日月争光，故有爲「三百年來文不振，直從韓柳到孫丁」之詩者，有爲「曾子文章衆無有，水之江漢星之斗」之詠者。山川旺氣，化入文章。噫！盛哉！有如王黄州之恪、孫泰山之義、石徂徠之厲〔一〕、尹河南之簡、歐廬陵之醇、蘇文安之遠〔二〕、李盱江之鋭〔三〕、宋常山之峻、司馬涑水之端、曾南豐之毅、王臨川之整、蘇東坡之浩、蘇潁濱之通、李淇水之宏、陳後山之濬、黄豫章之理、秦淮

〔一〕厲：底本訛作「屬」，據《古今源流至論後集》卷一改。
〔二〕遠：底本訛作「道」，據《古今源流至論後集》卷一改。
〔三〕盱：底本訛作「肝」，據《古今源流至論後集》卷一改。

海之焕、晁濟北之舒、張譙國之婉，張石室之俊，筆勢駸駸與周漢軋，是豈區區模仿者之所能及哉？然考其評議，觀其取予，往往有佩劍相笑之見。夫歐陽永叔《醉翁亭記》平生最得意者，而秦少游以爲用賦體；范文正《岳陽樓記》世稱曰佳作者，而尹師魯以爲傳奇體；曾子固之記六經閣，張伯玉終不愜意；陳鐸之批答，魯仲明謂非詔語；王荆公以東坡《醉白堂記》爲韓白優劣論，蘇公以王金陵《處州學記》爲學校策。噫！稱贊之意不足，而正救之辭有餘，諸公非相短也，正所以相切磋也。不然，柳子厚素稱韓之文若捕龍蛇、搏虎豹，急與之角而不暇，至論韓碑其有帽子之習。諸公之見，非韓柳之見歟？樂天之詩，沈存中喜其識趣可尚，章子厚譏其識趣最淺。杜陵之詩，黄魯直稱其靈丹一粒，楊大年薄其爲村夫子。昌黎之文，歐公平日推重，以「家藏萬卷，惟韓文爲舊物，萬世所尊」，而蘇潁濱乃譏之。愚溪之文，蘇東坡晚年最愛，以「碑文妙絶今古」，而歐公乃薄之。噫！去取之見不同而優劣之論亦異，諸公非相反也，正所以相詰難也。不然，老泉嘗稱遷之史，其與善隱而彰，其懲惡直而寬，至其子潁濱作《古史》以糾其失。諸公之見，非蘇氏父子之見歟？雖然，文人相輕，從古固然。然學不逮先輩，文不逮先輩，亦效先輩雌黄之口，皆其氣習不渾厚而輕躁者之爲乎？讀詩未有劉長卿一句，已呼阮籍爲老兵；筆語未有駱賓王一字，已罵宋玉爲罪人，則吾豈敢？源流至論

朱子曰：歐公文字鋒刃利。文好，議論亦好。嘗有詩云「玉顔自古爲身累，肉食何人爲國謀」，以詩言之，是第一等好詩，以議論言之，是第一等議論。性理

諸家詩評

程子曰：既學詩，須是用功，方合詩人格。既用功，甚妙事。古人詩云：「吟成五箇字，用破一生心。」又謂：「可惜一生心，用在五字上。」此言甚當。某素不作詩，亦非是禁止不作，但不欲爲此閑言語。性理

又曰：邵堯夫詩云「梧桐月向懷中照，楊柳風來面上吹」，真風流人豪也。性理

又曰：石曼卿詩云：「樂意相關禽對語，生香不斷樹交花」，此語形容得浩然之氣。性理

龜山楊氏曰：作詩不知風雅之意，不可以作詩。詩尚譎諫，唯言之者無罪，聞之者足以戒，乃有補。若諫而涉於毁謗，聞者怒之，何補之有？觀蘇東坡詩，只是譏誚朝廷，殊無温柔敦厚之氣。以此故，人得而罪之。若是伯淳詩，則聞者自然感動矣。因舉伯淳《和温公諸人禊飲》詩云「未須愁日暮，天際是輕陰」〔一〕，又《泛舟》詩云「只恐風花一片飛」，何其温柔敦厚也。性理

又曰：君子之所養，要令暴慢邪僻之氣不設於身體〔二〕。陶淵明詩所不可及者，冲淡深粹出於自然。若曾用力學詩，然後知淵明詩非著力之所能成。私意去盡，然後可以應世。性理

〔一〕諸：底本訛作「詩」，據《性理大全書》卷五十六改。
〔二〕令：底本訛作「合」，據《性理大全書》卷五十六改。

朱子曰：詩者志之所之，在心爲志，發言爲詩。然則詩者豈復有工拙哉？亦視其志之所向者高下如何耳。是以古之君子，德足以求其志，必出於高明純一之地，其於詩固不學而能之。至於格律之精粗，用韻、屬對、比事、遣詞之善否，今以魏晉以前諸賢之作考之，蓋未有用意於其間者，而況於古詩之流乎？近世作者乃始留情於此，故詩有工拙之論，而葩藻之詞勝，言志之功隱矣。性理

又曰：或言，今人作詩多要有出處。曰，「關關雎鳩」出在何處？性理

又曰：古樂府只是詩中間却添許多泛聲，後來人怕失了那泛聲，逐一聲添箇實字，遂成長短句〔一〕，今曲子便是。性理

又曰：作詩間以數句適懷亦不妨〔二〕，但不用多作，蓋便是陷溺爾。當其不應事時，平淡自攝，豈不勝如思量詩句？至其真味發溢，又却與尋常好吟者不同。性理

又曰：古詩須看西晉以前〔三〕，如樂府諸作皆佳，杜甫夔州以前詩佳，夔州以後自出規模，不可學。蘇黄只是今人詩，蘇才豪，然一衮説盡無餘意，黄費安排。性理

〔一〕遂：底本訛作「逐」，據《性理大全書》卷五十六改。
〔二〕妨：底本訛作「好」，據《性理大全書》卷五十六改。
〔三〕須：底本訛作「雖」，據《性理大全書》卷五十六改。

又曰：《選》中劉琨詩高，東晋詩已不逮前人，齊梁益浮薄〔一〕。鮑明遠才健，其詩乃《選》之變體，李太白專學之，如「腰鎌刈葵藿，荷杖牧鷄豚」，分明説出箇倔强、不肯甘心之意〔二〕；如「疾風衝塞起，砂礫自飄揚。馬毛縮如蝟，角弓不可張」，分明説出邊塞之狀，語又俊健。

又曰：陶淵明詩平淡出於自然，後人學他平淡，便相去遠矣。某後生見人做得詩好，鋭意要學，遂將淵明詩平側用字一一依他做，到一月後便解自做，不要他本子，方得作詩之法。性理

又曰：蘇子由愛《選》詩「亭皋木葉下，隴首秋雲飛」，此正是子由慢底句法。某却愛「寒城一以眺，平楚正蒼然」，十字却有力。性理

又曰：齊梁間人詩，讀之使人四肢皆懶慢不收拾。性理

又曰：晋人詩惟謝靈運用古韻，如祐字協燭字之類；唐人惟韓退之、柳子厚、白居易用古韻，如《毛穎傳》牙字、資字、毛字皆協魚字韻是也。性理

又曰：唐明皇資稟英邁，只看他做詩出來是什麼氣魄。今《唐百家詩》首載明皇一篇《早渡蒲津關》，多少飄逸氣，概便有帝王底氣焰。越州有石刻唐朝臣送賀知章詩，亦只有明皇一首好，有曰：「豈不惜賢達，其如高尚何！」性理

〔一〕益：底本訛作「溢」，據《性理大全書》卷五十六改。
〔二〕説：底本訛作「脱」，據《性理大全書》卷五十六改。

又曰：李太白詩不專是豪放，亦有雍容和緩底，如首篇「大雅久不作」，多少和緩。陶淵明詩人皆説是平淡。據某看，他自豪放，但豪放得來不覺耳。其露出本相者是《詠荆軻》一篇，平淡底人如何説得這樣言語出來。性理

又曰：杜詩初年甚精細，晚年横逆不可當，只意到處便押一箇韻。如自秦州入蜀諸詩，分明如畫，乃其少作也。李太白詩非無法度，乃從容於法度之中，蓋聖於詩者也。古風兩卷多效陳子昂，亦有全用其句處。太白去子昂不遠，其尊慕之如此。然多爲人所亂，有一篇分爲三篇者，有二篇合爲一篇者。性理

又曰：李太白終始學《選》詩，所以好。杜子美詩好者亦多是效《選》詩，漸放手，夔州諸詩則不然也。性理

又曰：問，李太白「清水出芙蓉，天然去雕飾」，前輩多稱此語，如何？曰，自然之好，又不如「芙蓉露下落，楊柳月中疏」則尤佳。性理

又曰：人多説杜子美夔州詩好，此不可曉。今人只見魯直説好，便卻説好，如矮人看戲耳。問，韓退之潮州詩，東坡海外詩如何。曰，卻好。東坡晚年詩固好。只文字也多是信筆胡説，全不看道理。性理

又曰：文字好用經語，亦一病。老杜詩「致遠思恐泥」，東坡寫此詩到此句云：「此詩不足爲法。」性理

又曰：杜子美「暗飛螢自照」，語只是巧。韋蘇州云「寒雨暗深更，流螢度高閣」，自景色可想，但則是自在説了。因言，《國史補》稱韋「爲人高潔，鮮食寡欲。所至之處，掃地焚香，閉閤而坐」，其詩無一字做作，直是自在。其氣象近道，意常愛之。問，比陶如何。曰，陶卻是有力，但語健而意閑。隱者多是帶性負氣之人爲之。陶欲有爲而不能者也，又好名。韋則自在，其詩直有做不著處便倒塌了底。晋宋間詩多閑淡，杜工部等詩常忙了。陶云「身有餘勞，心有常閑」，乃《禮記》身勞而心閑則爲之也。性理

又曰：韋蘇州詩高於王維、孟浩然諸人，以其無聲色臭味也。性理

又曰：韓詩平易。孟郊喫了飽飯，思量到人不到處。聯句中被他牽得，亦著如此做。性理

又曰：人不可無戒愼恐懼底心。莊子説，庖丁解牛神妙，然纔到那族，必心怵然爲之一動，然後解去。心動便是懼處。韓文《鬥鷄聯句》云：「一噴一醒然，再接再礪乃。」謂雖困了，一以水噴之便醒。「一噴一醒」，即所謂懼也。此是孟郊語，也説得好。又曰「争觀雲填道，助叫波翻海」，此乃退之之豪；「一噴一醒然，再接再礪乃」，此是東野之工。性理

又曰：李賀較怪得些子，不如太白自在。又曰，賀詩巧。性理

又曰：詩須是平易不費力，句法混成。如唐人玉川子輩句語雖險怪，意思亦自有混成氣象。因舉陸務觀詩「春寒催喚客嘗酒，夜静卧聽兒讀書」，不費力好。性理

又曰：白樂天《琵琶行》云「嘈嘈切切錯雜彈，大珠小珠落玉盤」云云，這是和而淫；至「凄凄不

似向前聲，滿坐重聞皆淹泣」，這是淡而傷性理

又曰：「行年三十九，歲莫日斜時。孟子心不動，吾今其庶幾」，此樂天以文滑稽也。然猶雅馴，非若今之作者村裏雜劇也。性理

又曰：唐文人皆不可曉。如劉禹錫作詩説張曲江無後，及武元衡被刺，亦作詩快之。白樂天亦有一詩暢快李德裕。樂天，人多説其清高，其實愛官職。詩中凡及富貴處，皆説得口津津地涎出。杜子美以稷契自許，未知做得與否。然子美卻高，其救房琯亦正。性理

又曰：偶誦寒山數詩，其一云：「城中娥眉女，珠佩何珊珊。鸚鵡花間弄，琵琶月下彈。長歌三日響，短舞萬人看。未必長如此，芙蓉不奈寒。」云，如此類，煞有好處，詩人未易到此。性理

又曰：石曼卿詩極有好處，如「仁者雖無敵，王師固有征。無私乃時雨，不殺是天聲」。性理

又曰：曼卿詩極雄豪而縝密方嚴，極好。如《籌筆驛》詩「意中流水遠，愁外舊山青」之句極佳，可惜不見其全集，多於小説詩話中略見一二爾。曼卿胸次極高，非諸公所及。其爲人豪放，而詩詞乃方嚴縝密，此便是他好處，可惜不曾得用。性理

又曰：山谷詩精絶，知他是用多少工夫，今人卒乍如何及得。可謂巧好無餘，自成一家矣。但只是古詩較自在，山谷則刻意爲之。又曰，山谷詩忒巧了。性理

又曰：陳後山初見東坡時詩不甚好，到得爲正字時，筆力高妙。如《題趙大年所畫高軒過圖》云「晚知書畫真有益，卻悔歲月來無多」，極有筆力。性理

又曰：張文潛詩有好底多，但頗率爾，多重用字。如《梁甫吟》一篇，筆力極健。如云「永安受命堪垂涕，手挈庸兒是天意」等處，説得好，但結末差弱耳。又曰，張文潛大詩好，崔德符小詩好。性理

又曰：古人詩中有句，今人詩更無句，只是一直説將去。這般詩，一日作百首也得。如陳簡齋詩「亂雲交翠壁，細雨濕青松」「暖日薰楊柳，濃陰醉海棠」，他是什麽句法。性理

又曰：今時婦人能文只有李易安與魏夫人。李有詩大略云「兩漢本繼紹，新室如贅疣。所以嵇中散，至死薄殷周」，中散非湯武得國，引之以比王莽，如此等語豈女子所能？性理

又曰：近世諸公作詩費工夫，要何用？元祐時有無限事合理會，諸公卻盡日唱和而已。今言詩不必作，且道恐分了爲學工夫。然到極處，當自知作詩果無益。性理

又曰：今人所以事事做得不好者，緣不識之故。只如箇詩，舉世之人盡命去奔做，只是無一箇人做得成詩。他是不識，好底將做不好底，不好底將做好底。這箇只是心裏鬧，不虛静之故。不虛不静故不明，不明故不識。若虛静而明，便識好物事。雖百工技藝做得精者，也是他心虛理明，所以做得來精。心裏鬧，如何見得。性理

又曰：作詩先用看李杜，如士人治本經。本既立，次第方可看蘇黄以次諸家詩。性理

又曰：今人不去講義理，只去學詩文，已落第二義。卻又不去學好底，卻只學去做那不好底。作詩不學六朝，又不學李杜，只學那嶢崎底。今便學得十分好後，把作甚麽用？莫道更不好。如

近時人學山谷詩，然又不學山谷好底，只學得那山谷不好處。林擇之云：「後山詩恁地深，他資質儘高，不知如何肯去學山谷。」曰：「後山雅健强似山谷，然氣力不似山谷較大，但卻無山谷許多輕浮底意思。然若論叙事，又卻不及山谷。山谷善叙事情，叙得盡，後山叙得較有疏處。若散文，則山谷大不及後山。」性理

又曰：或謂梅聖俞長於詩。曰，詩亦不得謂之好。或曰，其詩亦平淡。曰，他不是平淡，乃是枯槁。性理

又曰：江西之詩，自山谷一變至楊廷秀，又再變。本朝楊大年雖巧。然巧之中猶有混成底意思，便巧得來不覺。及至歐公，早漸漸要説出來。然歐公詩自好，所以他喜梅聖俞詩，蓋枯淡中有意思。歐公最喜一人送别詩兩句云「曉日都門道，微凉草樹秋」，又喜王建詩「曲徑通幽處，禪房花木深」，歐公自言平生要道此語不得。今人都不識這意思，只要嵌事，使難字，便云好。性理

又曰：明道詩「旁人不識余心樂，將謂偷閑學少年」，此是後生時氣象，眩露無含蓄。性理

南軒張氏曰：作詩不可直説破，須如詩人婉而成章。《楚辭》最得詩人之意，如言「沅有芷兮澧有蘭，思公子兮未敢言」，思是人也而不言，則思之之意深而不可以言語形容也。若説破如何思如何思，則意味淺矣。性理

象山陸氏曰：詩之學尚矣，原于《賡歌》，委于《風雅》。《風雅》之變，壅而溢焉者也。湘纍之《騷》，又其流也。《子虚》《長揚》之賦作，而《騷》幾亡矣。黄初而降，日以澌薄，惟彭澤一源來自天

稷，與衆殊趣，而淡薄平夷，玩嗜者少。隋唐之間，否亦極矣。杜陵之出，愛君悼時，追躡騷雅，而才力宏厚，偉然足以鎮浮靡，詩家爲之中興。性理

西山真氏曰：古者《雅頌》陳於閒燕，《二南》用之房中，所以閑邪辟而養中正也。衛武公作《抑》戒以自警，卒爲時賢相。以楚靈王之無道，一聞「祁招愔愔」之語，凜焉爲之弗寧，詩之感人也如此。于後斯義浸亡，凡日接其君之耳者，樂府之新聲、梨園之法曲而已，其不蕩心而溺志者幾希。性理

又曰：古今詩人吟諷弔古多矣，斷煙平蕪，凄風澹月，荒寒蕭瑟之狀，讀者往往慨然以悲。工則工矣，而於世道未有云補也。惟杜牧之、王介甫，高才遠韻，超邁絶出，其賦息嬀、留侯等作，足以訂千古是非。性理

臨川吴氏曰：詩之變不一也。虞廷之歌邈矣，弗論。余觀《三百五篇》，南自南，雅自雅，頌自頌，變風自變風，以至於變雅亦然，各不同也。詩亡而楚騷作，騷亡而漢五言作，訖於魏晋顔謝以下，雖曰五言，而魏晋之體已變。變而極於陳隋，漢五言至是幾亡。唐陳子昂，變顔謝以下，上復晋魏漢。而沈宋之體别出，李杜繼之，因子昂而變。柳韓因李杜又變。變之中，有古體，有近體；體之中，有五言，有七言，有雜言。詩之體不一，人之才亦不一，各以其體，各以其才，各成一家言。如造化生物，洪纖曲直，青黄赤白，均爲大巧之一巧。自《三百五篇》已不可一概齊，而况後之作者乎？宋時王蘇黄三家各得杜之一體，涪翁於蘇迥不相同。蘇門諸人其初略不之許，坡翁獨深器

重以爲絶倫，眼高一世而不必人之同乎己者如此。近年，乃或清圓倜儻之爲尚，而極詆涪翁。噫！群兒之愚爾，不會詩之全而該。夫不一之變，偏守一是，而悉非其餘，不合不公，何以異漢世專門之經師也哉？性理

又曰：詩，雅頌風騷尚矣。漢魏晋五言迄于陶，其適也，顔謝而下弗論，浸微浸滅，至唐陳子昂而中興，李韋柳因而因，杜韓因而革，律雖始於唐，然深遠蕭散，不離於古爲得，非但句工、語工、字工而可。性理

又曰：詩以道情性之真，十五國風有田夫閨婦之辭，而後世文士不能及者，何也？發乎自然而非造作也。漢魏迨今，詩凡幾變，其間宏才實學之士縱横放肆，千彙萬狀，字以鍊而精，句以琢而巧，用事取其切，模擬取其似，功力極矣，而識者乃或舍旃而尚陶韋，則亦以其不鍊字不琢句不用事，而情性之真近乎古也。今之詩人隨其能而有所尚，各是其是，孰有能知真是之歸者哉？性理

宋濂曰：《三百篇》勿論已，姑以漢言之。蘇子卿、李少卿非作者之首乎？觀二子之所著，紆曲淒惋，實宗《國風》與楚人之辭。二子既没，繼者絶少。下逮建安黄初，曹子建父子起而振之，劉公幹、王仲宣力從而輔翼之。正始之間，嵇阮又叠作，詩道於是乎大盛。然皆師少卿，而馳騁於風雅者也。自時厥後，正音衰微。至太康復中興，陸士衡兄弟則仿子建，潘安仁、張茂先、張景陽則學仲宣，左太沖、張季鷹則法公幹，獨陶元亮天分之高，其先雖出於太沖、景陽，究其所自得，直超

建安而上之，高情遠韻，殆猶大羹充鉶，不假鹽醯而至味自存者也。元嘉以還，三謝、顔、鮑爲之首，三謝亦本子建，而雜參於郭景純，延之則祖士衡，明遠則效景陽，而氣骨淵然，駸駸有西漢風，餘或傷於刻鏤，而乏雄渾之氣，較之太康則有間矣。永明而下，抑又甚焉。沈休文拘於聲韻，王元長局於褊迫，江文通過於摹擬，陰子堅涉於淺易，何仲言流於瑣碎，至於徐孝穆、庾子山，一以婉麗爲宗，詩之變極矣。然而諸人，雖或遠式子建、越石，近宗靈運、玄暉，方之元嘉則又有不逮者焉。唐初，承陳隋之弊，多尊徐、庾，遂致頹靡不振。張子壽、蘇廷碩、張道濟相繼而興，各以風雅爲師，而盧昇之、王子安、務欲淩跨三謝，劉希夷、王昌齡、沈雲卿、朱少連亦欲蹴駕江、薛，固無不可者，奈何溺於久習，終不能改其舊，甚至以律法相高，益有四聲八病之嫌矣。唯陳伯玉痛懲其弊，專師漢魏，而友景純、淵明，可謂挺然不群之士，復古之功，於是爲大。開元天寶中，杜子美復繼出，上薄風雅，下該沈、宋，才奪蘇、李，氣吞曹、劉，掩顔、謝之孤高，雜徐、庾之流麗，真所謂集大成者，而諸作皆廢矣。並時而作，有李太白，宗風騷及建安七子，其格極高，其變化若神龍之不可羈。有王摩詰，依仿淵明，雖運詞清雅，而萎弱少風骨。有韋應物，祖襲靈運，能壹寄穠鮮於簡淡之中，淵明以來，蓋一人而已。他如岑參、高達夫、劉長卿、孟浩然、元次山之屬，咸以興寄相高，取法建安。至於大曆之際，錢、郎遠師沈、宋，而苗、崔、盧、耿、吉、李諸家，亦皆本伯玉而宗黄初，詩道於是爲最盛。韓、柳起於元和之間，韓初效建安，晚自成家，勢若掀雷抉電，撑決於天地之垠。柳斟酌陶、謝之中，而措辭窈眇清妍，應物而下，亦一人而已。元、白近於輕俗，王、張過於浮麗，要皆同師於古樂府。賈浪仙獨變入僻，以嬌艷於元、白。劉夢得步驟少陵，而氣韻不足。杜牧之沈酣靈運，而句意尚奇。孟東野陰祖沈謝，而流於蹇澀。盧仝則又自出新意，而涉於怪詭。至於李長吉、温飛卿、李商隱、段成式，專誇靡曼，雖人人各有所師，而詩之變又極矣。比之大曆，尚有所不逮，況厠之開元哉！過此以往，若朱慶餘、項子遷、李文山、鄭守愚、杜彦之、吴子華輩，則又駁乎不足議也。

宋初，襲晚唐五季之弊，天聖以來，晏同叔、錢希聖、劉子儀、楊大年數人，亦思有以革之，第皆師於義山，全乖古雅之風。迨王元之以邁世之豪，俯就繩尺，以樂天爲法。歐陽永叔痛矯西崑，以退之爲宗。蘇子美、梅聖俞介乎其間，梅之覃思精微學孟東野，蘇之筆力横絶宗杜子美，亦頗號爲詩道中興。至若王禹玉之踵微之，盛公量之祖應物，石延年之效牧之，王介甫之原三謝，雖不絶似，皆嘗得其髣髴者。元祐之間，蘇、黄挺出，雖曰共師李、杜，而競以己意相高，而諸作又廢矣。自此以後，詩人迭起，或波瀾富而句律疎，或煅煉精而情性遠，大抵不出於二家。觀於蘇門四學士及江西宗派諸詩，蓋可見矣。陳去非雖晚出，乃能因崔德符而歸宿於少陵，有不爲流俗之所移易。馴至隆興、乾道之時，尤延之之清婉，楊廷秀之深刻，范至能之宏麗，陸務觀之敷腴，亦皆有可觀者，然終不離天聖、元祐之故步，去盛唐爲益遠。下至蕭、趙二氏，氣局荒頽而音節促迫，則其變又極矣。由此觀之，詩之格力崇卑，固若隨世而變遷，然謂其皆不相師可乎？第所謂相師者，或有異焉。其上焉者師其意，辭固不似，而氣象無不同。其下焉者師其辭，辭則似矣，求其精神之所寓，固未嘗近也。然唯深於比興者，乃能察知之爾。雖然，爲詩當自名家，然後可傳於不朽，若體規畫圓，准方作矩，終爲人之臣僕，尚烏得謂之詩哉。何者？詩乃吟咏性情之具，而所謂風雅頌者，皆出於吾之一心，特因事感觸而成，非智力之所能增損也。古之人，其初雖有所沿襲，末復自成一家言，又豈規規然必於相師者哉。嗚呼！此未易爲初學道也。近來學者類多自高，操觚未能成章，輒闊視前古爲無物，且揚言曰，曹、劉、李、杜、蘇、黄諸作雖佳，不必師，吾即師吾心耳。故其所作，往往猖狂無倫，以揚沙走石爲豪，而不復知有純和沖粹之意，可勝嘆哉，可勝嘆哉！此篇論詩之源流，祖述時代之格調變遷，毫髮不遺，非宏才博學、達詩之本者，不足以語此。

黄至道曰：范德機得杜工部之骨，楊仲弘得杜工部之皮〔一〕，虞伯生得杜工部之肉，揭曼碩非李非杜，自成一家。文式

薛敬軒曰：少陵詩「寂寂春將晚，欣欣物自私」，可以形容物各付物之氣象。

又曰：少陵詩曰「水流心不競，雲在意俱遲」，從容自在，可以形容有道者之氣象。

又曰：「江山如有待，花柳自無私」，唐詩皆不及此氣象。

又曰：「人實不易知，更須慎其儀」，杜詩之近理者也。

羅大經曰：作詩必以巧進，以拙成。故作字惟拙筆最難，作詩惟拙句最難，至於拙，則渾然天

〔一〕楊：底本訛作「柳」。按虞楊范揭號「元詩四大家」，據改。

全，工巧不足言矣。古人拙句，曾經拈出，如「池塘生春艸」「楓落吴江冷」「澄江浄如練」「空梁落燕泥」「清暉能娱人，遊子澹忘歸」「大江流日夜，客心悲未央」「明月入高樓，流光正徘徊」「採菊東籬下，悠然見南山」，如此等類，固已多矣。以杜陵言之，如「兩邊山木合，終日子規啼」「野人時獨往，雲水曉相參」「喜無多屋宇，幸不礙雲山」「在家長早起，憂國願年豐」「若無青嶂月，愁殺白頭人」「百年渾得醉，一月不梳頭」「一徑野花落，孤村春水生」，此五言之拙者也；「春水船如天上坐，老年花似霧中看」「遷轉五州防禦使，起居八座太夫人」「竹葉於人既無分，菊花從此不須開」「莫思身外無窮事，且盡生前有限杯」「雷聲忽送千峰雨，花氣渾如百和香」「秋水纔添四五尺，野航恰受兩三人」「酒債尋常行處有，人生七十古來稀」，此七言之拙者也。他難殫舉，可以類推。杜陵云，「用拙存吾道」，夫拙之所在，道之所存也。詩文獨外是乎？

老杜詩格

石川丈山

《老杜詩格》一卷，石川丈山（一五八三——一六七二）撰。據元禄五年壬申（一六九二）華雒娸教軒繡梓《北山紀聞》卷四校。

按：石川丈山（いしかわじょうざん ISHIKAWA JYOZAN），江戸初期漢文詩人，三河泉鄉（今屬愛知縣安城市和泉町）人。名凹，初名重之，世稱「嘉右衛門」，字丈山，號六六山人、四明山人、凹凸窩、東溪、詩仙堂。雖自其祖輩開始即仕於德川家康，元和元年（一六一五）「大阪夏之陣」亦有僞勳戰功，但由于違背軍令而受罰，遂於京都妙心寺出家爲僧。元和三年（一六一七）入藤原惺窩門修習儒學（朱子學），遂與林羅山、堀杏庵等交往。雖仕於藝州侯，後因母逝而辭官，寬永十八年（一六四一）於比叡山西南麓一乘寺（今屬京都市左京區一乘寺小谷町）築詩仙堂閑居。堂内懸挂狩野探幽所繪自漢至宋之詩家三十六人畫像，且親自題詩懸挂於房内横楣，並耽於詩作，往來於翰墨之友，俗人除板倉重宗外絶斷交際。最爲尊崇盛唐詩，宣揚杜甫爲第一等詩人。與深草（今屬京都市伏見區北部）之元政並列，被視爲近世初期優秀漢文詩人，江村北海於《日本詩史》卷三評價道「寬文（一六六一——一六七三）中稱詩豪者，無過於石川丈山、僧元政」。其《富士山》詩「仙客來遊雲外巔，神龍棲老洞中淵。雪如紈素煙如柄，白扇倒懸東海天」膾炙人口，且善書畫長隸書，游樂於詩文，終生未娶。因其置身於獨尊漢文詩文或儒學的江戸初期，於儒學不甚關心，而對詩文狂熱，故被尊爲江戸時代漢文詩人之祖。於當時一般注重受宋詩影響强烈的「五山文學」之際，石川丈山的詩風則偏重於以盛唐詩爲典範之情。天正十一年生，寬文十二年五月二十三日歿，享年九十歲。

其著作除詩文集《覆醬集》十二卷以外，還有《詩仙詩》一卷、《詩法正義》一卷、《北山紀聞》六卷、《詩仙圖像》七卷、《詩仙堂志》四卷、《丈山夜譚》十卷、《丈山壁書》一卷、《凹凸窩先生詩集》二卷。另外，安城市和泉町其生家遺迹現已成爲「丈山公園」，樹有石碑及銅像，還有「丈山文庫」；其于京都之書齋和「學甫堂」已遷移保存。《先哲像傳》《近世漢學者著述目録集成》《漢學者傳記及著述集覽》《近世儒家人物誌》於詩仙堂與《覆醬集》亦有著録。

詩格詩摘序

余一日過蒿齋，偶見案上在《老杜詩格》《老杜詩摘》兩册，及採而一覽，未識誰作。有頃，直慶叟出而應接焉，問謂：「此兩册之籍誰作，而自何處來乎？」主人答曰：「比日閲市，有一書肆中買而携歸。讀之則跋語件件，四明山人記之。初識大拙翁之作。」余披而見之，果如其言也。借而繕寫之。厥後或曰：「《詩格》之書，初間定有先生之手記。其半以降者，好事者託先生之作而貂續焉。」余未獲其真説，亦經三歲。洛下逢杏軒翁而正之，示其不知焉，且若《詩摘》，則跋書先生之手澤猶在，不可疑焉云。故存兩説，以待識者之辨。嗚呼！詩之格不易識，詩之摘豈容易乎？卧内之寸卷，案頭之掌珠，可謂詩家之至寶也矣。以當袖裏之珍、懷中之金云。橘氏正岑序。

定格

五言絶句

五言絶句，作自漢魏。樂府古辭則有《白頭吟》《出塞曲》等篇。下及六朝，述作漸繁。唐人以來，工之者甚衆。及宋大盛。

絶句者，截句也。截律詩中或前四句，或後四句，或中二聯，或首尾四句。大抵以第三句爲主。

前散後對

此體是截律詩前四句。

復愁　杜甫

人煙生處僻，虎跡過新蹄。野鶻翻窺草，村船逆上溪。

同

江上亦秋色，火雲終不移。巫山猶錦樹，南國且黄鸝。

前對後散

此體是截律詩後四句。

復愁　杜甫

金絲鏤箭鏃，皂尾製旗竿。一自風塵起，猶嗟行路難。

同　同

貞觀銅牙弩，開元錦獸張。花門小箭好，此物棄沙場。

四句兩對

此體是截律詩中二聯。

絶句二首　杜甫

遲日江山麗，春風花草香。泥融飛燕子，沙暖睡鴛鴦。

其二　同

江碧鳥逾白，山青花欲燃。今春看又過，何日是歸年？

四句一意不對

此體是截律詩首尾四句。

絶句　杜甫

江邊踏青罷，迴首見旌旗。風起春城暮，高樓鼓角悲。

答鄭十七郎　杜甫

雨後過畦潤，花殘步履遲。把文驚小陸，好客見當時。

隔句扇對

此體第一句對第三句，以第二句對第四句。

哭台州司户蘇少監〔一〕　杜甫

得罪台州去，時危棄碩儒。移官蓬閣後，穀貴殁潛夫。

〔一〕輯校者按，此詩《杜詩詳註》卷十四本爲五言排律題《哭台州鄭司户蘇少監》：「故舊誰憐我，平生鄭與蘇。存亡不重見，喪亂獨前途。豪俊何人在，文章掃地無。羈遊萬里闊，凶問一年俱。白日中原上，清秋大海隅。夜臺當北斗，泉路著東吴。得罪台州去，時危棄碩儒。移官蓬閣後，穀貴殁潛夫。流慟嗟何及，銜寃有是夫。道消詩發興，心息酒爲徒。許與才雖薄，追隨跡未拘。班揚名甚盛，嵇阮逸相須。會取君臣合，寧詮品命殊。賢良不必展，廊廟偶然趨。勝决風塵際，功安造化鑪。從容詢舊學，慘淡閟陰符。擺落嫌疑久，哀傷志力輸。俗依綿谷異，客對雪山孤。童稚思諸子，交朋列友于。情乖清酒送，望絶撫墳呼。虐痢餐巴水，瘡痍老蜀都。飄零迷哭處，天地日榛蕪。」

五言絶句大法止此。然作之之要，貴婉曲回環刪蕪就簡，句絶而意不絶。至於宛轉變化工夫，全在第三句。

七言絶句

七言絶句始自古樂府《挾瑟歌》，梁元帝《烏棲曲》、江揔《怨時行》等作，皆七言四句。至唐初始穩順聲勢，定爲絶句，法同五言。

前散後對

漫興　杜甫

腸斷春江欲盡頭，杖藜徐步立芳洲。顛狂柳絮隨風舞，輕薄桃花逐水流。

又　同

懶慢無堪不出村，呼兒自在掩柴門。蒼苔濁酒林中静，碧水春風野外昏〔一〕。

〔一〕昏：底本訛作「香」，據《集千家註杜工部詩集》卷七改。

前對後散同右

江南逢李龜年　　杜甫

岐王宅裏尋常見，崔九堂前幾度聞。正是江南好風景，落花時節又逢君。

少年行　同

巢燕卷雛渾欲去，江花結子也無多。黄衫年少來宜數，不見堂前東逝波。

四句兩對同右

絶句　杜甫

兩箇黄鸝鳴翠柳，一行白鷺上青天。窻含西嶺千秋雪，門泊東吴萬里船。

漫興　同

糁徑楊花鋪白氈，點溪荷葉疊青錢。笋根稚子無人見，沙上鳧雛傍母眠。

四句一意不對同右

重贈鄭鍊絶句　　杜甫

鄭子將行罷使臣，囊無一物獻尊親。江山路遠羈離日〔一〕，裘馬誰爲感激人。

絶句　同

欲作魚梁雲覆湍，因驚四月雨聲寒。青溪先有蛟龍窟，竹石如山不敢安。

隔句扇對法同五言

絶句　杜甫

去年花下留連飲，暖日夭桃鶯亂啼。今日江邊容易别，淡煙衰草馬頻嘶。

七言絶句其與五言同，大略以第三句爲主。首尾率直而無婉曲，此異時所以不及唐也。言從字順，辭從興底，命意到妙，句少而意無窮，方爲作者。大凡以絶句名家者多矣，其詞華而艷，其氣深而長，錦繡其言，金石其聲，讀之使人一唱而三嘆，宜讀味名家之全集。

五言律詩

律體之興雖自唐始，蓋由梁陳以來儷句之漸也。梁元帝五言八句已近律體，庾肩吾《除夕》律

〔一〕山：底本訛作「上」，據《杜詩詳注》卷十改。

詩體工密。唐初工之者衆，王楊盧駱以儷句相尚、美麗相矜，終未脱陳隋之氣習。神龍以後，此體始盛。以一二句爲破題，以三四句爲頷聯，以五六句爲頸聯，以七八句爲結句。七言律亦相同。

題張氏隱居　　杜甫

此詩起結不對，中間頷聯頸聯對。

之子時相見，邀人晚興留。霽潭鱣發發，春草鹿呦呦。杜酒偏勞勸，張梨不外求。前村山路險，歸醉每無愁。

登兗州城樓

此詩起句亦對，中二聯對，結句不對。

東郡趨庭日，南樓縱目初。浮雲連海岱，平野入青徐。孤嶂秦碑在，荒城魯殿餘。從來多古意，臨眺獨躊躇。

己上人茅齋　　同

此詩起句不對，中二聯對，結句亦對。

己公茅屋下，可以賦新詩。枕簟入林僻，茶瓜留客遲。江蓮摇白羽，天棘蔓青絲。空忝許詢輩，難酬支遁詞。

登牛頭山亭子

此詩起句對，中二聯對，結句亦對。八句四聯，唐初多用此體。以上杜甫之詩以爲格，以下不拘作者標出焉。暇日細考杜集而改換之。忽忽之間，塞其求而已。

路出雙林外，亭窺萬井中。江城孤照日，山谷遠含風。兵革身將老，關河信不通。猶殘數行淚，忍對百花叢。

尋陸羽不遇　僧皎然

此詩八句一意順下，通不對。

移家雖帶郭，野徑入桑麻。近種籬邊菊，秋來未著花。扣門無犬吠，欲去問西家。報道山中出，歸時每日斜。

舟中晚望　孟浩然

此詩不對處對。

挂席東南望，青山水國遥。舳艫争利涉，來往任風潮。問我今何適，天台訪石橋。坐看霞色晚，疑是赤城標。

弔僧

鄭谷

此詩前四句隔句扇對。

幾思聞静話，夜雨對禪床。未得重相見〔一〕，秋燈照影堂。孤雲終負約，薄宦轉堪傷。夢繞長松榻，遥焚一炷香。

下第

賈島

此詩頷聯亦無對偶，是十字叙一事，而意貫上二句，至頸聯方對偶分明。若已斷而復續，謂之蜂腰格。

下第唯空囊，如何住帝鄉。杏園啼百舌，誰醉在花傍。淚落故山遠，病來春草長。知音逢豈易，孤棹負三湘。

〔一〕得：底本訛作「見」，據《全唐詩》卷六百七十四改。

溪行即事

僧靈一〔一〕

此詩首二句先對，頷聯卻不對，似非聲律。然破題已先的對，如梅花偷春色而先開，謂之偷春格。

近夜山更碧，入林溪轉清。不知伏牛事，潭洞何縱横。曲岸煙初合，平湖月未生。孤舟屢失道，但聽秋泉聲。

田家元日

孟浩然

此詩前四句對，後四句散，與蜂腰格相反。

昨夜斗迴北，今朝歲起東。我年已强仕，無禄尚憂農。野老就耕去，荷鋤隨牧童。田家占氣候，共説此年豐。

送錢拾遺歸兼寄劉校書

郎士元

此詩頸聯不對，與偷春格相反。

〔一〕靈一：底本訛作「靈徹」，據《唐四僧詩》卷二《靈一詩·上》改。

墟落歲陰暮，桑榆煙景昏。蟬聲静空館，雨色隔秋原。歸客不可望，悠然林外村。終當報芸閣，携手醉柴門。

五言律詩大法如此。唯欠中二聯爲扇對者，别一奇格。但未之前聞，不敢强擬。

七言律詩

七言律詩，又五言八句之變也。唐以前七言儷句，如沈君攸已近律體。唐初始專此體，沈佺期、宋之問精巧相尚。開元間此體始盛，然多君臣遊幸倡和之什。盛唐作者雖不多，其聲調最遠，品格最高，可爲萬世法程。大凡七言律詩難於五言律詩。七言下字較粗實，五言下字較細嫩。凡作七言律，須字字去不得方是。若七言可截作五言，便不成詩。

登金陵鳳凰臺

李白

此詩首尾不對，惟領聯頸聯對。

鳳凰臺上鳳凰遊，鳳去臺空江自流。吴宫花草埋幽徑，晋代衣冠成古丘。三山半落青天外，二水中分白鷺洲。總爲浮雲能蔽日，長安不見使人愁。

和賈至舍人早朝大明宮之作　岑參

此詩起句對，中二聯對，唯結句不對。

鷄鳴紫陌曙光寒，鶯轉皇州春色闌。金闕曉鐘開萬户，玉階仙仗擁千官。花迎劍佩星初落，柳拂旌旗露未乾。獨有鳳凰池上客，陽春一曲和皆難。

奉和初春太平公主南莊應制　李嶠

此詩起句不對，中二聯與結句俱對。

主家山第接雲開，天子春遊動地來。羽騎參差花外轉，霓旌摇曳日邊迴。還將石溜調琴曲，更取峰霞入酒杯。鸞輅已辭烏鵲渚，簫聲猶繞鳳凰臺。

奉和幸安樂公主山莊應制　宗楚客

玉樓銀榜枕嚴城，翠蓋紅旗列禁庭。日映層巖圖畫色，風摇雜樹管絃聲。水邊重閣含飛動，雲裏孤峰類削成。幸睹八龍遊閬苑，無勞萬里訪蓬瀛。〔一〕

〔一〕詩前似缺「此詩四聯皆對」之類説明。

題東峰驛用梁氏韻　以權

香浮緑蟻山中醅，磁甌遠勝清蓮杯。不用笙竽爲佐酒，松風一派從天來。半酣走筆寫新句，飛龍滿壁真雄哉。故人騎鶴幾時去，空庭寂寂官梅開。

此詩八句一意順下，通不對。

鸚鵡洲　李白

鸚鵡來過吴江水，江上洲傳鸚鵡名。鸚鵡西飛隴山去，芳洲之樹何青青。煙開蘭葉香風暖，岸夾桃花錦浪生。遷客此時徒極目，長洲孤月向誰明。

此詩頷聯亦不對，至頸聯方對偶分明。若已斷而復續，謂之蜂腰格。

黄鶴樓　崔顥

昔人已乘白雲去，此地空餘黄鶴樓。黄鶴一去不復返，白雲千載空悠悠。晴川歷歷漢陽樹，春草萋萋鸚鵡洲。日暮鄉關何處是，煙波江上使人愁。

此詩首二句先對，頷聯卻不對，然破題已先的對，如梅花偷春色而先開，謂之偷春格。

七言律詩其法如此。大抵與五言可互見。

五言排律

排律之作，其源自顔、謝諸人古詩之變。首尾排句，聯對精密。梁陳以下，儷句尤切。唐興始專此體，與古詩差別。長篇排律，唐始作者絶少，開元後杜少陵獨步當時，渾涵汪洋，千彙萬狀，至百韻千言，力不少衰。若韓柳雖肆才縱力，工巧相務，要之未爲得體。

排律者，五韻以上，自或十韻，或二十韻，到五十韻，或百韻、百五十韻而駢之。唯舉一首，以例可識。

奉和拜洛應制

李嶠

此詩五韻，以例可見。

七萃鑾輿動，千年瑞檢開。文如龜負出，圖似鳳銜來。殷薦三神享，明禋萬國陪。周旗黄鳥集，漢幄紫雲迴。日暮鈎陳轉，清歌上帝臺。

魯直曰：「凡始學詩，每作一篇，先立大意。若長篇須曲折三致意，乃爲成章。作大篇當布置首尾停匀，腰腹肥滿。多見人前面有餘，後面不足。前面極工，後面草草。不可不知。」又：「長篇妙在鋪叙，時將一聯挑轉，又平平説去，如此轉換數匝，卻將數語收拾，乃妙。」

七言排律

七言排律，唐人不多見。如太白《别山僧》、高適《宿田家》、子美《題鄭著》諸作，雖聯對精密而律調未純，終未脱古詩體段。今舉一首爲格，凡自七韻或八韻、九韻、十韻，積到多韻，又唯如此。

秘書省有賀監知章艸題詩筆力遒健風尚高遠，拂塵尋玩因有此作此詩七韻　温庭筠

越溪漁客賀知章，任達憐才愛酒狂。鸂鶒葦花隨釣艇，蛤蜊菰葉夢横塘。幾年凉月拘華省，一宿秋風憶故鄉。榮路脱身終自得，福庭回首莫相忘。出籠鸞鶴辭遼海，落筆龍蛇滿壞墻。李白死來無醉客，可憐神彩弔殘陽。

他格準知五言。

五言古風

詩以古名，繼《三百篇》之後而作。朱子嘗欲取漢魏五言以盡乎郭景純、陶淵明之詩，以爲古詩之根本準則。凡五言古詩，或興起，或比起，或賦起，須要寓意深遠，托辭温厚，反覆優游，雍容不迫。或感古懷今，或憶人傷己，或瀟洒閑適，寫景要雅淡，推人心之至情，寫感慨之微意，悲歡含

蓄而不傷，美刺婉曲而不露，要有《三百篇》之遺意。觀之漢魏古詩，藹然有感動人處可知。

古詩此詩十句

此詩喻臣之不得君，如牛女之不得相會。

迢迢牽牛星，皎皎河漢女。纖纖濯素手，札札弄機杼。終日不成章，涕泣零如雨。河漢清且淺，相去復幾許。盈盈一水間，默默不得語。

飲酒此詩十句

學五言古詩，須將《古詩十九首》熟讀玩味，方得旨趣。淵明是也。

結廬在人境，而無車馬喧。問君何能爾，心遠地自偏。採菊東籬下，悠然見南山。山氣日夕佳，飛鳥相與還。此中有真意，欲辯已忘言。

五言古詩雖無定句，《十九首》尚矣。自六句短古篇，放之至百句，大要貴意圓而語深。

七言古詩

盛唐工七言古調者多，李杜而下，論者推高適、岑參、李頎、王維、崔顥數家而爲勝。謂張皇氣勢，陟頓始終，綜覈乎古今，博大其文辭，李杜以可法。凡七言古風者，要鋪叙，要有開合有風度，要迢遞險怪雄峻鏗鏘。忌庸俗軟腐。

金陵酒肆留别此詩六句 李白

風吹柳花滿店香，吴姬壓酒勸客嘗。金陵子弟來相送，欲行不行各盡觴。請君試問東流水，别意與之孰短長。

送孔巢父謝病歸遊江東兼呈李白此詩十八句 杜甫

巢父掉頭不肯住，東將入海隨煙霧。詩卷長留天地間，釣竿欲拂珊瑚樹。深山大澤龍蛇遠，春寒野陰風景暮。蓬萊織女迴雲車，指點虚無引歸路。自是君身有仙骨，世人那得知其故。惜君只欲苦死留，富貴何如草頭露。蔡侯静者意有餘，清夜置酒臨前除。罷琴惆悵月照席，幾歲寄我空中書。南尋禹穴見李白，道甫問訊今何如。

三言詩

三言詩起於晋夏侯湛。唐人以來作者甚少。西涯李公《麓堂詩話》謂：「三言亦可爲詩」，豈未見夏侯湛詩歟？

將進酒

蘇祐

將進酒，樂間陳。錯華燈，襲錦茵。覯良時，擁光塵。獻萬年，酬千金。嗟何辭，不常醺。流水逝，曜靈沈。

四言詩

四言詩起於漢楚王傅韋孟也。凡四言最古，經史韻語，《二南》之前有矣，其經聖人所删者。出自閭巷謂之《風》，出自朝廷謂之《雅》，用之郊廟謂之《頌》，有賦比興之分。

諷楚元王

邦事是廢，逸遊是娱。犬馬悠悠，是放是驅。所執匪德〔一〕，所親匪俊。唯園是恢〔二〕，唯諛是信。嗟哉我王，漢之睦親。曾不夙夜，以休令聞。〔三〕

〔一〕執：他本皆作「弘」。
〔二〕園：他本皆作「囿」。
〔三〕此爲節選，原詩甚長。

思親　　王粲

穆穆皇妣，德音徽止。思齊先姑，志侔姜姒。躬此勞瘁〔一〕，鞠予小子。小子之生，遭世罔寧。烈考勤時，從之于征。奄遘不造，殷憂是嬰。

停雲 思親友　　陶淵明

靄靄停雲，濛濛時雨。八表同昏，平路伊阻。静寄東軒，春醪獨撫。良朋悠悠，搔首延佇。停雲靄靄，時雨濛濛。八表同昏，平陸成江。有酒有酒，閒飲東窗。願言懷人，舟車靡從。東園之樹，枝條再榮。競用新好，以招余情。人亦有言，日月于征。安得促席，説彼平生。翩翩飛鳥，息我庭柯。歛翮閒止，好聲相和。豈無他人，念子實多。願言不獲，抱恨如何。

五言六句律

五言六句法，但放言遣興，不可寄贈。

〔一〕瘁：他本均作「瘁」。

塞下曲〔一〕　李益

此詩前四句對，後二句不對。

漢家今上郡，秦塞古長城。有日雲長慘，無風沙自驚。當今天子聖，不戰四夷平。

黄庭堅

三公未白首，十輩擁朱輪。只有人看好，何益百年身。但願身無事，清樽對故人。

此詩首二句對，後四句不對。

送黄師是赴兩浙憲　蘇軾

世久無此士，我晚得王孫。寧非叔度家，豈出次公門。白首沈下吏，緑衣有公言〔二〕。

此詩六句三對。

〔一〕下曲：底本訛作「止」，據《樂府詩集》卷九十二改。

〔二〕此詩《東坡全集》卷二十一本爲五言古詩：「世久無此士，我晚得王孫。寧非叔度家，豈出次公門。白首沈下吏，緑衣有公言。哀哉吴越人，久爲江湖吞。官自倒帑廩，飽不及黎元。近聞海上港，漸出水底村。願君五袴手，招此半菽魂。一見刺史天，稍忘獄吏尊。會稽入吾手，鏡湖小於盆。比我東來時，無復瘡痍存。」

幽居

儲光羲

此詩首尾不對，中二句對。

幽人下山徑，去去夾青林。滑處莓苔濕，暗中蘿薜深。春朝煙雨散，猶带浮雲陰。

題畫

張紳

此詩六句一意，不對。

高樹漏疎雨，滴瀝下銀塘。美人捲簾坐，銀鴨自添香。風吹緑荷葉，正見宿鴛鴦。

鄭綮

此詩首二句不對，後四句對。

日照西山雪，老僧門未開。凍瓶粘柱礎，宿火陷爐灰。童子病歸去，鹿麑寒入來。

六言絶句

六言絶句始於漢司農谷永。自唐王績效曹陸體賦之，其後諸家往往間見。其法或對或散，如五七言絶句。

輞川　王維

此詩四句二對。

桃紅復含宿雨，柳緑更帶朝煙。花落家僮未掃，鳥啼山客猶眠。

問李二司直所居雲山　皇甫冉

此詩前二句對，後二句散。

門外水流何處，天邊樹繞誰家。山色東西多少，朝朝幾度雲遮。

漫興　李夢陽

此詩前散後對。

種豆南山一頃，朝來豐草離離。豈若藍田種玉，何如商嶺餐芝。

別甑山 韓翃

一身趨侍丹墀，西路翩翩去時。惆悵青山緑水，何年更是來期。〔一〕

六言律

六言八句作於唐太宗，其後玄宗又作《小破陣樂》，其散見各家集中，法亦如五七言律。

送陳明府赴淮南〔二〕 韓翃

此詩首尾不對，中四句對。

年華近過清明，落日微風送行。黄鳥綿蠻芳樹，紫騮躞蹀東城。花間一杯促膝，煙外千里含情。應渡淮南信宿，諸侯擁旆相迎。

〔一〕詩前似缺「此詩四句不對」之類説明。

〔二〕赴：底本訛作「起」，據《唐詩品彙》卷四十五改。

送李億東歸　周賀

此詩前六句對，後二句不對。

黃山遠隔秦樹，紫禁斜通渭城。別路青青柳弱，前溪漠漠苔生。和風澹蕩歸客，落日殷勤早鶯。灞上金尊未飲，讌歌已有餘聲。

送萬臣　盧綸

此詩首二句不對，後六句對。

把酒留君聽琴，誰堪歲暮離心。霜葉無風自落，秋雲不雨空陰。人愁荒村路細，馬怯寒溪水深。望盡青山獨立，更知何處相尋。

破陳樂　張説

此詩八句四對。

漢兵出頓金微，照日明光鐵衣。百里火幡焰焰，千行雲騎騑騑。蹙踏遼河自竭，鼓譟燕山可飛。正屬四方慶賀，端知萬舞皇威。

六言排律

此體唐宋人作者亦絶少，今録以備一體。

贈致政方伯章公尚素

魏偁

宦路累勳報國，嶽藩乞老歸鄉。一林桑梓仍舊，三徑菊松未荒。洛社耆英會合，疏家親友徜徉。襟期撫景聯句，日夕揮金醉觴。賀監湖頭月色，午橋莊裏春芳。行行曳杖情逸，泛泛乘舟興長。有客騎鯨采石，何人嘆犬咸陽。閒調水館清瑟，倦倚山樓小床。萬境承平可喜，四時佳趣非常。歲寒梅竹爲伍，作範簪纓後行。

送羽林陶將軍〔一〕

李太白

將軍出使擁樓船，江上旌旗拂紫煙。萬里横戈探虎穴，三杯拔劍舞龍泉。莫道詞人無膽氣，臨行將贈繞朝鞭。

〔一〕 輯校者按，此詩七言六句。似當在下格「七言五句」之後。

七言五句

此格始於晋傅玄《兩儀詩》。但可即事遣興，若題物贈送之類則不可用。

曲江　杜甫

曲江蕭條秋氣高，芰荷枯折隨風濤。遊子空嗟垂二毛。白石素沙亦相蕩，哀鴻獨叫求其曹。

九言詩

暮春即事　魏偁

往年三月三日梅如豆，今歲三月三日梅尚花。天道無常何況此人事，朝煙暮雨搔首情無涯。

九言古詩

石城久旱仲冬十二夜大雨曉起作

昨暮陰風怒號雲亂走，須臾天黑疾雨敲窻牖。卧聽蕭瑟寒聲溢耳多，勝飲燈前幾杓麻姑酒。

荷鋤農子明看壟畝頭，鼓枻商人料入溪龍口。曉闢荆扉水漫畜魚池，鵝鴨浮沈於我何愁有。

一字至七字詩

春日登大悲閣二首

錢惟治

閣，閣。雕鏤，彩錯。簇明霞，攢麗萼。玉女窺牖，飛仙捧鐸。沈煙燠寶香，媚水涵珠箔。千山蓊鬱晴霽，萬井喧填曉郭。登臨徙倚傍瓊欄，滿目春光煦寥廓。

閣，閣。般斤，郢作。木從繩，工必度。華飾藻繪，蜜施榱桷。明蟾代寶燈，瑞霧爲珍箔。欄危似倚高空，梯迴疑穿碧落。有時閑上瞰人寰，自謂禽中騰一鶚。

一字至十字格

詠竹

文與可

竹，竹。森寒，潔緑。湘江濱，渭水曲。帷幔翠錦，戈矛蒼玉。心虚異衆草，節勁踰凡木。化龍杖入仙陂，呼鳳律鳴神谷。月娥巾帔静苒苒，風女笙竽清籔籔。林間飲酒碎影摇樽，石上圍棋輕陰覆局。屈大夫逐去徒悦椒蘭，陶先生歸來但尋松菊。若論檀欒之操無敵於君，欲圖瀟灑之姿莫賢於僕。

芳樹　李夢陽

猗。君子。道爲貴。貪夫所欽，駟馬高蓋。東家雖椎牛，不如西家薑。雖有文馬千駟，不如西山啜薇。猗嗟富貴良何爲。瞻彼青青兮陌上林，穠華灼灼兮一何早。凉風有時漂揺來吹汝，坐見凄凄白露滿芳草。願采青松寄情親於遠道。

五七言詩〔一〕

題李民曹廳壁畫度雨雲歌　岑參

似出棟梁裏，如和風雨飛。掾曹有時不敢歸，謂言雨過濕人衣。

〔一〕五七言：底本錯作「七言五」，據上下文體例改。

三五七言

三五七言

李白

秋風清，秋月明。落葉聚還散，寒鴉栖復驚。相思相見知何日，此時此夜難爲情。

賦松竹梅三友圖簡白自泉

蘇祐

松竹梅，結交情莫逆。常向雪中披素心，何如江上遲來客。遲來客，誰歲寒變幻似雲雨，翻覆如波瀾。口血未乾心已改，堪嘆人間行路難。行路難，歌聲起，此君葳蕤可偕止。大夫自倚岱宗雲，處士常照吴江水。點顏妝，生腹夢。曾化葛陂龍，亦引岐山鳳。丰神氣概杳風塵，皎日嚴霜自伯仲。歲暮如歲旦，相看顏色好。絶交翻憐臏有書，世衰友道何草草。

四六八言

雜言

李夢陽

五階風發，蕙花時歇。莎鷄夜鳴衰草，捲簾獨望秋月。黄雲没萬里之關山，使妾空老而凋紅顔。

雜言

明月在隅，蟪蛄夜鳴。仰觀天上列星，三三五五成行。憭慄悽兮不可以寐，嗟哉四時之氣靡常。

長短句

蜀道難　李太白

噫吁嚱，危乎高哉！蜀道之難難於上青天。蠶叢及魚鳧，開國何茫然。爾來四萬八千歲，不與秦塞通人煙。西當太白有鳥道，可以横絶峨眉巔。地崩山摧壯士死，然後天梯石棧相鉤連。上有六龍回日之高標，下有衝波逆折之回川。黄鶴之飛尚不能過，猨猱欲度愁攀緣。青泥何盤盤，百步九折縈巖巒。捫參歷井仰脅息，以手撫膺坐長嘆。問君西遊何當還，畏途巉巖不可攀。但見悲鳥號古木，雄飛呼雌繞林間。又聞子規啼夜月，愁空山。蜀道之難難於上青天，使人聽此凋朱顔。連峰去天不盈尺，枯松倒挂倚絶壁。飛湍暴流争喧豗，砯崖轉石萬壑雷。其險也如此，嗟爾遠道之人胡爲乎來哉。劍閣崢嶸而崔嵬，一夫當關，萬夫莫開。所守或匪親，化爲狼與豺。朝避猛虎，夕避長蛇。磨牙吮血，殺人如麻。錦城雖云樂，不如早還家。蜀道之難難於上青天，側身西望長咨嗟。

回文體

四言回文

春日登大悲閣　錢惟治

春城滿望，曉閣閑登。塵銷霽景，定出真僧。人懷遠思，檻凭危層。因圓果證，勝境斯興。

五言回文

春日登大悲閣　同人

聖主欽崇教，千光顯紺容。映雲窗綺暖，籠月箔花重。浄刹香風遠，危闌碧霧濃。勝因良以詠，華國一斯逢。

七言絶句回文

題織錦圖　蘇軾

老杜詩格　定格

春晚落花餘碧草，夜凉低月半枯桐。人隨遠雁邊城暮，雨映疎簾繡閣空。

七言律回文

題金山寺　同人

潮隨暗浪雪山傾，遠浦漁舟釣月明。橋對寺門松徑小，巷當泉眼石波清。迢迢遠樹江天曉，靄靄紅霞晚日晴。遥望四山雲接水，碧峰千點數鷗輕。

集句體

五言絶句集句

暮春閨意　梁橋

幾度春眠覺令狐楚，開簾滿地花李益。眼看春又去令狐楚，長恨隔龍沙錢起。

七言絶句集句

秋夜　梁相

西風吹雨滴寒更秦韜玉，宋玉含悽夢亦驚許渾。楊柳敗梢飛葉響譚用之，千家砧杵共秋聲錢起。

七言律集句

下第偶成集句　石曼卿

一生不得文章力，欲上青雲未有因劉禹錫。聖主不勞千里詔，姮娥何惜一枝春。鳳皇詔下雖霑命紀唐夫，豺虎叢中也立身馮道。啼得血流無用處，杜荀鶴著朱騎馬是何人。〔一〕

首尾吟

春日田園雜興　陳希邵

春來非是愛吟詩，詩是田園漫興時。無事花邊繙兔册，有時桑下課牛醫。乍隨父老看秧去，還共兒童鬭草嬉。偶物興懷渾不奈，春來非是愛吟詩。

〔一〕底本無原詩作者。校者據補部分。

歌　體

南風歌

南風之薰兮，可以解吾民之愠兮。南風之時兮，可以阜吾民之財兮。

卿雲歌

卿雲爛兮，糺縵縵兮。日月光華，旦復旦兮。

問答體

春桂問答　王維

問春桂：「桃李正芬華。年光隨處滿，何事獨無花？」春桂答：「春華詎能久。風霜摇落時，獨秀君知不。」

句法

五言

健句

壯節初題柱，生涯獨轉蓬。
獨鶴歸何晚，昏鴉已滿林。

新句

小桃初謝後，燕子恰來時。
微月初三夜，新蟬第一聲。

清句

月生初學扇，雲細不成衣。

粉墻猶竹色，虚閣自松聲。

偉句

蓋海旗幢出，連天觀閣開。
壁壘依寒草，旌旗動夕陽。

麗句

御鞍金騕褭，宫硯玉蟾蜍。
舞鬢金翡翠，歌頸玉蠐螬。

豪句

虹截半江雨，風驅大澤雲。
太液天爲水，蓬萊雲作山。

刻意句

露菊班豐鎬，秋蔬影澗瀍。

墜露清金閣，流螢點玉除。

自在句

只因松上鶴，便是洞中人。

共看今夜月，獨作異鄉人。

意欲圓句

霄漢愁高鳥，泥沙困老龍。

草枯鷹眼疾，雪盡馬蹄輕。

格欲高句

花枝臨太液，燕語入披香。

無瑕勝似玉，至潔過於冰。

聲律爲竅句

別來頭併白，相見眼終青。

花濃春寺静，竹細野池幽。

物象爲骨句

雷霆驅號令，星斗煥文章。
露濃金掌重，天近玉繩低。

意格爲髓句

勳業頻看鏡，行藏獨倚樓。
感時花濺淚，恨别鳥驚心。

七言律句法

健句

陳兵劍閣山將動，飲馬珠江水不流。
汴水波濤喧鼓角，隋堤楊柳拂旌旗。

新句

淑氣初銜梅色淺，條風半拂柳墻新。
百草香心初罥蝶，千林嫩葉始藏鶯。

清句

留連戲蝶時時舞，自在嬌鶯恰恰啼。
蝴蝶夢中家萬里，子規枝上月三更。

偉句

文移北斗成天象，酒遞南山作壽杯。
雲頭灧灧開金餅，水面沈沈卧彩虹。

麗句

歌繞畫梁珠宛轉，舞嬌春席雪朦朧。
妝樓翠幌教春住，舞閣金鋪惜日懸。

豪句

伯仲之間見伊吕，指揮若定失蕭曹。
帆飛楚國風濤闊，馬渡藍關雨雪多。

刻意句

暗香惹步澗花落，晚影逼簾溪鳥回。
野寺山邊斜有徑，漁家竹裏半開門。

自在句

挂冠傲吏垂綸坐，絶粒高僧擁衲眠。
老鶴巢邊松最古，毒龍藏處水偏清。

意欲圓句

春水船如天上坐，老年花似霧中看。
短短桃花臨水岸，輕輕柳絮點人衣。

格欲高句

織女機絲虚夜月，石鯨鱗甲動秋風。
周宣漢武今王是，孝子忠臣後代看。

聲律爲竅句

胡騎中宵堪北走，武陵一曲想南征。
殘星數點雁横塞，長笛一聲人倚樓。

物象爲骨句

旌旗日暖龍蛇動，宫殿風微燕雀高。
花明劍珮星初没，柳拂旌旗露未乾。

意格爲髓句

艱難苦恨繁霜鬢，潦倒新亭濁酒杯。
楚水晚凉催客早，杜陵秋思傍蟬多。

煉句

五言

練字次第法

紅入桃花嫩，青歸柳葉新。此練第二字法。

地坼江帆隱，天清木葉聞。此練第五字法。

詩眼用拗字法

掬水月在手，弄花香滿衣。

孤鳥背秋色，遠帆開浦煙。

子母字妝句法

竹疎煙補密，梅瘦雪添肥。

曉荷重映晚，秋草碧于春。

句中自對法

桑麻深雨露，燕雀半生成。
江流天地外，山色有無中。

巧對法

紙鳶飛恰穩，秧馬水新肥。
行看子城過，卻望女墻遥。

交股對法 即蹉對

軸轤争利涉，來往接風潮。
野老就耕去，荷鋤隨牧童。

借字對法 即假對

佳山今十載，明日又還居。

卷簾黄葉下，鎖印子規啼。
厨人具鷄黍，稚子摘楊梅。

錯綜句法

舞鑑鸞窺沼，行天馬渡橋。
野禽啼杜宇，山蝶夢莊周。

折腰句法

野店寒無客，風巢動有禽。二字折腰
似梅花落地，如柳絮因風。三字折腰

疊字次第句法

納納乾坤大，行行郡國遥。
野日荒荒白，江流泯泯清。
暮天沙漠漠，空磧馬蕭蕭。

叠五實字法

風雨晦明淫，跛躄瘖聾盲。

風月煙霧雨，榮悴各一時。

兩句一意法即十字句法，宜于頷聯用之。

如何青草裏，也有白頭翁。

忽聞哀痛詔，又下聖明朝。

引用經史句法

山如仁者静，風似聖之清。

日暮于誰屋，天寒陟彼岡。

公取古人詩句法

獨睡南窻日，今秋似去秋。

退之常有言，青松倚長松。

翻案古人詩句法

遥知不是雪，爲有暗香來。此王荆公翻案蘇子卿詩。

點化古人詩句法

野水無人渡，孤舟盡日横。此唐韋應物詩，寇準化作二句。

老色日上面，歡悰日去心。此唐白樂天詩，黄庭堅化「情」作「悰」。

虚字妝句法貴輕清，忌軟弱。

且然聊爾可，得也自知之。

落時猶自舞，掃後更聞香。

押虚字句法

再遊應眷眷，聊亦寄吾曾。

人生重義氣，出處夫豈徒。

倒字押韻法

星河盡涵泳，俯仰迷下上。
古詩散左右，詩書置後前。

聯珠句法

百年雙白鬢，一別五秋熒。
遠山芳草外，流水落花中。

上接下下接上句法

野曠天低樹，江清月近人。
石涼高瀉月，樵路細侵雲。

上下接連句法

落日下平楚，孤煙生洞庭。
波光摇海月，星影入城樓。

上接下句法

金波麗鳷鵲，玉繩低建章。
曉云僧衲潤，殘月客帆明。

七言律煉句法

練字次第法

露洒旌旗雲外出，風迴巖岫雨中移。練第二字
芳草伴人還易老，落花隨水亦東流。練第三字
秋後見飛千里雁，月中聞搗萬家衣。練第四字
宮闕星河低拂柳，殿庭燈燭上薰天。練第六字

詩眼用拗字法

殘星數點雁横塞，長笛一聲人倚樓。
驥雖老去壯心在，鶴縱病來仙骨清。

拗字換字法其法或二、四皆平或仄，或六、四皆平或仄，或三字一連皆平或仄，或當平處以仄聲易之

沙上草閣柳新暗，城邊野池蓮欲紅。
一雙白魚不受釣，三寸黃柑猶自青。

子母字妝句法

社日雨多晴較少，春風晚暖曉猶寒〔一〕。
曲風吹巷涼偏勁，圓月窺窻影卻方。

句中自對法

小院回廊春寂寂，浴鳧飛鷺晚悠悠。
白頭青鬢有存没，落日斷霞無古今。

〔一〕曉猶寒：底本作「雨猶晴」，據《宋詩鈔》卷七十一改。

巧對法

半世功名一鷄肋，平生道路九羊腸。
愁心別後無詩草，病眼燈前有醉花。

交股對法即蹉對

春深葉密花枝少，睡起茶多酒盞疎。
影遭碧水潛勾引，風妒紅花卻倒吹。

借字對法即假對

高樹夕陽過古巷，菊花梨葉滿荒渠。「高樹」對「夕陽」，句中自對又假對。此見盧綸高妙。
眼昏長訝雙魚影，耳熱何辭數爵頻。

錯綜句法即倒句

紅稻啄餘鸚鵡粒，碧梧棲老鳳凰枝。
林下聽經秋苑鹿，溪邊掃葉夕陽僧。

折腰句法

鸚鵡盃且酌清濁，麒麟閣懶畫丹青。上三字，下四字

静愛僧時來野寺，獨尋春處過溪橋。上四字，下三字

永夜角聲悲自壯，中天月色好誰看。上五字，下二字

叠字次第句法

漠漠水田飛白鷺，陰陰夏木囀黄鸝。

遠樹依依如送客，平田渺渺獨傷春。

無邊落木蕭蕭下，不盡長江滚滚來。

信宿漁人還泛泛，清秋燕子故飛飛。

叠七字句法

岷峨之山中巴江，桂椒枏櫨楓柞樟。

鴉鴟鷹鵰雉鵠鵾，燖炰煨爊熟飛奔。

兩句一意法此法即十四字句法，宜於頷聯用之

自携瓶去沽村酒，卻著衫來作主人。

世上豈無千里馬，人間難得九方臯。

引用經史句法

夜如何其斗初落，歲云莫矣天無晴。

杯酒英雄君與操，文章微婉我知丘〔一〕。

公取古人句法

解道澄江浄如練，令人長憶謝玄暉。

詩成白也知無敵，花落虞兮可奈何。

〔一〕知：底本訛作「合」，據《白香山詩集》卷三十七改。

翻案句法

何須更待秋井塌，見人白骨方銜杯。不用茱萸仔細看，管取明年各强健。

點化古人詩句法

春水船如天上坐，老年花似霧中看。杜甫點化佺期詩〔一〕

雲白山青萬餘里，愁看直北至長安。同右

問答句法

誰當穫者婦與姑，丈夫何在西擊胡。大麥乾枯小麥黄，問誰腰鐮胡與羌。

〔一〕期：底本訛作「其」，據《野客叢書》卷七改。

虚字妝句法

君有問焉非所欲，老無知者始爲真。
更爲後會知何地，忽漫相逢是別筵。

押虚字句法

曾問遺俗即存者，豈若吾身親見之。
外不自持如醉者，中無他歉若羞然。

倒字押韻法

千鍾萬鼓咽耳喧，攢雜啾嚄沸篪塤。
秖今年方四十五，後日懸知漸莽鹵。

連珠句

叠嶂懸流平地起，危樓曲閣半天開。
積水長天迷遠客，荒城極浦足含雲。

上下相接句法

風傳鼓角霜侵戟，雲捲笙歌月上樓。
三春月照千山路，十日花開一夜風。

詩評

石川丈山

《詩評》一卷，石川丈山撰。據元禄五年壬申（一六九二）華雒娸教軒繡梓《北山紀聞》卷六校。

詩評序

夫詩有評論，而察其巧拙、糺其可否也，猶訟於曲直決之廳尹，病於淺深問之醫工。博覽天下之技業，每事而不可有無巧拙、可否、曲直、深淺之不仝，苟有巧拙、可否、曲直、深淺之不同，豈不可決斷之問切之、而一歸諸是正而已乎？是詩之有評論而所以求察糺也耶？四明山人大拙翁者，元武人之英而騷家之傑也。壯歲而卜居叡麓，抱胸丘壑，寄心風月，其平素之著述頗得閒淡之餘者，往往吐佳句妙章，日煅月煉不飽沈吟，或寫陶韋之恬淡真率之態，或慕沈宋之流麗温雅之致，或漏少陵之沈鬱之情，或述謫仙之飄逸之風。衆體混而皆以爲已有，然不自是，而求之大明逸客。求而不已，又求之朝鮮聘使。求而猶不止，求之本朝儒宗。可謂能求決斷問切之人也矣，惜哉！舊稿散泆而不多得焉，拾取其篋底囊裏蟫魚之餘以爲一帙，録作家珍，而旦夕翫味焉。昔賈島煉敲推之字，侵京尹之車騎，終以定布衣之交；齊己吟早梅之詩，經鄭谷之鎔冶，卻以稱一字之師。然則決斷切問，蓋待其人而可不定乎？爰舉杜荀鶴句，謂「只將五字句，用破一生心」，吾於翁觀焉，因以爲叙。杏雲樓主人伯琳謹誌。

大明逸士陳元贇批點

富士山

仙客來遊雲外巔，神龍棲老洞中淵。雪如紈素煙如柄，白扇倒懸東海天。

起得遒壯，結得精巧，真得奇觀，可謂佳絶。

登西山丁丑之秋赴期遠亭，與二三子偕駕沙棠泝大堰河，躋觀音堂而思昔遊

西嶽崚嶒儲地禎，溪川轉漕自丹城此非佳景。群漁携網臨淵立，百丈挐舟傍岸行。氣象岩水名中秋水漲，龜蒙山山名上暮雲横。翠微盤礴大悲閣，感舊鳴鐘三四聲。

結得句意碎了，而不透徹。改「大悲閣上佇望久」，則下句相接續耶？老意奈何。「群漁」「百丈」作假對，然無好意思。

遊正傳寺寺有玄洞、石菴二碑，故尾聲及此

登步追靈運，禪談説慧能。翠微元卓錫，白日正傳燈。台嶠鄰墻列，神山盆石競。晚花惹遊客，脩竹鎖殘僧。泉浄龍團躍，院閑鯨音膺。因悲雙墓版，字字數乎勒親朋。

「晚花惹游客，修竹鎖殘僧」，實景揣識，句意幽雋。未解「龍團躍」字，對「泉」看，則以爲茗耶？然「躍」字不著，龍團元不可躍，奈何？

登天台麓觀音羽瀑

巨石峥嶸峭壁邊，天台瀑布漲洶淵。巖崖飛玉魚龍竄，雪浪噴雷澗壑穿。黄檗安知歸大海，青蓮遥看挂長川。靈蹤澹寂無人到，山月山雲度萬年。

「黄檗」「青蓮」，佳對。

遊石山寺

僧房門外繫扁舟，高蹈翠嵐黄葉秋。一片山雲將雨去，千尋湖水鑿岸流。飛樓叠磴真仙館，奇石怪巖皆鬼幽。紫氏揮毫記源氏，琅函亦入艷書不。

同正意游黑谷

象教依廬遠，僧房自法然。峰雲三級塔，岸曲一池蓮。古木蟬聲躁，新碑墨色鮮。與君談往素，觴詠驟留連。

頸聯頗生感慨。

秋夜大井川見月

悠悠下小樓起句古體雅暢，呦呦駕扁舟。輟棹凌遥昔，銜觴惜末秋。仰望商嶺月，俯掬潁川流。星彩中天没，露華兩岸浮。雲間懸玉餅，波底躍金毬。風物爲陳迹，教吾思此遊。

過清水寺

延鎮當初曾所躔，大悲應現但隨緣。林巒幽靄三千尺，樓閣星霜八百年。龍入溪潭含雨去，僧臨松桂采芝還。地靈風物甲天下，春坐櫻花夏瀑泉。

宿室津

無數往帆西又東，晚來競入一江中。前程十八灘頭浪，此地停船待順風。

泊繪島記所觀

傍岸米船聚，隔江茅屋連。漁兒争餌釣，樵婦采薇還。黄麥登山麓，青苗長潤田。爰無風浪患，島裏一壺天。

起句「米船」字改得，别有佳況。是謂得俗了。

鼓瀧在有馬温泉

山噴霜雪色，淵發鼓鼙聲。峭壁垂冰練，陰崖碎水晶。一泉奔澗漲，萬溜瀉岩鳴。誰認當當響，呼爲瀑布名。

地獄谷右同處

村外無人境，皆云阿鼻城。日昏樵子懼，雲起怒雷轟。山鬼泣陰雨，夜猿叫月明。寥寥空谷裏，魂斷杜鵑聲。

頸聯似題。

遊宇治奈島書巖上在藝府

鬱鬱絶島，屹屹遠山。蟬噪樹上，鷗睡波間。風月無邊塵外境，晚來江山喚舟還。

過懸谷在藝雲二國之間

峭壁斷崖千仞空，檜松蓊鬱霧冥濛。巖頭石鼻尤危徑，僕馬不前山谷中。

大坂駕舟至伏見

遠望京城自海西，山哦浦咏信情題。扁帆沿泝淀河水，十里楓葉蘆花十里隄。

初冬遊高雄山

何人抛擲蚩尤械，無數丹楓耀別村。林壑布成蒼世界，峰巒妝點錦乾坤。吴江秋盡水空去，天姥霜遲葉始翻。猿鶴從來劬空海，白雲深處説真言。

遊黑谷

翠微蒼樹秋，静邃聽鳴鳩。苔蘚蝕碑石，松杉聳寺樓。谷圍鐘磬響，風度管絃幽。來往知多少，誰成白社遊。

早春與客過嚴島中流值雨雪

春帆帶雨任輕風，江海空濛望故空。島上雲低山上雪，孤舟撑入畫圖中。

此佳境中，賦得腐景。

寛永丙子之春，予欲去藝陽，爰遊遠瀛，仍口號二首題榜壁間

恭惟市杵島姬命，神聖靈蹤益壯哉。廟貌巋然浮海水，怪看蜃氣吐樓臺。

以靈社比蜃樓，我懼觸神怒。

江山頗係念，行樂賞春晴。俯見魚龍躍，仰聞猿鶴鳴。月昇燈影淡，風靜磬聲清。要永別雲水，留詩記姓名。

此詩平易瀯率。

同題經堂柱

一島周迴惟七里，層峰蒼鬱勢嶤然。衆人浴澡長濱水，群妓徘徊小浦邊。塔傍山堂高聳漢，寺棲林壑薄籠煙。飛樓湧殿連江曲，無數神燈照客船。

九月盡遊小肉山

村外無人地，茅茨巖水傍。林容醉天酒，山脚揭雲裳。解渴茶三碗，修生藥一囊。清游惜秋盡，談詠到斜陽。

領聯有新巧可賞。

道安見招遊市原

川匯雲莊聒激湍，岸懸瀑布濺奔瀾。林巒萬仞馳懷立，茅屋數椽容膝安。村父觀魚投趕網，庖人聶膾荐盤餐。平生主客耽泉石，談笑頗爲一日歡。

仲春下澣同一二知舊遊鞍馬寺

僧房駕崖崿，靈塔倚山巔。東序望台嶠，西軒鄰貴船。地偏春意晚，溪邃梵音傳。松出青嵐外，花飛朱閣前。談兵感牛若，論法憶蓬延。奇勝開天闕，元神長儼然。

謂毘沙門天王曰元神，見登壇必究。

溪行

高嵓淺水邊，迥眺弄吟鞭。野徑菅茅露，田村篁竹煙。溪空鶯韻緩，山盡馬蹄前。懶性與雲出，又應先雨還。

頸聯有好趣，後句與「雪盡馬蹄輕」句相類。

中秋之夕爲静軒所招登白毫山弄月

高攀千仞顧三徑頗不似題，暫待一輪迎半秋。林壑氣晴氛靄没，乾坤夜静露華浮。水涵河漢跳金餅，山折崑丘焕玉樓。詩酒風光應惜别，主人東去月西流。

頷聯氣格高，頸聯句意健，結句有即妙。

山中即事

山中何所適，真景引枯藜。啄草兔分徑，掠松猪涴泥。因風殘葉盡，欲雨淡雲低。到處吾差樂，暫聞幽鳥啼。

遊泉涌寺

物候和妍暖，怡然養病身。苔巖攀緑髮，花塢躡紅塵。幽醉二三盞，曾遊四十春。爲僧猶不静，雜客幾回人。

過一原

高低過細路，芳艸緑萋萋。風柳起鶯懶，山煙花留馬蹄。雲連四明嶺，水漲一原溪。誰取樵漁樂，爰來覓隱栖。

長崎羈客雪堂董蓊批點：凹凸窠十二景詩

滿蹊櫻花

滿蹊皆白櫻，想見杜陵情。軟玉垂枝密，飛鱗轉地輕。插暖雲挺林壑，綴香雪映茅衡。艷麗花無數多種，就中獨擅名。

前村犁雨

把犁隴畝春起得温粹，膏雨遍宜民。注地生群物，隨風濕廣輪。鷺鷀飛洗翅，蓑笠澆藏身。既有秋成望，取歡娱忘苦辛。

巖墻瀑泉

巖瀑響前軒，泠然爽耳根。帶雲流日夜，瀉溜冷乾坤。石出明珠碎，風來縞練翻。許瓢今尚在，用拙不爲煩。

砌池印月

小池蘸小樓，涼夜自悠悠。水浴四明月，露銜一色秋此句背「池月」之題。玉毬飛碧漢，金盞泛清流。影吐江湖景彷佛，凭欄疑在舟。

溪邊紅葉

溪間虛籟起起句無思致，楓葉忽辭枝。高樹秋容早，密林霜氣遲。寒山淋地血，流水點煙脂。非但妝苔徑日暮茅檐下，飄零爲雨奇。

「非但妝苔徑」之句意碎力弱，「飄零爲雨奇」之句應起句好。頸聯奇巧。

四山高雪

山雪高埋没，晴望寒徹骨。圍郡罘罳連，衝天皆巃嵸。帝力移玉京，鼇背擎銀闕。詩思不外求，地爐對榾柮。

末句氣力減了，一篇精神索然。頷、頸二聯有力。

台嶠閑雲

山標孫綽賦，寺據最澄基。觸石羊毛疊，擁峰鵬翼垂。油油容未變，曳曳意猶遲。潤氣纔凝礎，晚來與雨期。

起句似賦台嶠，於雲疎了。本題可詠閑雲，如忘閑字。

鴨川長流

萬古一條水，淺清不耐舟。遠從臺北出，近傍洛東流。分派通雷社，納凉傾帝州。何人詠歌去，鳧鷺在河洲。

全篇純粹。

洛陽晚煙

風煙寰宇闊，決眥弄歸鴉。斜影三千丈，肆廛十萬家。浮天凝物色，連地罩京華。幾起從庖竈，絪緼奪晚霞。

一句壯健，二句作弄傍影，中聯好，末句未煉。

難波城樓

難波元獻馘，鐃鼓耳如聞。河水流環郭此句非遠景，城樓秀入雲。西兵枯萬骨，東武立三軍。白旆垂天統，鴻基肇我君。

園外松聲

森立龍蛇勢，隔岸聳山雲。閩部麻歒毒，耶溪避斧斤。淵明三徑愛，弘景一庭聞。風韻移琴瑟，蕭蕭蕩世氛。

前四句似賦松，唯可詠松聲，重在「聲」字。

鄰曲叢祠

不知何世廟，賽祀到今欽。華表星霜古，茅茨松柏深。孤燈淡殘夜，群鳥聒空林。春勸治聾酒，祝農共滿斟。

朝鮮國詩學教授權敬批點：閑中吟十五首

寓懷

踈頑脱世縻，循性舊茅茨。老境歲移速，病床天曙遲。燈殫知月落，鐘斷解風吹。寒賤誰爲友，巢由又啓期。

韻穩意雋。

漫成變體

臧獲修苔壁，清風掃草堂。吟髭辜我白，病葉先秋黄。心遠輪蹄絶，庭空燕雀翔。依貪胡廣菊，世味自相忘。

閑中實景如畫。

遣懷

永謝世氛入幽邃，從來忘了榮辱事。半夜燈前三十春，不醉紅裙醉文字。

三十年來讀書可羡，况不醉紅裙，何等鐵漢心！

寓懷

飄然黃綺儔，避害逐巢由。百戰争蝸國，千城搆蜃樓。雷霆小蟬噪，日月兩螢流。隨分須行樂，聖仙亦一漚。

頸聯奇秀可掬，頷聯大言驚目，句意勁健。「聖仙一漚」，達眼狂見。

春日口號

杖履春暄出竹陰，靠松踞石飽登臨。與山有素相歡適，樵子來歌鳥伴吟。

樵歌當韶樂，鳥吟勝笙簧，是閑人本色。

寓意

胸統乾坤以葆真，風花爲友道爲鄰。讀書看盡數千載，自是神仙不死人。

是達人之看，理致深邃闊透。

暮春山中雪

春風至三月，積雪滿丘陵。松柏懸綿帽，藤蘿垂玉繩。千巖斑馬競，萬朵白蛇登。象外難窮目，樓居雲半層。

「斑馬競」「白蛇登」，真得奇觀。結句粹然可喜。

壬午閏重陽

三秋據餘閏，兩月值重陽。紅蓼枯生實，黄花競吐芳。清嵐浮岸壑，流水繞山堂。彳亍登樓見，華夷入一望。

思是實景。

園中即事

雖家無肉食，篔竹秀東溪。拂徑帚頭禿，繞山屐齒低。蜘蛛卷枯葉，蟣蝨屬柔荑。旦暮親修菊，將今滿小畦。

山中事業淡閑，山中實景坦率，賦得真了。

對客得年字

山間遠世鄽，秋深倍蕭然。楓葉燕脂淡，菊花虎白鮮。菌芝生雨裏，橡栗墜窗前。幽僻無餘蓄，以何樂少年。

頸聯弄巧，全首符合可賞。

挽龍光江月禪師

匡徒接衆幾多年，感泣交流慟老禪。道熟少林經九白，院昌大德震三玄。信衣誰付泥洹日，歸錫高飛兜率天。月落江空人不見，惟餘一喝怒雷邊。

「少林」「九白」「大德」「三玄」，此佳對。詩禪不二。遺偈怒雷，餘鳴驚衆。

悼默默翁

六十五年過一生，白鷄入夢暗銘旌。爲人守約崇曾子，與友締交慕晏嬰。軍旅功勛留戰跡，和歌吟弄惹佳名。秋風灑淚思前事，坐對似聞談笑聲。

悼友之情實著，結句悽愴。

遊雲洞山莊

斫畬開藥畹，穿塹搆茅亭。董杏園林實，謝蘭庭砌馨。京城前焕爀，澗水左瀅濴。煙靄居天幕，峰巒對石屏。臨欄丹井湛，入洞白雲扃。松際看成蔭，後來多茯苓。

委曲寫景，句句有鈎力，結句有意。

雜詠

養素闔衡茅，好詩手自抄。陟山杖頭牘，涉澗履痕坳。鳥去輕枝動，魚藏淀水淆。深棲無伴侶，松竹作窮交。

合首平直淡泊。

漫成

杖屨相從兩侍童，酒瓢茗碗對殘紅。狂吟隨意過村落，草色無邊楊柳風。

安樂窩風味，吟了溢齒牙，况酒茗澆胸。

寬永十四年丁丑正月旬有八日，朝鮮三官使通政大夫任子静、通訓大夫金道源、通訓大夫黄子由，各自東武歸京師，館於本國寺。其徒有中直大夫詩學教授權學士者，出與余爲筆語。問答移晷，乃賦一絶示學士。學士雄贍博識、詞才敏速、文不加點、詩不停筆、辯論如流，吾邦之騒人墨客誰獲中其詞鋒哉　石丈山

日本朝鮮隔海瀛，不圖相遇結文盟。使星明日躔兹地，唱和皇華歌鹿鳴。

拜龐之幸、識韓之願，不佞實有之，又擎瑶韻，不覺頭風頓痊。木瓜之報，烏可已乎？惟冀郢正一莞

朝鮮權敬

片帆千里涉蓬瀛，此日詞壇見主盟。莫道東來無好事，暫時消缺不平鳴。

題大拙翁詩卷

今代騷壇將，惟公獨擅名。詩成八叉手，目短五言城。態度春雲麗，清和廟瑟鳴。何當文字飲，重見掣長鯨。

嗣權學士題余小詩卷，清律之韻，以充陽關之一唱

東西遊宦客，草木識才名。别我出京洛，送君歌渭城。國中依藝貴，海外以詩鳴。萬里飛文鷁，榮旋著錦鯨。

石丈山

林羅浮先生批點

次韻林道春自東武所寄

桑榆景側欲流西，殘喘何曾要路迷。蜀魄似嗔人不返，年年有入武陵啼。

實蒙蜀魄之嗔者尚矣，可慚而已。寫得委曲，未央燕有據好。

疊和前韻奮東武夕顔翁

借問先生何日西，神交半夜夢魂迷。幽棲晚望常寥闃，竹樹林中歸鳥啼。

朝市鬧熱不可當矣，幽棲晚望可羨焉，結句暢然可味。

嗣前韻寄春齋丈

繡虎雕龍翔水西，風雷滿眼洗昏迷。長安舊宅連鄰並，想昔曾聞英物啼。

英物啼，於兒過當。頗擔賢獎，多可多可。一二句壯健。

夕顏巷翁和曩所呈疊和以示及焉，口玩敢不置釋，乃次前韻，聊陳謝意

儒術斐然游聖涯，文星滿腹發光華。栽瓢簷外慕顏巷，青蔓今當結白花。

「滿腹」字不當，改得「燿燿」如何？

羅浮山人見和余中秋韻再賡畣之

下別相逢十七秋，老軀稍喜此生浮。來蘇那日開襟抱，指示家山眩小樓。

「開襟抱」三字，猶有敲推乎？

春齋丈睹所答郎伯羅山拙什見屬和，又繼前韻酬之者兩章

一昨歸鄉斷送秋，清詩高秀似羅浮。此行幸以使君月，來照山間池上樓。

二句讀之蒼顏頹然，以聲聞過實。

其二

身如蒲柳不勝秋，宣髮衰顏齒已浮。多病畏風藏密室，不知落葉滿溪樓。

一二句好，三四句實亮。

林向陽軒雖謂與郎伯道春俱來訊，阻雨不果，寄詩以陳謝，載嗣升韻展待文從

欲酬嘉藻愧儒生，氣格超然脱俗情。賈壘劉墻抗藝術，班香宋艷鬭才名。肆延茅屋頗移日，擁篲松蹊預憶晴。非獨山中歌伐木，幽禽亦似報歡聲。

頗辱褒揚，實著見句。

酬答羅山先生自東武來洛，與桂子春齋偕款隱窟所賦於詩仙堂

清吟劚眼出凡塵，况又情親語最諄。東壁二星移此地，照臨詩選畫中人。

高挱汗顙。

同時繼春齋文清律

脩途計客程，問夜起鷄鳴。享宰開樽待，侍童掃熖迎。盤餐慚野菜，詩賦發晶英。八韻凌温氏，五經兼伏生。談鋒飛玉露，文席圍燈棚。莫笑潛林岳，抱真爰解纓。

語意景情皆見實，况解纓之趣、抱真之懷皆可仰。

羅山先生橋梓三人與朝鮮之信使洎朴學士等有唱酬之作凡近二百餘，讀其詩題跋

殊方來聘得相遭，目擊通情揮健毫。三使書才飛虎鳳，二難學術掣鯨鰲。文幡皇邑名彌盛，詩入鷄林價益高。掌柄騷壇爲將師〔一〕，羅浮千歲獨英豪。

虛譽可愧，句意勁遒又可取。

再次前韻酬畣向陽文

臨別尋君嘆不遭，爲諳東路染黄毫。月移江浦過田子，雪擁關山望巨鼇。浮島渺茫沿水遠，士峰突兀入天高。客中名勝雖無限，興趣至兹詩亦豪。

羈況景色，模寫如畫。惟嘆名境，詩不豪耳。争光田子之月，抗清關山之雪，則余之所望也。

寄與考盤秀才

使星歸武陽，更可解瞻望。僕馬勞官路，父兄語故鄉。能遊才藝圃，既厭利名場。韻字吞雲夢，詞源倒樂浪。忘年招禰氏，縮地覬長房。枝葉尋蘭契，相思天一方。

〔一〕師：平仄違律。似當作「帥」。

稱美及兒輩，荷恩豈翅乎！　又可謝焉。　忘年、縮地之一聯，猶有煅煉耶？

日者瞷武陽羅先生元旦嘉藻，興趣有味，愛玩不止，渴詠之餘，猥繼華躅者二首。其一律則平仄兼和以祝齒德安全，其一絕則賢愚相望而修文雅之前盟而已

東夏儒宗祝輯寧，昇平詩調動宮廷。襟懷浮月惟生白，筆力拔山真殺青。江浪千尋開智海，晴天萬丈曜文星。君今續夢應榮閏，富貴併看存百齡。

殷殷之情，見詩中。　多謝多謝。　句意豪，頗可喜。

同繼絕句韻

昔日章劉交舍諸，十年不寄一封書。自今賴得東風便，贈我武昌雙鯉魚。

結語有古意。

高諭難拒，漫述一二之鄙懷。　句意加豪，而將升少陵之堂、窺謫仙之奥者可俟。　多幸。　蝶洞主人

羅浮翁

讀耕齋林春德先生批點

評石丈山詩

余憑風便呈牘于丈山，欲見其詩篇也。既而被示五七言長短凡十五首，且告曰：「往歲所抽寄之古調律絶，固非一度。然而未有取捨之評訂，則無彼此之益。今般件件之品藻，可無所避拘也，必待焉。」余手之口之，句意鍊習，格體精察，匪啻慰眼下、伴寂寞也，不可不唱嘆矣。皆是泉石雲霞之趣，而余之素情慫慂於兹，乃任來諭，聊抒私見，其最稱意者，漫加點批以投報之。

詠懷五首

其一

沈静壓喧雜，常時辭延納。雨晴林鳥啼，日落野煙合。不才對韓窻，爲誰下陳榻。世間多黄鞭，巧能妝梔蠟。

處世者，喧雜難壓也，延納難辭也。今其如此，是幽居沈静之所致也。何處雨不晴乎？何處日不落乎？待晴而車馬進退，待暮而往還忽遽，是處世者之生計也。鳥非不啼也，煙非不合也，然馳心于此而不著眼于彼，抑山庭之景物可以想矣。誠是佳句也。古人曰：「白屋應能無孺子，黄堂不是欠陳蕃。」雖然，陳蕃果不易得矣，下榻之人未可必無也。世人之弄假飾外如彼蠟鞭者多矣。紫敗素之辨，賣柑者之言，亦皆同例也。「巧能」二字用得親切。

其二

門上誰書午，溪邊自畫牛。幽潛得安樂，高貴苦伊優。池面荷香發，墻根沙水流。家山吾愛處，何物繼居遊。

「書午」「畫牛」，確對也。閑恬之情景，模寫著實。

其三

坦腹茅亭暖，病餘旋怠敖。少游足衣食，元亮涉詩騷。過懶雙蓬鬢，生涯一羽毛。老懷雖益壯，何恃赤金刀。

起句採用杜詩，僅改一字，亦可喜也。「涉詩騷」三字，有所干涉於陶靖節乎？頸聯固可也，就中「生涯一羽毛」最是佳句也。「過懶」二字，想其推敲之所屢改而得乎？恰好，然而比於下句，則差不及也。石曼卿春初得一句云「艸屈金鈎綠未回」，遂足成曰「簷垂冰箸晴先滴」，然不逮先得之句也。故曰：「詩人一篇之中，先得一聯或一句，其最警拔者是也。」方今此全篇信無塵俗之氣。而簡擇之，則頸聯其粹者也；精審之，則「生涯一羽毛」其至粹者也，末句亦有力有感。

其四〔一〕

山中無伴處，看卷得雷陳。昔勇功名路，今頤詩旺身。鳥鳴眠午寂，魚躍見天真。縱衒誇榮燿，何人非幻塵。

黄卷之中與聖賢相對，陳雷固不足云。聊採情意之堅厚，亦可喜也。頷聯自述，亦可以觀矣。頸聯甚可也，動中之静，分明體認。幽暢壯活，况有援用之典實乎。

其五

芸窻浮淡靄，竹徑快涼颸。氣爽夜眠少，身閑朝起遲。蠅頭謄晋字，鵝腿學唐詩。笻舄涉雲府，幽偏得自怡。

頷聯實事平淡可愛。頸聯可也，對儷甚精整，臨池之雅趣，吟風之芳聲，美哉優哉。

信口

蓬衡閟邃與雲鄰，靈府虚明養谷神。一謝世氛無所豫，生涯髹髴墓中人。

廉頗、藺相如千歲有生氣。曹蜍、李志，雖生存而如泉下人。方今丈人嘉遯年久矣。其風流之芳名，固不可匿，况又他後之遺美可凜凜于千歲。曹李之輩，彼哉彼哉。

〔一〕其四：底本脱，據上下文體例補。

田野晚望

亂水滿田流，盡教民慍解。稻葉夕露浮，黍穗野風灑。白鷺孑立慵，黄雀群噪駭。村鐘度青蕪，侍童來告罷。

田野之間眺歷歷如畫。第五句太奇，實從容，尤可喜。

偶題

流年過者稀，事事絶心機。黄卷盈茅室，青山對竹扉。枯苔得雨活，雛燕避風飛。吾亦主松菊，樂哉韋表微。

「青山對竹扉」，佳句也。上句亦不爲不可也，然而其不逮于先得之句。頸聯可喜，然而上句之「活」字貼于「枯」字而得之，下句之關接未如此。詩律之例雖不拘泥於此，而至于駢對之精嚴，則上下照應，惟所欲乎？

遊觀

商芝生荒蹊，晋菊接菜圃。茅塞泐浮名，榆景及月制。古城列倚峰，新墳誰即世。溪女帶索樵，村童腰鐮薙。爲蜜蜂遠行，欲飛蜩止嘒。客兒好登山〔一〕，放翁久保歲。不借隨足宜，如意抓脊憩。雖嘗肆老何，詩律乏佳麗。

通篇可可。「晋菊」專指靖節之東籬乎？禪録有「晋鋒」之語。鋒，非劍矛之鋒也，筆鋒也，指王右軍之筆法而言之。鋒何必筆鋒乎？典午之運筆鋒者，何必右軍乎？然以其傑出故云云。晋人之玩菊，何必靖節也而已哉？以其卓然故云爾乎？「溪女」「村童」一對，灑落最可也，田家之模樣宛如在目。「不借」「如意」之對偶，甚奇甚好。陸放翁有「不借」「軍持」之佳對，今又踵芳響者乎？

寓興三首

其一

煩痾詩力退，風操任天頑。逋屋輪蹄絶，陶窻宇宙寬。奇書無永夜，静處有深山。吾世殊人世，是非敢不關。

頷聯可也。「陶窻宇宙寬」最佳句也。上句差不得及。頸聯完好，格高韻清，深可玩味。

〔一〕客：底本訛作「容」。按謝靈運小字「客兒」且喜登山。據改。

其二

茅草三間屋，庭皋太古心。逸居斸脉望，登眺散幽襟。雨歇蝸牛縮，井清竹葉沈。生涯無一事，老去道根深。

起聯下得深穩雄快。「脉望」「幽襟」，對偶不爲森嚴也。詩律之如此雖固存焉，而頗所不安也，蓋特爲之乎？「井清竹葉沈」，想其所見可固然也。意句奇奇。

其三

久與鹿麋伍，何曾喜足音。客來污徑路，鳥去静園林。苔割管寧席，松賡安道琴。朋知皆即夢，在者隔商參。

俗客雜賓之訪山棲，所謂污徑路也。聞丈人平日拒謝之者，以此山林固静也。鳴鳥是山人之友也，所謂「鳥鳴山更幽」也。雖然，鳥聲或又不爲不喧雜，所謂「一鳥不鳴山更幽」也。今頷聯之下句著於此，以寫眼前之實景者乎？頸聯奇而不倔異也，巧而不傷於巧。末句最有感慨。

窺園

舊根深院菊，雖瘦尚著花。園柳髡山籟，岸楓然晚霞。心清入佛界，身静在仙家。平素無憂患，緣何生鬢華。

頷聯奇巧。佛氏之安禪，仙客之即默，其跡有與隱士相類矣，然而二家果是異端也。準擬于隱士之真正高尚而遐舉閑適味道樂天者，則其得失用捨固既敻别。今此頸聯，暫就身心清浄而借喻者耶？白香山《白鷺》詩「何時水邊雙白鷺，無憂頭上亦垂絲」，今此末句採用之乎？一衰一白，漸入老境，固不及云。

村行

暄日水邊路，青黄拂葉行。受風鳶尾動，過水馬蹄輕。蒲柳驚衰老，稻粱馳野情。斯夕師杜叟，何敢望陰鏗。

領聯所見之景致，想可如此，最覺有精采。末句偶感之所成乎？蓋「陰鏗」有村行之詩乎？

野望 傚老杜七言律詩之變體

野水郊原望欲迷，丘山羅列繞前溪。招提紺樹一村聳，罷亞黄雲千頃齊。瘦花早發肥花晚，歸雁高飛來雁低。太極在躬無礙滯，癢痾疾痛任天倪。

楊花桃花黄鳥白鳥者，杜詩也。野水田水晴鳩雨鳩者，黄詩也。不啻此也，頸聯祖述之，可喜可觀。

已上十五首。人之嗜好固不相同，是故染指于詩味也，其所咀嚼其所厭飫，果不爲一般。古今之詩話詩編，條條縷陳。夫詩律之純正可以爲法者，莫過于盛唐文人。年來著眼於詩，而沾唇甘心于盛唐之膏腴，可謂知所簡揀、得所歸向也。其鍊字鍊句鍊章，信非尋常翰墨人之所企及也，今依見示需而臆斷，拙評不得不及此焉。未知嗜好之相同，而可無所齟齬乎？假饒其不同，而我無毒吻，必勿怪訝焉。季冬上旬，讀耕齊林子。